모험가 자격을

박탈당한 아저씨지만,

사랑하는 딸이 생겨서

느긋이 인생을 즐긴다

Enjoy new life

with my daughter

더글러스 포드

모험가 자격을 박탈당한
전직 최강 클래스의 강화 마술사.
라비가 안심하고 살 수 있는 장소를 찾아
둘이서 방랑 여행을 이어간다.

"좀 더 호쾌하게
차도 돼!"

가느다란 다리를 열심히 움직여
분투하고 있다.
처음으로 소리 내어 웃고 있었기에
나는 그냥 하고 싶은 대로 하게 됐다.

"으, 응……!"

라비

더글러스가 구한 수수께끼의 소녀.
낯가림이 심해 더글러스 외에는 따르지 않는다.
어른스럽고 차분한 소녀지만
맛있는 음식을 매우 좋아한다.

『크오오오오!!』
내 손에서 날아간 얼음 화살이
마흑룡의 역린을 꿰뚫었다.

Contents

Enjoy newly with my daughter

모험가 **자격**을 **박탈**당한 **아저씨**지만, 사랑하는 **딸**이 생겨서 **느긋이 인생을** 즐긴다

Enjoy new life
with my daughter

저자
오노나타 마니마니

일러스트
후지 초코

"모험가 라이센스가 박탈되었습니다냥."

길드의 간이 접수처에서 안내 역인 캐트시가 단언했다.

평소처럼 퀘스트를 받으려고 했던 나는 입을 쩍 벌리고 말았다.

"……뭐라고?"

"이 카드는 무효입니다냥. 20일 이내로 종합 접수처에서 반납 절차에 관해 안내받으시기 바랍니다냥~."

"라이센스가…… 자격이 박탈이라니……."

꼴사납게 높아진 목소리가 내 입에서 흘러나왔다. 뭔가 착오가 생긴 것이라고 믿고 싶었다.

"잠깐만 기다려. 어, 어떻게 된 거야……."

카운터를 짚고 상체를 앞으로 내밀려고 하자 허리에서 뚜둑 소리가 났다.

"윽!"

20년 남짓 채찍질한 몸은 여기저기 엉망이었다. 특히 허리와 어깨의 통증이 괴로웠다.

나는 한심한 얼굴로 허리를 문지르며 퇴짜 맞은 라이센스 카드를 돌려받았다. 그것을 낡은 셔츠의 소매로 북북 닦고 다시 캐트시에게 내밀었다.

"다시 한번 확인해줘."

캐트시는 내 바람을 들어줬다. 하지만 돌아온 것은 슬픈 대답이었다.

"모험가 라이센스가 박탈되었습니다냥. 이 카드는 무효입니다냥."

식은땀이 등을 타고 흘러내렸다.

"이럴 수가……."

라이센스를 박탈당하면 퀘스트를 일절 받을 수 없게 되는데. 엄청난 일이 벌어지고 말았다.

확실히 최근 내 상황은 위태로웠다. 퀘스트에 나가도 좀처럼 성과를 내지 못했다.

그래도 아직 아슬아슬하게 만회할 수 있을 줄 알았는데 너무 안일한 생각이었나.

어깨를 축 떨구고 고개를 숙였다. 두려워하던 최악의 사태가 일어나고 말았다.

머리를 싸매고 주저앉고 싶어진 그때—

내 뒤를 지나간 파티가 「야, 저 아저씨 라이센스 박탈당했대」, 「풉……불쌍해라」하며 웃는 소리가 들렸다.

창피한 나머지 얼굴이 화끈거렸다.

일단 문의해봐야 한다.

나는 커다란 몸을 움츠리고서 직원이 대응해 주는 창구 쪽으로 이동했다.

제일 끝자락의 빈 카운터에 섰지만 좀처럼 알아차려주지 않았다. 카운터 너머의 직원들은 바쁘게 돌아다니고 있었다.

"크, 크흠!"

별로 내키지 않았지만 헛기침해서 존재를 어필해 보았다.

여전히 알아차리지 못했다. 미치겠네.

"어, 어험……!!"

좀 더 애를 썼더니 그야말로 아저씨 같은 헛기침이 되어 버렸다.

하지만 마침내 몇 명이 나를 봐 주었다. 면식이 있는 젊은 남자 직원이 창구로 다가왔다.

"더글러스 씨. 하하, 안녕하세요."

직원은 내 이름을 부르고서 어색하게 웃었다.

그 모습을 보고 깨달았다. 내가 라이센스를 박탈당했다는 사실을 아무래도 길드 사람들은 이미 알고 있는 듯했다. 그래도 나는 억지로 마주 웃으며 평정을 가장했다.

날 신경 써줄수록 비참한 기분이 들기에 동요하지 않은 척하고 싶었다.

"바쁜데 불러서 미안해. 실은 그게, 라이센스 때문에 조금 할 얘기가 있어서……."

"라이센스 카드를 반납하러 오셨군요. 네, 안내해드릴게요!"

"아냐, 반납하러 온 게 아니라……. 라이센스 박탈을 해제해줬으면 해."

"예? 해제요?"

직원이 인상을 찌푸리며 일이 귀찮아졌다는 표정을 지었다.

"수고스럽게 해서 미안."

사과하며 나는 자기 자신을 창피하게 느꼈다.

그래도 간단히 포기할 수는 없었다.

여하튼 생활이 걸려 있었다. 허세를 부릴 때가 아니었다.

"일단 오늘 하루만 임시로 해제해줘도 괜찮아. 그러면 바로 C랭크 임무를 달성해서 길드 포인트를 벌어 올게. 어떻게 융통성을 좀 발휘해 주면 안 될까?"

C랭크 퀘스트는 대체로 레벨 30대 중반의 모험가에게 적합한 난이도다.

이 세계 모험가의 평균 레벨이 딱 30쯤이니 보통보다 조금 강하면 충분히 소화할 수 있었다.

참고로 내 레벨은 68. 레벨만 따지면 C랭크 퀘스트에 실패할 리도 없다.

하지만 나는 올해 서른일곱 살인 아저씨였다.

젊었을 때 무리한 것이 화가 되었는지 서른다섯을 넘겼을 무렵부터 여기저기 쑤시기 시작하더니 신체 능력이 현저하게 떨어졌다. 만성 피로, 편두통, 요통, 어깨 결림. 그리고 만성적인 권태감.

심지어 1년 전부터 기괴한 증상에 시달리고 있었다.

정신 차리고 보니 스킬을 쓸 때마다 HP 최대치가 감소하는 몸이 되어 있었다.

한번 줄어든 최대 HP는 두 번 다시 복구되지 않았다.

증상을 자각하고 소스라친 나를 위해 당시 함께하던 동료가 황급히 만능 약사를 데려와줬었다.

그러나 내려진 진단은 무자비했다.

『몸이 스킬 사용을 버티지 못하게 된 것 같군. 희귀한 증상이지만 지금까지 몇 명 봤어. 유감스럽게도 나은 사람은 없어. 스킬을 계속 사용해서 HP가 0이 되면 죽을 거야.』

모험가 일을 그만두는가, 제 살을 깎아 먹으며 이 길로 살아가는가.

절망한 나는 그날 밤 코가 비뚤어지도록 술을 마셨고 최종적으로 토하면서 눈물을 흘렸다.

이튿날 아침, 나는 후련한 기분으로 파티원들에게 고했다.

「HP가 0이 될 때까지 모험가 일을 계속하기로 했어. 한동안은 더 동료로서 잘 부탁해.」

내가 아는 삶의 방식은 이것밖에 없으니까. 이제 와서 모든 것을 버릴 수는 없었다.

그 후로 세월은 흘러— 1년 후인 지금, 내 HP는 겨우 2500. 한 자리대 레벨의 신출내기 모험가와 다름없었다.

본래 레벨 68 모험가의 HP라면 50000은 당연하게 넘는데…….

"으음~ C랭크 임무인가요. 더글러스 씨, 분명 세 번 연속 퀘스트에 실패하셨죠? 그래서 길드에서도 이 이상 C랭크를 의뢰할 수 없는 상태예요."

"그래, 그러기 힘들다는 건 알아."

각각의 모험가 길드에는 종합 길드 포인트라는 것이 있다. 길드에서 받은 퀘스트를 모험가가 달성하면 모험가 본인과 그 길드에 길드 포인트가 부여되는 시스템이다. 반대로 실패하면 길드 포인트가 감소한다.

모험가는 길드 포인트로 다양한 혜택을 받을 수 있다. 무엇보다 모험가로서의 자격을 증명하는 모험가 라이센스는 어느 정도 길드 포인트를 유지해야 계속 소지할 수 있었다.

하지만 몇 포인트 이상이어야 하는지 명확한 숫자는 공표되어 있지 않았다. 가지고 있는 종합 포인트에 더해 퀘스트 달성 수, 길드 공헌도, 본인의 레벨 등으로 판단되기에 나는 이번에 라이센스를 박탈당할 때까지 위험한 상황임을 알아차리지 못했다.

길드 포인트가 높을수록 혜택을 받을 수 있는 것은 길드도 마찬가지였다.

종합 포인트가 높으면 길드 본부에서 주는 지급금이 늘어난다. 반대로 소지 포인트가 너무 낮으면 길드 마스터가 좌천되거나 최악에는 길드가 철거될 수도 있다.

그래서 내가 퀘스트에 실패할수록 길드에 폐를 끼치게 되는 것이다.

그건 정말 미안하게 여기고 있다.

예전에는 이 길드 제일의 포인트 랭커였던 내가 이 지경이 될 줄이야……. 나도 자신이 한심했다.

하지만 이번에는 평소와 달리 만반의 태세를 갖추고 왔다.

"이걸 봐."

나는 메고 있던 배낭을 직원에게 보여 줬다.

빵빵한 배낭 안에는 큰맘 먹고 산 회복약이 가득 들어 있었다.

병에 든 액체 회복약은 하나만 해도 제법 무겁다.

뻐근한 어깨에는 꽤 부담스러운 무게였다. 여기까지 들고 오는 것만으로도 중노동이어서 솔직히 힘들었다.

"아……. 굉장한 양이네요……."

"그렇지? 이것만 있으면 분명 이번 퀘스트를 해낼 수 있을 거야!"

나는 주먹을 쥐고 열변했다.

나도 세 번 연속으로 퀘스트를 그르치고 이래서는 위험하다고 생각했다.

라이센스 박탈 문제도 그렇지만, 무엇보다 보수를 못 받으면 생활이 힘들어진다.

내 지갑 사정은 연일 좋지 못한 상태가 이어지고 있었다.

"확실히 아이템의 양에서 굉장한 기합이 느껴져요. 그 양을 짊어지고 전투할 수 있을지 의심스럽지만요. 더더욱 공격받기 쉬워지는 거 아닌가요?"

"그, 그렇지. 순발력은 확실히 떨어져. 하지만 나는 강화 마술사야. 피하기보다 마법 방어로 막는 방식으로 싸워."

"하지만 더글러스 씨, 현재 최대 HP도 상당히 낮고, 힘들잖아요. 파티를 짜고 있어서 회복 담당이 있다면 몰라도 한 달 전부터 계속 솔로시고. 그런 상태로 C랭크에 도전하는 건 무모한 짓이라는 거 아시죠?"

"아, 아니, 하지만! 이번에는 마음가짐이 달라. 이길 수 있을 것 같은 기분이 들어."

"하하. 곤란하네요, 정말……."

직원은 노골적으로 한숨을 쉬었다.

끈기 있게 내 이야기에 어울려 주고 있었지만 역시 넌더리가 나기 시작했을 것이다.

낯을 들 수가 없었다.

"더글러스 씨, 이런 말씀 드리고 싶지 않지만, 지금 당신은 우리 길드의 수준에 맞지 않아요. 솔직히 최근 1년간 줄곧 짐짝 상태예요."

"……."

수준에 맞지 않는 짐짝.

스스로도 알고 있기에 그의 말이 뼈아팠다.

"C랭크 퀘스트를 고집하고 계시지만 애초에 D랭크도 힘들 거예요. 아무리 레벨이 높아도 HP가 2500이면 한 방에 빈사니까요. 차라리 숲에서 벌꿀이라도 채집하는 편이—."

"그쯤 해둬."

안에서 나온 작은 몸집의 품위 있는 남자가 직원의 어깨를 가볍게 두드렸다. 직원은 숨을 헉 삼키고서 입을 다물었다.

나와 동년배인 자그마한 남자는 이 길드의 길드 마스터였다.

길드 마스터와는 십년지기로, 그가 아직 일반 직원이었을 때부터 친하게 지내온 사이였다.

나는 길드 마스터가 나와줘서 안심했다.

그라면 알아줄 것이다.

"다행이다, 길드 마스터. 아무쪼록 한 번만 더 내게 퀘스트를—."

말이 이어지지 않은 것은 상대의 떨떠름한 표정을 보고 깨달아버렸기 때문이었다.

그는 내 편을 들기 위해 나온 것이 아니었다. 젊은 남자 직원 대신 나를 설득하기 위해 일어난 것이다.

"더글러스. 네 마음은 이해해. 하지만 그쯤 해둬. 너도 일이 커지길 원하진 않잖아."

그렇게 말하고 길드 마스터는 주위에 시선을 보냈다.

"아……."

지적받고 겨우 냉정해졌다. 그의 시선을 따라 주위를 둘러보니 안내소에 있는 다른 모험가들이 우리의 대화를 재미있다는 얼굴로 듣고 있었다.

"뭐야, 뭐야? 저 아저씨, 떼쓰고 있는 거야?"

"D랭크도 겨우 한대."

나는 완전히 나쁜 쪽으로 눈에 띄고 있었다.

"미, 미안. 이성을 잃고 추태를 부렸어."

칼칼해진 목에서 목소리를 쥐어짜 사과했다.

내가 사과해봤자 어색한 분위기는 바뀌지 않았다.

"더글러스한테는 우리 길드도 고마워하고 있어. 젊은 시절의 공헌을 잊은 건 아니야. 그렇기에 네가 헛되이 죽는 모습을 보고 싶지 않은 거야. 이해해줘."

"……그렇지."

열다섯 살에 고향을 떠난 이후로 22년. 모험 외길을 걸어왔다.

그 외에는 능력이 없었다. 이 길에 인생을 바쳤다.

하지만 내가 아무리 집착해도 더는 이곳에 머물 수 없었다.

어려운 던전이 있어서 수많은 모험가로 북적이는 이 도시, 발자크.

그런 대도시의 길드에서 한때는 톱 랭커였다.

당시 나는 그런대로 유명한 강화 마술사였고 실은 반년 전까지 용사 파티에 소속되어 있었다. 그 모든 것이 과거의 영광이다.

"……."

인정하자. 지금이 물러날 때다.

"여러 가지로 폐를 끼쳐서 미안하다."

머리를 숙이고 등을 돌리니ー.

"기다려, 더글러스."

길드 마스터가 이름을 불러서 나는 한심하게도 조금 기대하고 말았다.

혹시 붙잡아 주는 건 아닐까 하고.

하지만 전해진 것은 무정한 말이었다.

"미안하지만 라이센스를 박탈당하면 빌린 무기를 반납해야 해."

"아, 아아. 그랬지."

내가 쓰고 있는 무기는 길드에서 빌린 무기였다.

예전에는 그런대로 좋은 무기를 자비로 마련하여 가지고 있었지만 생활이 궁핍해져서 처분해 버렸다.

접수처 옆 무기 대여점에서 반납 절차를 밟았다.

수중에 남은 것은 값싼 단검 하나.

평소 습관대로 칼자루를 잡으려던 손이 허공을 갈랐다.

속절없는 쓸쓸함에 뜨거워진 눈시울을 나는 손으로 꾹 눌렀다.

"하아……."

길드를 나오자 깊은 한숨이 흘러나왔다.

무거운 발이 이곳에서 떠나기 싫다고 주장했다.

……아니, 안 되지. 슬슬 현실을 보고 머릿속을 전환하자.

"우선은 그래. 방에 돌아가서 나갈 준비를 할까."

일부러 밝은 목소리를 내서 활기를 북돋웠다.

대단한 짐은 없고 아직 오전 중이다. 서두르면 점심이 되기 전에
도시를 나갈 수 있을 것이다. 이렇게 되어 버린 지금, 마냥 머물러
있어 봤자 별수 없다.

내가 셋방살이하고 있는 곳은 길드가 운영하는 솔로 모험가용
숙소였다. 나는 그 방에 있을 자격을 잃었다. 어차피 바로 나가야
했다.

이곳은 대도시라 집세와 물가도 비싸다. 라이센스를 잃은 내가
여기서 생활하기는 어렵다.

숙소로 돌아가자…….

어깨를 무겁게 짓누르는 배낭을 고쳐 메고 걸음을 옮기기 시작

했을 때—.

던전으로 이어진 큰길 쪽에서 낯익은 일행이 걸어오고 있음을 알아차렸다.

"저건……."

내가 반년 전에 해고된 용사 파티였다.

한동안 던전에 틀어박혀 레벨을 올린다고 했는데, 아이템을 보급하러 돌아온 걸까?

나보다 스무 살 가까이 어린 그들은 성장도 빨랐다.

함께 여행할 때, 그 사실에 자주 놀랐었다.

문득 그리움이 북받쳤다. 내가 도시를 나가면 두 번 다시 만날 일도 없을 것이다.

그들과 얼굴을 맞대는 것은 다소 어색하다. 하지만 모처럼 만났으니 인사하자는 생각에 나는 한 손을 들어 신호를 보냈다.

"안녕, 오랜만이야."

"더글러스 아저씨……."

용사 앨런이 표정을 굳히고 내 이름을 중얼거렸다. 옆에 있던 현자 에드먼드와 가디언인 다리오가 어색하게 얼굴을 마주 보았다. 홍일점인 마법사 패니만이 날 향해 미소 지었다.

"오랜만이에요, 더글러스 씨. 거리에서 딱 마주치다니 이런 우연이 다 있네요!"

대답하려고 했을 때, 에드먼드가 패니를 감싸며 앞으로 나왔다.

"우연이 아니라 잠복하고 있던 거겠죠."

"어?"

"더글러스 씨, 몇 번을 부탁하셔도 대답은 같아요. 당신을 다시 파티에 받아 줄 수는 없어요. 좀 포기해 주시면 안 될까요? 시달리는 쪽의 사정도 생각해 주셨으면 좋겠네요."

"아아, 아니, 아니야. 다시 받아 달라고 부탁할 생각 없어."

오해받았음을 깨닫고 황급히 고개를 저었다.

그런데 「시달리는」 쪽이라니. 확실히 해고된 직후에 선물용 과자를 사들고서 다시 생각해주면 안 되겠냐고 부탁하러 간 적이 있지만 딱 한 번이었다.

지금 또 그렇게 여겨진 것은 당시 내가 몹시 미련 가득한 태도였기 때문이리라.

역시 말을 걸지 말아야 했을지도 모른다.

그렇게 생각하며 나는 애써 밝게 웃었다.

"난 이 도시를 떠나기로 했어. 그러던 차에 마침 너희 모습이 보였거든. 마지막으로 인사해두자고 생각한 거야."

"도시를 떠난다고요?"

에드먼드가 내 전신을 힐끔 훑어보았다.

그 순간, 불편해하던 표정이 누그러졌다. 심지어 희미하게 웃기까지 했다.

하지만 어째선지 나는 아까보다도 에드먼드가 더 멀게 느껴졌다.

그의 미소는 어딘가 쌀쌀맞았다.

"모험가에게 이토록 좋은 도시는 좀처럼 없을 텐데요. 부득이한

21

사정이 있는 건가요?"

"뭐, 그렇지."

"그런가요. 그런데 무기는 어쩌셨죠?"

"무기는 그게―."

"아아, 죄송해요. 대답하기 어려운 질문이었던 것 같네요."

손으로 입가를 가린 에드먼드가 키득키득 웃었다.

"풉…… 하하! 다 알면서 너무하네, 에드먼드. 아저씨를 너무 괴롭히지 마. 이봐, 아저씨, 라이센스를 압수당한 거지?"

다리오가 태연한 어조로 물어봤다. 에드먼드는 못 참겠다는 듯 배를 잡고 웃음을 터뜨렸고, 패니는 어쩔 줄을 몰라 했다. 앨런은 어색하게 시선을 돌린 채였다.

나는 쓴웃음을 돌려줄 수밖에 없었다.

"모험가 일을 그만두게 돼서 지금은 뭐 하는데?"

"저 커다란 짐을 보세요. 포션병이 튀어나와 있어요."

다리오와 에드먼드는 둘이서 대화를 이어 나갔다. 젊은이들의 대화 페이스는 빠르다.

나는 형편없는 웃음을 가면처럼 쓴 채 그들의 대화를 들을 수밖에 없었다.

파티에 있을 적에도 대체로 이런 느낌이었다. 그게 새삼 떠올랐다.

"우와, 진짜? 설마 포션 상인이 된 거야?! 아저씨, 갈 데까지 갔구나!"

"아, 그래. 너희 포션 쓸래? 너무 많이 사서, 쓸 거면 줄게."

마침내 어떻게든 대답했다.

하지만 내가 대화에 참여하자마자 다리오와 에드먼드는 흥이 깨진 얼굴로 한숨을 쉬었다.

"됐어. 포션은 우리 HP를 못 따라오니까."

"우리한테는 쓰레기예요."

"아아, 그것도 그러네."

"더글러스 씨의 HP는 그 뒤로 또 줄어들었나요?"

"하하! 그 이상 줄어들면 아저씨 죽어버리는―."

"어이, 그만해!"

돌연 큰 소리를 낸 사람은 앨런이었다.

그 자리에 있던 전원이 깜짝 놀라 숨을 삼켰다. 나는 어깨까지 움찔거리고 말았다.

앨런은 용사치고 조용하며 감정을 그다지 겉으로 드러내지 않는 타입의 청년이었다.

언성을 높이는 일은 상당히 드물었다. 혹시 날 감싸 준 걸까?

차갑게 식었던 마음에 앨런의 배려가 사무쳤다.

"언제까지 바보 같은 얘기를 하고 있을 거야? 더글러스 아저씨. 미안하지만 우리 바빠서."

"아, 그런가. 그렇겠지. 불러 세워서 미안해. 여행하면서 너희가 활약하길 기도할게."

앨런은 가볍게 손을 들고 내 옆을 지나쳤다. 그의 동료들도 그 뒤를 따랐다.

나는 멀어지는 앨런 일행의 모습을 바라보았다.

하지만 그들이 이쪽을 돌아보는 일은 없었다.

◇ ◇ ◇

—대도시 발자크를 떠나고 보름.

나는 정처 없는 여행을 이어가고 있었다.

처음에는 고향에 돌아갈까 하는 생각도 했다. 하지만 우리 집은 편모 가정이었고 그 어머니도 3년 전에 돌아가셨다. 내게 찾아갈 상대는 없었다.

뭐, 마음 가는 대로 떠도는 것도 나쁘지 않겠지. 그렇게 스스로 기운을 북돋우고 나는 떠돌이가 되었다.

방문한 마을에서 라이센스가 없어도 받을 수 있는 날품팔이를 하고, 노잣돈이 모이면 다음 마을로 이동한다. 그것이 지금의 내 스타일이었다.

다만 때때로 가짜 소개소에 당해서 보수를 못 받는 일도 적지 않았다.

그러고 보니 예전에 용사 그룹에 속해 있을 때도 자주 놀림당했는데, 나는 매우 쉽게 호구가 되는 타입인 듯했다.

경솔하게도 금세 남을 믿고 솔직하게 마음을 연다는 말을 들었었다.

안타깝고 씁쓸했다.

솔직하면 안 되는 걸까. 아니…… 그렇지 않을 거야…….

우직함만이 내 장점이니 그렇게 믿고 싶었다.

날품팔이는 늘 저렴하고, 더럽고, 힘들고, 위험하다.

하지만 그래도 불평하고 있을 수는 없었다.

대도시의 길드에서는 일도 받지 못한 쓸모없는 아저씨라도, 작은 마을에서는 그나마 수요가 있는 모양이라 정말 고마웠다.

마왕이 부활한 지 3년.

마족과 마물들은 예전보다 강해져서 사람들을 위협하는 존재가 되었다.

대륙 전역에서 악한 자들의 만행이 늘어났기에 마물 사냥과 관련된 일을 소개받는 일이 많았다.

하지만 스킬은 못 쓴다고 하면 정보통의 태도는 무례해졌다.

「그럼 마물을 쫓는 데 쓰는 톳텐초를 모아 오는 일이나, 마물의 사체 처리 말고는 소개할 일이 없겠는데」라는 말을 듣고 그걸 받아들였다.

건조시키지 않은 톳텐초의 냄새는 환각을 일으켜서 흐느적거리며 필사적으로 풀을 모았다.

심지어 톳텐초가 보여 주는 환각은 사람의 마음에 도사린 공포를 구현화시켰다.

나는 환상으로 나타난 옛 동료들에게 라이센스 카드를 압수당하고 걸리적거린다는 욕을 들으며 풀을 뽑을 때가 많았다.

그러면서 나는 쓸모없는 사람이 되는 것을 무엇보다 두려워하고 있었음을 처음으로 깨달았다.

마물의 사체 처리 쪽도 힘들었다.

사체를 처리하면 반드시 온몸이 끈적끈적한 점액투성이가 되었다.

심지어 비린내는 몸을 씻어도 좀처럼 사라지지 않았다.

그 탓에 여관에서 쫓겨나 노숙하는 일도 일상다반사였다.

아마 스킬을 쓸 수 있다면 좀 더 돈이 되는 일을 받을 수 있겠지만, 내게 스킬 사용은 수명 단축을 뜻했다.

예전에는 모험가로서 싸우다 죽을 수 있다면 바라는 바라면서 HP가 줄어들기 시작한 뒤로도 스킬을 계속 썼었다.

스킬을 쓰지 않는 모험가는 도시에서 순식간에 도태됨을 알고 있었기 때문이다. 하지만 지금, 나는 명백하게 죽음을 두려워하고 있었다.

목숨을 걸어서라도 관철하고 싶은 것을 잃었으면서, 그래도 삶에 매달리고 있는 것이 지금의 나였다.

매일 밤, 싸구려 여관에서 눈을 감을 때마다 생각한다.

나는 모험가 라이센스와 함께 긍지까지 잃었구나…….

밤은 비참하고 공허한 기분을 팽창시킨다.

참을 수가 없어서 팔로 입가를 누르고 소리 죽여 운 밤이 여러 번 있었다.

열다섯 살, 만류하는 엄마를 두고 떨어지지 않는 발걸음을 떼어 고향을 떠난 것은 다른 사람을 위해 살고 싶었기 때문이다. 어찌됐건 옳은 일을 하고 싶었다. 그래서 모험가가 됐는데…….

지금 나는 고독하며, 마음에는 아무것도 남아 있지 않았다.

내 인생은 대체 뭐였을까…….

모험가 라이센스를 박탈당하기 전의 생활이 뇌리를 스쳤다.

죽어도 좋다고 여길 것이 있었던 그 시절의 나는 행복했다.

설령 그것이 하찮은 고집이었어도…….

◇◇◇

국경에 펼쳐진 숲에 도착한 것은 떠돌이가 되고 석 달이 지나려던 때였다.

"완전히 지체됐군."

원래는 좀 더 이른 시간에 이곳에 도착할 예정이었지만 벌써 해가 지기 직전이었다.

오늘 아침, 우연히 만난 할머니를 돕고 오느라 마을을 떠나는 것이 예정보다 늦어져 버렸다.

허리 굽은 할머니가 물이 든 나무통을 힘들게 옮기고 있어서 못 본 척할 수가 없었다.

이 숲을 빠져나가면 국경 검문소가 있다. 어떻게든 검문소가 닫히기 전에 도착하고 싶었다.

하룻밤을 숲에서 보내는 것은 위험을 동반하고 꽤 피곤하다.

여관 침대에서 자도 체력이 전부 회복되지 않는 아저씨로서는 되도록 쓸데없는 피로를 쌓고 싶지 않았다.

"좋아. 조금만 더 힘내자."

혼잣말로 자신을 격려하고 빠른 걸음으로 숲속 길을 나아갔다.

공기 중에 이상한 냄새가 섞인 것은 숲을 중간쯤 나아갔을 때였다.

"이건……."

피비린내와 짐승의 냄새였다. 나는 숲속을 들여다보았다.

짐승의 모습은 보이지 않았다. 가던 길로 시선을 되돌렸다.

"무시할 수 없네."

검문소 침대에서 자기를 포기한 나는 숲속에 발을 들였다.

마른 나무와 흙을 밟으며 걸었다.

『끼……잉……. ……낑…….』

옆에 있다. 소리는 가냘팠다. 아무래도 꽤 약해져 있는 것 같았다.

다친 걸까?

숨을 죽이고 울창하게 우거진 풀숲을 헤친 순간—.

"……!"

초목에 둘러싸인 뻥 뚫린 공간에 황금색 털을 가진 거대한 짐승
이 누워있었다.

헉헉거리며 거친 호흡을 되풀이하는 입에는 날카로운 이빨이 나
있었다.

늑대처럼 생겼지만 체구가 훨씬 컸다.

무엇보다 몸에서 흐르고 있는 보라색 피는 마물의 증거였다.

"펜리르인가."

침을 꼴깍 삼켰다. 이야기로 들은 적은 있지만 실물을 보는 것은

처음이었다.

마족 중에서도 희소종인 펜리르는 인간의 영토에 거의 오지 않는다고 들었다. 아니, 지금은 그보다도—.

펜리르는 이곳저곳을 다친 상태였다. 금색 털은 보라색 피로 물들어있었다.

헌터가 쐈는지 엉덩이에는 아직 화살이 꽂혀 있었다. 짓무른 상처가 애처로웠다.

"이거, 그냥 두면 안 되겠는데……."

웅크려 누워 있던 펜리르가 거친 숨을 내쉬며 얼굴을 들었다.

『으으으…….』

위협하듯 으르렁거리자 입가에서 거품과 피가 흘러나왔다.

"그래, 이해해. 무섭지? 하지만 진정해. 난 아무 짓도 안 해."

손바닥을 보이며 허리를 숙였다.

"봐, 무기는 안 들고 있어."

내게 적의가 없음을 전하기 위한 행동이었다. 펜리르는 계속해서 낮게 으르렁거렸다.

"일단 출혈을 막아야 해. 화살이 박힌 채로는 치료도 할 수 없어."

한 걸음 한 걸음 천천히 내디뎠다. 으르렁거리는 소리가 작아졌다.

괜찮다는 말을 반복하며 살며시 화살을 잡았다.

"미안하지만 아플 거야. 잠시만 참아줘."

그렇게 전하고 양손에 힘을 줘 화살을 당겼다.

『깨갱캥……!!』

펜리르는 울부짖듯 소리 지르며 꼬리를 휘둘렀다. 화살촉이 살을 갈랐으리라.

"미안, 아프지……?"

버티면서 격려하듯 말을 걸었다.

"윽……!"

꼬리가 내 배를 때렸다. 격통이 느껴졌다. 뚜둑 하는 소리도 났다.

갈비뼈가 한두 개 부러졌을지도 모른다. 아픔을 참기 위해 심호흡했다. 그러면서 손의 살가죽이 벗겨져 있음을 깨달았다. 피도 나고 있었다. 자꾸 미끄러진다 싶더니 이것 때문이었나.

메고 있던 배낭에서 단도를 꺼내 옷의 소매를 자르고 손에 감았다.

이걸로 됐다. 자, 다시 뽑자.

"흐, 끄으으으!!"

이를 악물고, 숨을 멈추고, 신중하게 힘을 줬다.

살을 에는 듯한 감촉이 들었다. 그게 괴로웠다.

"조금만 더. 조금만 더 하면 돼."

펜리르를 타이르는 것인지 자신을 타이르는 것인지. 스스로도 구별할 수 없게 되었다.

이마에서 땀이 뚝뚝 떨어졌다.

화살촉이 보인다!

미끄덩거리는 감촉과 함께 마침내 화살이 뽑혔다.

"하아, 하아……. 좋아…… 잘 참았어……."

숨을 몰아쉬며 펜리르에게 전했다. 그거 잠깐 용썼다고 이 꼴이었다.

펜리르는 화살이 빠진 상처를 할짝할짝 핥기 시작했다.

"응? 배에 뭔가 커다란 멍이……."

펜리르가 자세를 바꿔서 그것을 알아차렸다. 눈을 가늘게 뜨고 들여다본 나는 헉하고 숨을 삼켰다.

틀렸다. 멍이 아니다. 복부를 덮듯 그려진 남색 주문―.

이건 주인(呪印)이다.

"대체 왜 저주에 걸린 거야?"

내 중얼거림을 들은 펜리르가 귀를 쫑긋 움직이고 얼굴을 들었다. 마치 말을 알아듣는 것 같았다.

"잠깐 보여 줄래?"

긍정하듯 펜리르가 눈을 내리떴다.

저주는 상대에게 고통을 주기 위해 이루어지는 금단 스킬 중 하나다.

주인의 종류에 따라 발생하는 증상은 다양하지만, 지독한 고통을 가져온다는 점만큼은 동일했다.

애초에 저주는 철저한 고통 끝에 상대를 죽이는 것을 목적으로 사용되는 스킬이다.

대상이 인간이든 동물이든 저주를 걸다니 너무한 짓이었다.

"불쌍하게도……."

다친 갈비뼈를 감싸면서 짐승 옆에 무릎을 꿇었다. 펜리르는 날 뛰지 않고 가만히 있었다.

"금방 끝날 거야."

나는 그렇게 타이르며 피가 굳은 털을 살며시 쓸어 올렸다. 복부가 드러났다.

"……마, 맙소사! ……어떻게 이런 짓을……!"

동요하여 목소리가 떨렸다. 새겨진 주인의 의미를 이해한 나는 아연실색했다. 왜냐하면—.

『변모 저주』.

펜리르에게는 인간을 동물로 바꾸는 저주가 걸려있었다.

즉, 눈앞에 있는 펜리르는 인간이었다.

『변모 저주』에 걸렸다는 것은—.

"……너, 인간이구나."

『끼잉…….』

펜리르의 입에서 불쌍한 울음소리가 흘러나왔다. 파란 두 눈이 슬픔에 흔들리고 있었다.

뜻하지 않게 짐승으로 바뀌어 버린 고통은 감히 상상도 할 수 없었다.

안타까운 기분이 엄습하여 나는 주먹을 꽉 움켜쥐었다.

가슴이 에인 듯이 아팠다. 대체 누가 무엇을 위해 한 짓일까? 아니, 이유 따위 어찌 되든 좋다. 사람을 짐승으로 바꾸는 짓은 이유가 무엇이든 용납할 수 없었다. 저주를 풀어줘야 했다.

저주 해제 스킬이라면 알고 있다.

이토록 악질적인 것은 아니었지만, 과거에 몇 번 저주를 푼 경험도 있었다.

다만 그것은 전성기 때 이야기다. 지금 내 힘은 그때의 10퍼센트도 못 되었다.

젠장. 약한 소리 할 때가 아니잖아.

스킬을 사용하는 기술에 나이는 관계없다. 스킬 마스터인 대현자 중에는 나보다 훨씬 나이 많은 비실비실한 영감님도 많다.

중요한 것은 기술과 지식, 그리고 MP다.

다만 내게는 한 가지 더 문제점이 있었다.

『저주 해제』는 강력한 스킬이다. 얼마 남지 않은 내 HP 따위 순식간에 소멸할 것이다.

목숨을 건 인명 구조라……. 그렇게 죽는 것도 나쁘지 않다.

목적도 없이 공허하게 살며 마음을 말려 죽이는 것보다 훨씬 제대로 목숨을 쓰는 방식이라는 생각이 들었다. 그래. 누군가를 위해 죽을 수 있다면 바라는 바다.

"지금부터 네게 걸린 저주를 풀 거야. 그대로 얌전히 있어."

펜리르가 흠칫 놀라 얼굴을 들었다.

저주를 풀 수 있냐고 묻고 싶은지, 말하려는 듯 입을 달싹였다.

"괜찮아. 내가 반드시 도와줄게."

혼잣말처럼 중얼거리고 두 다리를 벌렸다. 양손을 앞으로 내밀고 크게 심호흡했다.

마음은 평온했다. 이 상태라면 할 수 있다.

《깜박이는 희망의 입자 이곳에 모이라, 지금 내가 명하노라— 저주 해제!》

내 양손에서 흰빛이 터졌다. 영창은 성공했다.

그와 동시에 몸에서 힘이 빠져나가는 것을 느꼈다.

스테이터스를 확인하지 않아도 알 수 있었다. 자신의 HP가 점점 줄어드는 감각.

영혼이 이 몸을 떠나려 하고 있었다. 아아…… 죽음이 찾아온다.

지면에 쓰러지며, 날아간 빛이 펜리르에게 도달하는 것을 보았다.

이제 됐다. 안도하며 몸에서 힘을 뺐다.

사실은 상처도 스킬로 고쳐 주고 싶었지만 이미 HP는 남아 있지 않았다.

차가운 흙의 감촉을 뺨으로 느끼며 눈을 감으려고 했다.

하지만—.

"뭐야?!"

위웅, 공기가 진동하더니 스킬이 튕겼다. 눈에 보이지 않는 무언가에 부딪친 것이다.

막혔어? —아니, 틀렸다.

튕긴 스킬이 쓰러진 내게 돌아왔다.

그 직후, 한층 더 예상치 못한 일이 일어났다.

"……읏?!"

몸이 돌연 가벼워지는 것을 느꼈다. 1년 내내 나를 괴롭혔던 허리와 어깨의 통증이 순식간에 사라졌다.

마치 20대로 돌아간 것처럼 몸 안쪽에서 에너지가 흘러넘쳤다.

뭐지, 이건. 곤혹스러워하며 몸을 일으켰다.

죽어서 통증으로부터 해방된 건가? 매우 진지하게 그런 생각을 했다.

하지만 유체 이탈 상태도 아니었고, 내 몸은 내 생각대로 움직였다.

양손을 내려다보며 주먹을 쥐었다 펴 보았다. 반투명하지도 않았다.

역시 살아 있지?

"도통 영문을 모르겠네."

혼잣말을 중얼거린 나를 펜리르가 걱정스럽게 올려다보았다.

HP는 바닥났을 텐데 어떻게 된 거지.

혼란스러워하며 스테이터스를 확인한 나는 깜짝 놀라 숨을 삼켰다.

———————————————————

이름: 더글러스 포드

성별: 남자

종족: 인간

직업: 강화 마술사

레벨: 68 (NEXT 1011)

HP: 60900

MP: 56432

———————————————————

"HP 60900이라고?!"

내 현재 HP는 2500일 텐데. 게다가 MP까지 열 배 가까이 늘어났다.

무슨 일이 일어난 거야…….

심호흡하고 머릿속을 정리해 보았다.

해제 스킬은 틀림없이 발동했다. 하지만 펜리르에게 닿은 순간 튕겨서 내게 돌아왔다. 그렇게 나와 부딪친 해제 스킬은 그대로 사라졌다.

그 결과, 내 몸은 가벼워졌고 이제껏 안고 있던 신체적 문제조차 일절 느끼지 않게 되었다. 설마.

"나도 저주받은 상태였던 건가……?"

스킬을 쓸 때마다 줄어들었던 HP. 전혀 늘지 않게 된 MP.

요통과 어깨 결림. 늘 노곤하며 납처럼 무거운 몸.

노화가 원인인 줄 알았던 그 증상들이 만약 저주 때문이었다면.

튕겨 돌아온 해제 스킬을 맞고 전부 사라진 건가.

일단 앞뒤는 맞았다. 아니, 따로 설명할 방법이 없었다.

심지어 조금 전에 확인한 스테이터스는 내 현재 레벨 68에 걸맞은 수치였다.

자신이 저주받았다는 것도 눈치채지 못하다니. 얼마나 멍청한 거야.

하지만 저주받았는데도 상태 이상이 표시되지 않았던 것은 부자연스러웠다.

애초에 대체 누가 내게 저주를 걸었단 말인가?

아니, 그건 나중에 생각해도 된다. 그보다도 지금은 펜리르를 어떻게든 해 주고 싶었다.

다만 곤란하게도 상황은 내가 생각했던 것보다 훨씬 성가셨다.

저주 해제 스킬 영창은 실패하지 않았다. 그런데도 튕겨 나왔다면……

"『금기 저주』인가."

중얼거린 목소리가 자연스럽게 무거워졌다.

『금기 저주』는 최고위 저주다. 그리고 그것은 저주를 건 술자 본인만이 해제할 수 있다. 즉, 나는 이 펜리르를 짐승에서 인간으로 되돌려 줄 수 없다는 뜻이었다.

하지만 도저히 포기할 수 없었다. 도와주겠다고 약속했다. 무슨 방법이 없을까? 뭐든 좋다. 이자를 구할 방법은 없을까? 생각해. 생각해. 생각해.

자신을 몰아붙이며 머리를 굴렸다. 지금까지의 경험, 기억, 지식을 총동원하여 필사적으로 가능성을 찾았다.

『금기 저주』를 건 술자를 찾아내는 건 어떨까? 아니, 그건 현실적이지 못하다. 상대는 저주를 건 인간이다. 부탁해봤자 저주를 풀어 주지는 않을 것이다.

심지어 그자를 찾아낼 때까지 짐승 모습으로 있으라고 해야 한다.

술자만이 해제할 수 있는 저주를 이 자리에서 내가 풀 방법. 그것을 찾아야만 했다.

잠깐. 술자만 풀 수 있는 저주를 내가 풀려면—.

"내가 술자가 되면 돼."

『하흐.』

내가 갑자기 말한 탓에 깜짝 놀란 펜리르가 묘한 울음소리를 냈다.

"돌파구를 찾았을지도 몰라."

귀를 축 젖힌 펜리르가 미안하다는 듯 울었다.

그 애처로운 태도를 보자 가슴이 아팠다. 역시 무슨 수를 써서든 도와주고 싶었다.

……잠깐. 문득 어떤 생각이 떠올랐다.

나는 『트레이스 스킬』을 가지고 있다. 『트레이스 스킬』은 목소리와 외모를 알고 있는 상대로 변할 수 있는 변신 스킬이다.

하지만 나는 술자를 모른다. 여기서 『정보 공유 스킬』이 도움이 된다. 『정보 공유 스킬』을 사용하여 그자를 아는 인간의 뇌에서 정보를 끌어내 어떤 인물인지를 알 수 있다.

『정보 공유 스킬』을 발동한 채 『트레이스 스킬』로 술자로 변신한다. 그리고 『트레이스 스킬』을 발동한 채 저주를 해제한다.

이러면 펜리르의 저주를 풀어 줄 수 있을 터다. 다만 이건 어디까지나 이론상의 이야기였다.

스킬 발동 중에 다른 스킬을 쓰는 『스킬 이중 사용』.

그런 대단한 재주를 부릴 줄 아는 인간은 내가 알기로 한 명밖에 없었다.

용사 앨런. 그는 그 특별한 능력을 높이 평가받아 국왕에게 용사 칭호를 받았을 정도다.

『스킬 이중 사용』은 그만큼 특수한 능력이었다.

심지어 앨런조차 사용할 수 있는 스킬은 통상 스킬로 한정되어 있었다.

최악이게도 『정보 공유 스킬』과 『트레이스 스킬』은 통상 스킬보다 랭크가 높은 전문 스킬로 분류되었다.

게다가 『저주 해제』는 해제하고 싶은 저주에 맞춰 난이도가 바뀌었다.

『금기 저주』를 해제하려면 『특수 저주 해제』라는 최고위 스킬이 필요했다.

앨런 일행과 나 사이에 능력 차이가 생기기 시작했을 무렵.

나는 어떻게든 그 차이를 메꾸고 싶어서 스킬에 관한 지식을 필사적으로 배웠다.

전투로 쫓아갈 수 없다면 지식으로 도움이 되자고 생각했던 것이다.

그래서 나는 모든 지식에 정통했다.

발동 방법과 주문도 머릿속에 주입되어 있었다. 하지만 안다고 다 쓸 수 있는 것은 아니었다.

조금 전까지 나는 통상 스킬 하나 쓰는 것이 고작이었고 말이지.

애초에 MP도 턱없이 부족했었다. 그러나 지금은 다르다. MP 56432. 그리고 이 가벼운 몸. 솟구치는 에너지. 시도해 볼 가치는 있다.

"통상적인 방법으로는 저주를 풀 수 없었어. 그러니까 이번에는 다른 방법을 써 보고 싶어. 다만 그러려면 네 머릿속을 들여다봐야 해. 한 번 더 내게 기회를 줄래?"

파란 눈이 지그시 나를 바라보았다. 펜리르는 수긍하듯 코를 움직였다.

방금 처음 만난 나를 믿어 준 것이다.

펜리르의 마음이 전해져서 가슴이 뜨거워졌다.

어떻게 해서든 해내고 싶다. 그렇게 강하게 생각하며 나는 펜리르를 향해 오른손을 뻗었다.

"네게 저주를 건 자의 모습을 이미지해 줘."

머리를 덮듯 손바닥을 펼치고『정보 공유 스킬』주문을 영창했다.

《지식의 문, 마음의 문, 열리고 이어져서 나와 하나가 되어라─ 정보 공유!》

펜리르의 뇌 속에 있는 남자의 정보가 파도처럼 밀려들었다.

쉰 목소리. 움푹 들어간 눈두덩. 차가운 눈길. 비틀린 얇은 입술. 끝을 알 수 없는 탁한 회색 눈동자. 나이는 나와 엇비슷해 보이는 남자다. 호리호리하고 키가 크며 모진 인상을 준다. 검은색 로브를 뒤집어쓰고 지팡이를 들고 있어서 주술사임을 알 수 있었다.

이 남자가 저주를 걸었나……!

상대를 알자 분노가 더 커졌다. 구역질이 날 만큼 혐오감이 들었지만 목적을 잊어서는 안 된다. 영창을 시작하자.

《……형태 있는 것의 섭리, 해방되어라.》

크게 숨을 들이쉬고 마음을 진정시켰다.

《나는 재구축을 명하노라─ 트레이스!》

손끝에 전류 같은 것이 흘렀다. 세포가, 뼈가, 살이 변형되었고─.

『으으……! 으르르르릉……!』

펜리르가 으르렁거리며 겁먹은 듯 뒷걸음질 쳤다.

성공했나? 두 팔을 벌리고 자신의 몸을 내려다보니—.

뼈마디가 굵었던 내 손이 남자 손 같지 않은 아름다운 손으로 바뀌어 있었다. 몸에 걸치고 있는 것은 검은색 로브. 심박 수가 빨라졌다. 허둥지둥 자신의 얼굴을 만져 보았다.

"……!"

코 형태가 달랐다. 입술도, 뺨도, 피부의 감촉도.

됐다. 이건 내가 아니다. 아무래도 최초의 난관은 돌파한 모양이다.

심지어 나는 조금도 지치지 않았다. 지치기는커녕 폭발할 듯 에너지가 넘쳐흘렀다. 현기증도 나지 않았고 오히려 넘치는 힘을 느꼈다.

할 수 있겠어! 그렇게 직감한 나는 『저주 해제 스킬』 주문을 즉시 영창했다.

《깜박이는 희망의 입자 이곳에 모이라, 지금 내가 명하노라— 특수 저주 해제!》

그 순간, 눈부신 빛이 펜리르의 몸을 감쌌다.

"큭……!"

너무 눈부셔서 눈을 뜨고 있을 수 없었다.

제발! 성공해 줘!

매달리는 기분으로 몇 번이고 눈을 비볐다.

빛은 밤하늘의 별처럼 반짝거리며 조금씩 흩어졌다.

어떻게 됐지?! 무산되는 빛 속에 작은 그림자가 보였다. 나는 무심코 숨을 삼켰다.

그곳에는—.

"아……."

열 살도 채 되지 않아 보이는 어린 소녀가 지면에 주저앉아 있었다.

소녀는 자신에게 무슨 일이 일어났는지 바로 이해하지 못한 것 같았다. 어리둥절해하며 이상하다는 듯 고개를 갸웃하고 있었다.

그 파란 눈이 주는 무구한 인상은 펜리르의 맑은 눈에서도 느꼈던 것이었다.

성공했다!

안도하여 어깨를 늘어뜨린 직후, 나는 황급히 일어났다.

서둘러 코트를 벗어서 추워 보이는 어깨에 걸쳐 줬다.

소녀는 옷을 안 입고 있었다. 그야 그럴 것이다. 조금 전까지 펜리르였으니까.

"낡은 옷이라 미안. 헐렁헐렁하겠지만 일단 그걸로 참아 줘."

소녀가 진지한 얼굴로 고개를 끄덕였다.

다음은 회복이다. 소녀를 향해 손을 뻗고 회복 스킬 주문을 영창했다.

《생명을 지키는 상냥한 여신, 치유의 빛을— 완전 회복.》

소녀의 몸에 나 있던 상처가 전부 사라졌다.

"아픈 곳은 없어?"

또 고개를 끄덕였다.

"목소리는? 얘기할 수 있어?"

소녀는 목에 손을 대고서 괴로운 듯 인상을 썼다.

"아…… 아…… 으. ……애, 얘기할 수 있어……."

말하는 법을 떠올리는 것처럼 몇 번 발성한 후, 떠듬떠듬 그렇게 말했다.

소녀의 목소리는 매우 작았고 희미하게 떨리고 있었다.

그래도 말을 나눌 수 있게 되어 안도했다.

자신의 HP를 다시금 확인해 보았다.

『HP: 60900』

역시 줄지 않았다. 그렇게나 스킬을 썼는데. 아까까지는 생각할 수 없었던 일이다.

나는 곤혹스러워하며 『트레이스 스킬』을 풀고 원래 내 모습으로 돌아왔다. 그 직후에…….

"응?"

소녀가 내 바지를 잡고서 가만히 나를 올려다보았다.

말을 꺼내기 어려운지 입을 우물우물 움직였다. 뭔가 하고 싶은 말이 있는 듯했다.

"왜?"

"……."

방금 묻는 방식은 너무 무뚝뚝했나?

어린아이와 이야기하는 것에 익숙하지 않아서 어떻게 대하면 좋을지 모르겠다. 일단 소녀 앞에서 몸을 숙였다.

재촉하지 않는 게 좋겠지…….

"……."

"……."

우리 둘 사이에 뭐라 형용할 수 없는 분위기가 흘렀다.

소녀가 자신의 페이스로 말하기를 기다리니―.

"……도, 도와줘서…… 고마워요……."

"……!"

힘껏 용기를 쥐어짜 말했을 것이다.

소녀의 새빨간 얼굴을 보고 있자니 나도 모르게 눈물이 날 것 같았다.

3화 아저씨와 소녀, 두 사람의 저녁밥
~돼지고기 콩수프와 사과구이빵~

저주 해제를 끝내고 한숨 돌렸을 때, 소녀의 발치에 장신구가 떨어져 있음을 알아차렸다.

주워 보니 꺼림칙한 디자인의 검은색 목걸이였다.

아마 저주에 이용된 물건이겠지.

주술이나 마법 관련 스킬은 장신구를 이용하면 효과가 높아진다.

"이 목걸이 본 적 있어?"

소녀가 말없이 고개를 가로저었다.

허리까지 오는 긴 머리카락이 그 움직임에 맞춰 무겁게 흔들렸다.

벌꿀색 머리카락은 오랫동안 감지 않았는지 먼지와 진흙 때문에 상당히 칙칙했다.

"쓸래? 저주는 풀었으니까 가지고 있어도 딱히 문제는 없어."

소녀는 아까보다도 확실하게 고개를 가로저었다.

자신에게 걸려 있던 저주와 관련된 장신구이니 그야 쓰기 싫겠지…….

"그럼 이건 마을에서 돈으로 바꿔 버리자. 그때까지 내가 맡아둘게."

"응."

드디어 작은 목소리가 돌아왔다.

상처는 치유되었을 텐데 펜리르였을 때와 다름없이 가냘픈 목소리였다. 아직 어디 아픈 곳이 있는 걸까?

걱정돼서 확인했지만 괜찮다고 했다. 원래 얌전한 아이일지도 모른다.

"그럼 어디서 살았는지 마을 이름을 가르쳐 줄래?"

나는 소녀를 집까지 데려다줄 생각이었다.

어차피 떠돌이 신세다. 정해진 목적지는 없었다.

하지만 고개 숙인 소녀에게서 돌아온 것은 예상외의 대답이었다.

"돌아갈 곳은…… 없어……."

"뭐? 돌아갈 곳이 없다니, 가족은?"

"가족도…… 없어."

없다고? 천애 고아인 걸까.

"하지만 저주에 걸리기 전에 생활하던 곳은 있을 거 아니야? 그곳에 바래다줄까?"

"……!"

묻자마자 소녀가 화들짝 얼굴을 들었다.

긴 앞머리에 덮인 파란 눈이 크게 뜨여 있었다.

그 눈동자에 떠올라 있는 것은 공포였다. 소녀는 진심으로 두려워하고 있었다.

아직 어린 소녀가 이런 얼굴을 하다니. 대체 어떤 일을 당한 걸까.

소녀가 무엇을 두려워하는지는 알 수 없지만 나는 안타까운 기분이 들었다.

"아, 안 돼……. 그곳에는 돌아가고 싶지 않아……! ……뭐든 할 테니까, 그러니까 그곳에는 돌려보내지 마……."

새파란 얼굴을 하고서 매달리듯 내 바지를 양손으로 잡았다.

그 손이 파르르 떨리고 있었다.

"알겠어. 아무것도 안 해도 돼. 네가 싫다면 돌려보내지 않을 테니까 안심해."

"정말……?"

"그래, 약속해."

나는 무릎을 꿇어 눈높이를 맞추고서 힘 있게 고개를 끄덕였다.

소녀가 앞머리 틈으로 나를 마주 보았다.

경직되어 있던 소녀의 어깨에서 힘이 빠지는 것을 보고 나도 안도했다.

하지만 문제는 남아 있었다. 아직 어린아이이니 근처 마을에 데려다주고서 끝이라고 할 수도 없었다.

그렇다고 내가 키우는 것은 무리한 이야기였다.

이 나이가 될 때까지 독신인 몸이다. 아이를 키우는 방법 따위 전혀 모른다.

하물며 상대는 여자아이다. 아저씨와 둘이서 하는 여행은 싫을 것이 뻔했다.

그렇다면 누군가 믿을 수 있는 사람에게 맡겨야겠지만…….

내 뇌리에 발자크가 떠올랐다.

조금 멀지만, 그 도시 말고 다른 곳에는 아는 사람이 없었다.

내가 발자크에 데려가서 돌봐 줄 사람을 찾아 준다고 하니 소녀는 안절부절못하며 미안한 듯 고개를 숙였다. 사양하는 버릇이 들어 있었다.

이 아이가 어떤 환경에서 자랐는지 성장 과정이 신경 쓰였다.

하지만 조금 전에 덜덜 떨던 모습을 생각하니 쉽사리 물을 수 없었다.

그때, 소녀의 배에서 꼬르륵 소리가 났다.

"아……."

부끄러운지 뺨을 붉히고서 소녀가 자신의 배를 눌렀다.

팽팽했던 공기가 누그러지는 것을 느끼며 나는 웃었다.

"하하! 밥이나 먹을까. 실은 나도 아직 저녁밥 안 먹었어."

"밥…… 먹어도 돼……?"

"그럼. 어차피 아침이 되고 나서야 출발할 거니까."

밤에는 마물이 돌아다니고, 나 혼자라면 모를까 소녀를 동반한 여행이다.

위험한 행동은 최대한 피하고 싶었다.

"노숙이라 미안하지만 밥 먹고 제대로 쉬자. 가장 가까운 마을도 이 숲에서 한나절은 걸리니까."

그런고로 저녁 준비를 시작했다. 우선은 적당한 나뭇가지를 모아 불 피우기부터.

평소에는 성냥을 쓰지만 문득 어떤 생각이 번뜩였다.

스킬을 써서 불을 피워 볼까.

만약 정말로 힘이 돌아왔다면 20대 시절처럼 힘을 조절해야 한다.

나는 손끝에 신경을 집중하고 신중하게 영창을 시작했다.

《화염의 성령, 분노의 불꽃을 나에게 빌려주소서— 불 마법 샐러맨더.》

손바닥이 확 뜨거워졌고—.

"뭐야?!"

터무니없는 위력의 업화가 내 손에서 발사되었다.

모닥불을 피우는 수준이 아니었다. 모아 둔 나뭇가지뿐만 아니라 불이 날아간 나무들까지 순식간에 티끌로 화했다.

상당히 가감했을 텐데 이게 대체 무슨 일이야.

"이봐, 안 다쳤어?!"

나는 황급히 소녀에게 달려갔다. 소녀는 입을 쩍 벌린 채 우두커니 서 있었다.

"미안. 무서웠지?"

"아……. 아, 아니야. 대단해서……. ……날 고쳐 주기도 했고, 굉장한 마법사야……?"

쓴웃음을 지으며 고개를 가로저었다.

"아니. 그냥 아저씨야."

그리고서 나는 다시 나뭇가지를 모았다.

소녀에게 떨어져 있으라고 하고서 다시 한번 마법을 시도해 보았다.

검지 끝에 약하게 불이 깃들면 충분하다. 이미지를 다지고서 재차 영창했다.

《화염의 성령, 분노의 불꽃을 나에게 빌려주소서— 불 마법 샐러맨더.》

화륵, 불이 나타나는 소리가 나더니 이번에는 제대로 점화되었다.

일단 스테이터스를 확인해 보았다. 역시 HP 감소는 보이지 않았다.

나는 안도하며, 메고 있던 등짐을 내리고 불 앞에 쭈그려 앉았다.

그리고 손때 묻은 냄비, 단검, 천에 싸인 빵과 사과를 꺼냈다.

바지에 손을 닦고 작업에 착수했다.

먼저 단검으로 빵을 잘랐다. 빵은 딱딱해서 얇게 썰기 매우 힘들었다.

나는 이걸로도 참을 수 있다. 하지만 소녀가 함께하는 동안에는 좀 더 제대로 된 빵을 사는 편이 좋겠지.

어떻게든 소녀 몫을 잘라서 건네려고 했을 때, 소녀의 손이 상당히 더러움을 깨달았다.

손톱에 낀 검붉은 것은 피일 것이다.

이번에는 신중하게 가감하여 물 마법을 써서 먼저 내 손을 시험삼아 헹궜다.

그런 다음 소녀의 손을 씻고 바람 마법으로 말렸다.

"이제 됐다."

빵을 건네고 조금 생각했다.

"잠깐만 기다려. 그대로 먹기는 심심하니까."

냄비를 불에 올렸다. 가열되는 동안 단검으로 사과를 얇게 썰었다.

냄비 위로 손을 들어 확인하니— 좋아, 데워졌네.

칼로 썬 사과를 냄비 위에 하나씩 늘어놓았다.

흐물흐물하게 적당히 부드러워지면 뒤집었다. 양면이 구워지면
완성.

조금 전에 줬던 빵을 내밀라고 한 뒤, 구운 사과를 얹어 줬다. 구
운 사과를 올린 빵이 만들어졌다.

"자, 먹어."

소녀는 웅얼웅얼 감사 기도를 올리고 나서 작은 입을 열심히 벌
리고 빵을 덥석 물었다. 그 순간, 앞머리 너머에서 눈이 반짝반짝
빛났다.

"흐아아……!"

입이 가득 차 있어서 감탄밖에 안 나올 것이다.

하지만 그 목소리에서 맛있다는 감상이 전해졌다.

다람쥐처럼 뺨을 볼록하게 만들고 기쁘게 우물거렸다. 마음에
든 모양이라 다행이었다.

나도 마찬가지로 사과를 늘어놓은 빵을 입에 넣었다. 음, 맛있어.

구워서 더 새콤달콤해진 사과는 퍽퍽한 빵과 상성이 매우 좋았다.

이어서 가열된 냄비에 물을 붓고 말린 멸치콩과 쩌렁돼지 건육을
삶았다.

멸치콩은 그대로 오독오독 먹을 수도 있고, 삶으면 불어나서 양
이 더 많아진다.

게다가 저렴하기까지 하여 모험가라면 누구나 들고 다니는 식자

재였다.

쩌렁돼지 건육으로는 감칠맛 나는 육수를 낼 수 있다.

끓여서 연해진 건육을 숟가락으로 젓자 기름이 천천히 떠오르기 시작했다.

여기에 맛이 담겨 있었다.

달빛 아래에서 황금색 수프가 반짝반짝 빛나는 것을 보고 나는 침을 꿀꺽 삼켰다.

소녀도 이 수프를 맛있게 먹어줬으면 좋겠다.

냄비가 보글보글 끓는 사이에 근처에 난 허브를 따왔다.

그것도 물 마법으로 잘 씻은 후 냄비에 넣었다. 마지막으로 소금을 한 줌 넣어 간을 맞췄다.

냄비에서 올라오는 하얀 김이 식욕을 돋우는 먹음직한 냄새로 변화했다.

수프를 마시기 위한 용기는 은색 머그잔 하나밖에 없었기에 번갈아 써야했다. 우선은 소녀에게. 여전히 사양했기에 괜찮다며 몇 번이나 타일렀다.

"뜨거우니까 조심히 마셔."

양손으로 머그잔을 쥔 소녀가 수프를 바라보며 진지한 얼굴로 고개를 끄덕였다.

그리고서 후~후~ 입김을 불기 시작했다.

그 모습이 서툴러서 웃고 말았다.

"슬슬 먹어도 되지 않을까?"

© 2018 Fuzichoco

내가 가르쳐 주자, 마침내 머그잔을 입가로 가져가 한입 먹었다.

"······! 맛있어······."

표정이 별로 바뀌지 않는 아이지만 맛있다고 느꼈을 때는 아이다운 얼굴을 보여 주었다.

나는 그 무구한 미소에 마음이 치유되는 것을 느끼며 소녀를 향해 고개를 끄덕였다.

배부르게 먹고 냄비는 깨끗하게 비워졌다. 나는 후우, 숨을 내쉬고서 옆에 있는 소녀에게 시선을 보냈다.

"배는 찼어?"

"응."

"그래, 그렇구나."

"저…… 저기……."

"응? 왜?"

내가 묻자 입을 다물어 버렸다. 뭘까. 뭔가 하고 싶은 말이 있는 거지?

그렇게 생각하고 기다리자 소녀는 코트 자락을 양손으로 꼭 잡은 채 고개를 숙여 버렸다.

"왜 그래?"

"……아무것도 아니야."

나는 고개를 갸우뚱하며 조금 곤란해지고 말았다.

어떻게 이 아이와 소통하면 좋을지 아직 감이 잡히지 않았다.

혹시, 사실은 맛없었나?!

"미안. 입맛에 안 맞았어? 아니면 싫어하는 게 들어 있었어?"

"아, 아니야……. 미안……. 맛있었다고 말하고 싶었는데……. 뭐라고 전하면 좋을지 몰라서……."

소녀가 떠듬떠듬 그렇게 말했다.

"그, 그랬구나."

맛있다고 말해 주는 것은 기뻤다.

열심히 전해 준 말에 기운이 나서 다음 식사도 맛있게 준비해 주고 싶다고 생각했다.

이 아이가 좋아하는 음식은 뭘까. 물어보려다가 나는 퍼뜩 놀랐다.

그러고 보니 이름조차 묻지 않았다.

"자기소개를 아직 안 했구나. 나는 더글러스. 더글러스 포드야. 네 이름을 가르쳐 줄래?"

"……나는 라비."

"라비구나."

토끼 래빗에서 따온 이름일까?

확실히 때때로 보이는 소녀의 땡그란 눈은 토끼와 비슷했다.

그런 생각을 하며 사용한 냄비와 숟가락을 물 마법으로 씻는데…….

갑자기 어둠 너머에서 낮게 으르렁거리는 소리가 들려왔다.

짐승의 울음소리였다. 라비가 불안해하며 내게 달라붙었다.

『으르르르…….』

수풀 속에서 빛나는 눈이 무수하게 나타났다. 그것을 알아차린 순간, 나는 자그마한 라비를 안아들었다.

포위된 것 같았다. 수는 열 마리쯤일까. 기척에서 강한 적의가 느껴졌다.

무엇보다도 일단 라비를 지켜야 했다.

그건 그렇고 짐승의 접근을 막기 위해 불을 피웠는데도 왜 이런 사태가 벌어졌을까?

수없이 노숙해 봤지만 이런 일은 처음이었다.

짐승 열 마리쯤, 지금의 나라면 수월하게 쓰러뜨릴 수 있을 터다. 하지만 함부로 생물을 해치고 싶지 않았다. 그럼 물러나야겠지만— 그럴 순 없었다.

밤중에 숲속에서 도망치다가 라비가 다치기라도 하면 어쩔 것인가?

망설이는 나를 향해 개가 덤벼들었다.

"……!"

라비를 안은 채 휙 피했다.

즉각 두 번째 개와 세 번째 개의 공격이 이어졌다. 피하기만 해서는 끝이 안 난다.

동물을 상대로 싸우자니 마음이 아프지만…….

《절대 영도의 성역을 지키는 여신, 나에게 얼어붙는 입맞춤을— 얼음 마법 헬!》

얼음 칼날이 개의 복부를 벴다.

치명상은 안 될 만한 상처를 줘서 철수시킬 셈이었다.

그러나 개들은 일순 비틀거렸을 뿐, 금세 다시 달려들었다.

뭔가 이상했다.

위화감을 느꼈지만 생각하고 있을 여유는 없었다. 나는 재차 얼음 마법을 영창하여 개의 다리를 공격했다.

이걸로 움직임이 봉해지면 좋겠는데…… 라비를 고쳐 안으며 그렇게 바랐지만 한순간 절뚝거렸을 뿐 발이 멈추지는 않았다.

심지어 어째선지 아픔을 느끼는 낌새가 없었다. 역시 묘했다.

이 상황에서 철수시키는 것은 불가능했다. 전투가 길어지면 라비에게 위험이 미치고 만다.

어쩔 수 없군. 결심을 굳힌 나는 개들을 끝장내기 위해 심장을 저격했다.

적어도 단숨에 끝장내 주고 싶었다. 조준은 빗나가지 않았고 얼음 칼날이 꽂혔다. 그러나ㅡ.

"뭐야?!"

새빨간 피를 철철 흘린 개가 피 웅덩이 속에서 일어났다.

저렇게나 피를 흘렸는데 멀쩡히 움직일 수 있을 리가 없다.

설마…… 불길한 예감을 느끼며 다시 얼음 마법을 쐈다.

화살 같은 얼음이 심장을 재차 꿰뚫었고 개들이 그 자리에 쓰러졌다.

하지만 생각했던 대로 몇 초도 지나지 않아 모든 개가 몸을 일으켰다.

얼음 마법이 관통한 심장에는 동그란 구멍이 뻥 뚫려 있었다.

입에서는 침과 함께 상당한 양의 피가 흘렀다.

저런 상태로 살아 있을 수는 없다. 역시 그랬나. 이 녀석들은…….

"언데드야."

목숨을 잃은 뒤로도 오로지 사냥감을 찾아 떠도는 살아 있는 시체. 성불도 못 하고 영원히 굶주리는 불쌍한 존재.

언데드에게는 공포심이 없다. 그래서 불을 피웠어도 공격해 온 것이다. 하지만 대체 왜 이렇게 많은 들개가 언데드가 되었을까?

언데드가 태어나려면 몇 가지 조건이 필요하다.

강제로 목숨을 빼앗기고, 진혼 기도조차 올려지지 않은 채 방치된 사체.

거기에 살해당한 생명이 가지고 있던 「살고 싶다」는 강한 의지가 강렬한 마음이 되어 뒤얽히면 언데드가 탄생한다.

즉, 누군가가 이 숲에서 개들을 마구 죽였고, 그것은 불합리한 죽음이었을 가능성이 컸다.

나는 무심코 눈썹을 찌푸렸다.

심장에 구멍이 뚫렸음에도 배고파서 침을 질질 흘리는 개들의 고통을 나는 당연히 알지 못한다.

"......"

이유도 모르면서 불쌍하다고 느끼는 것은 자기중심적인 생각이리라.

그래도 어떻게든 해주고 싶었다.

언데드를 구할 방법은 단 하나. 뇌를 파괴해서 죽음을 선사하여 무한한 갈증에 종지부를 찍을 수밖에 없다. 나는 안타까운 기분을 느끼며 라비의 얼굴을 내 어깨에 눌렀다.

"라비, 잠깐 눈 감고 있어. 내가 괜찮다고 할 때까지 뜨지 마."

목소리로 내 마음을 헤아렸는지 라비는 몸을 굳히고서 고개를
끄덕였다.

"성불해줘."

나는 혼잣말처럼 중얼거리고서 개들의 머리를 노리고 얼음 마법
을 쐈다. 그 직후.

『캥…… 깨갱……!!』

여러 얼음 칼날이 일제히 날아가 언데드의 머리를 잘라냈다.

툭, 털썩하고 소리를 내며 머리를 잃은 짐승의 사체가 지면에 쓰
러졌다.

돌연 공허한 정적이 찾아왔다. 훅 밀려드는 진한 악취를 맡으며
나는 주먹을 움켜쥐었다.

◇ ◇ ◇

"―이자들에게 평온한 잠을 내려주시길."

진혼 문구를 중얼거리며 눈을 감았다.

옆에 웅크려 앉은 라비도 나를 따라 하며 기도하는 자세를 취했
다. 이걸로 전부 끝났을 테지만……. 천천히 일어난 나는 눈앞에
늘어선 여러 무덤을 바라본 채 좀처럼 움직이지 못했다. 라비가 걱
정스럽다는 얼굴로 올려다보았다.

"아아, 미안. 어린아이 앞에서 한심한 얼굴을 보이고 말았네."

머리를 긁적이며 웃음으로 무마하고자 했다. 하지만 올곧은 파

란 눈은 지그시 나를 바라보았다. 적당히 얼버무리려 한 자신이 부끄러웠다.

어린아이의 순수함 앞에서 어른의 비겁한 도망은 통용되지 않는다.

나는 그 사실을 뼈저리게 깨달으며 띄엄띄엄 속마음을 토로했다.

"개들을 구해주고 싶었지만, 역시 오만한 생각이었던 것 같아서. 죽여달라고 이 녀석들이 바란 건 아냐. 우리가 도망치는 것으로 끝났어야 했을지도 몰라."

라비는 난처한 얼굴로 입술을 깨물었다. 당연했다. 이건 답이 없는 한탄이니까.

"아니, 아무것도 아니야. 들어줘서 고맙다."

감사를 전하고 대화를 끝내려고 했는데, 갑자기 바짓가랑이가 살짝 잡아당겨졌다.

아직 입술을 깨물고 있었지만 라비에게 뭔가 하고 싶은 말이 있음은 알 수 있었다.

"저, 저기…… 나는, 도와준 거라고 생각해……. 왜냐하면…… 배고픈 건 아주 괴로우니까……."

머뭇머뭇 말을 고르면서, 기어드는 목소리로 라비가 말했다.

나를 격려해주는 거구나…….

뭐라 말할 수 없는 기분이 가슴을 뒤덮고 마음이 따뜻해졌다.

"고마워, 라비."

내가 미소 지으며 감사 인사를 하자, 라비는 다시 입술을 꼭 깨문 채 고개를 끄덕였다.

설마 이렇게 작은 여자아이에게 격려 받을 줄은 몰랐다.

조금 놀랐지만, 그래도 라비에게 털어놓기 전보다 내 마음은 훨씬 가벼워졌다.

5화 아저씨와 소녀, 여행의 시작

그 후로는 짐승이나 마물에게 습격 받는 일 없이 아침을 맞이할 수 있었다.

나무들 사이로 보이는 태양을 향해 양손을 들고 쭉 기지개를 켰다.

불침번을 섰지만 삭신이 쑤시지도 않았다.

어제까지의 나와는 전혀 달랐다. 마치 새로 태어난 것 같았다.

잠에서 깬 라비는 작은 입을 크게 벌리고 하품을 했다.

"잘 잤어?"

살짝 부끄러워하며 라비가 고개를 끄덕였다.

"응. 하지만, 그, 저기…… 미안해요……."

"응? 뭐가?"

"망보느라 못 잤는데……. 나만 자서……."

"하하! 무슨 소리야. 아이는 잘 자야 쑥쑥 크는 거야. 그러니까 그런 건 신경 쓰지 않아도 돼."

안심하고 잤다면 나도 불침번을 선 보람이 있다.

"자, 그럼."

여행을 떠나기 전에 라비의 신발을 어떻게든 해야겠지.

마을에 도착해서 옷과 함께 사주더라도, 맨발로 한나절을 걸을

65

수는 없다.

그렇다고 무식하게 큰 내 부츠를 신길 수도 없었다.

나는 배낭 안을 뒤져서 자그마한 마대를 두 개 꺼냈다.

안에 들어 있던 건조 콩 등은 다른 주머니에 넣어서 안을 비웠다.

시험 삼아 라비에게 그걸 신기고 입구 부분을 끈으로 묶어 봤다.

여행하다 보면 도중에 신발이 망가지는 일이 때때로 있어서 이렇게 즉석 신발을 만들어 급한 불을 껐다.

다만 외양이 아쉽다는 점은 부정할 수 없었다. 너무 궁상맞나. 여자애니까 싫겠지.

자신의 발을 가만히 바라보던 라비는 조심스럽게 몇 번 발을 굴렀다.

"와아……. 굉장해……. 신발이 됐어……!"

목소리는 여전히 작았지만 기뻐하고 있는 것 같았다.

조심조심 살며~시 움직이는 모습이 웃겼다.

"평범하게 걸어도 안 찢어져."

그렇게 가르쳐줘도 험하게는 걷지 않았다. 마대로 만든 신발인데도 소중히 여기는 듯했다. 입가에 자연스럽게 미소가 떠올랐다.

어쨌든 신발 문제가 해결돼서 다행이다.

그렇게 생각하며 내가 짐을 정리하고 있으니 고개를 살짝 갸웃한 라비가 나무줄기 옆으로 걸어갔다.

왜 저러지? 쭈그려 앉아 뭔가를 주운 것 같았다.

"라비?"

"이거……. 반짝거리며 빛나서……."

내민 것을 받았다.

작은 손이 내 투박한 손 위에 올린 것은 낯익은 반지였다.

심장 부근이 욱신거렸다. 핏기가 싹 가셨다.

이 반지는— 앨런의?

내가 모험가 라이센스를 박탈당한 날, 거리에서 만났던 용사 앨런의 얼굴이 뇌리를 스쳤다.

『어이, 그만해! 언제까지 바보 같은 얘기를 하고 있을 거야.』

그렇게 말하며 나를 감싸 줬던 앨런.

그는 다년간 함께 파티를 맺었던 동료다.

훨씬 젊었을 때는 내가 그에게 싸우는 법을 가르쳐 주기도 했었다.

친하게 지냈던 시기가 있기에 알아차리고 말았다.

착각이 아니다. 확신을 가지고서 말할 수 있다. 이 반지는 역시 앨런의 반지다.

앨런의 부모는 그가 어렸을 때 마물의 습격을 받아 그의 눈앞에서 참살당했다.

처음으로 부모에 관해 이야기해줬을 때, 앨런은 부모의 유품인 반지를 내게 보여 주며 말했다.

반드시 부모의 원수를 갚겠다고. 엄마가 남겨 준 이 반지에 그렇게 맹세했다고.

떨리던 앨런의 목소리. 분노로 번뜩였던 눈.

그때 앨런이 보여 줬던 반지에는 보기 드문 석류색 보석『드래곤의 홍옥』이 달려 있었다.

지금도 그때의 대화를 선명히 떠올릴 수 있다. 그래서 확신할 수 있었다.

내 손바닥 위에 있는 반지와 앨런이 끼고 있던 반지는 틀림없이 동일한 물건이다. 어째서 앨런의 반지가 지금 이곳에 떨어져 있었을까? 앨런에게 반지를 받은 기억은 없다. 짐에 섞여 있었다고도 생각할 수 없다. 내가 용사 파티를 떠나고 1년 가까이 지났으니까.

"……."

아니, 나는 이유를 알고 있다. 그저 그것을 믿고 싶지 않을 뿐이다.

우연히 저주 해제 스킬을 맞고 이전의 강함을 되찾은 몸. 라비의 발밑에 떨어져 있었던 장신구. 비슷한 상황에서 주운 앨런의 반지.

내게 주술을 건 사람은 앨런이었구나…….

눈앞이 캄캄해졌다. 이상한 웃음이 북받쳤다. 그만큼 충격적이었다.

나는 저주로 힘을 뺏기고, 파티에서 쫓겨나고, 모험가 라이센스를 잃고, 죽음을 기다릴 뿐인 존재가 됐었다. 그렇게 만든 사람이 예전 동료였다니…….

앨런은 그렇게나 내가 싫었던 건가.

밉다는 마음이 들지는 않았다. 그저 진심으로 슬펐다.

파티를 떠나기는 했지만 우리는 친했던 시기도 있었다.

서로 등을 맡기고서 싸웠던 날들, 뜨거운 마음을 이야기했던 밤. 그리고 내게 맹세를 털어놓았던 그 날. 앨런은 마음씨 좋은 청년이다. 그런 그가 저주를 걸다니…….

저주를 위해 부모의 유품을 썼다는 사실은 가벼운 마음으로 건 저주가 아님을 이야기하고 있었다.

나의 어떤 행동이 그를 그토록 화나게 했을까? 짚이는 바가 전혀 없었다.

그게 문제겠지. 다른 사람이 자신을 원망하는데도 눈치채지 못 하는 무신경한 남자였던 것이다.

"······왜 그래······?"

조심스러운 질문을 받고 퍼뜩 정신이 들었다. 얼굴을 들자 라비 가 울 것 같은 눈으로 나를 올려다보고 있었다. 이러면 안 되지. 또 라비에게 걱정을 끼치고 말았다.

"괜찮아. 아무것도 아니야."

라비는 고개를 천천히 가로저었다.

"아무것도 아닌 거······ 아니야. 괴로울 때 표정, 짓고 있었는걸······."

"······!"

나는 거짓말에 전혀 소질이 없고 라비는 예리한 아이다.

"그러네······."

매우 겸연쩍은 기분을 느끼며 인정했다. 라비의 말이 맞다. 아무 것도 아니지는 않다.

나는 손바닥에 놓인 반지로 시선을 되돌렸다.

어물쩍 둘러대지 않고 눈앞의 사태와 마주하기 위해.

감정을 어떻게 정리해야 할지 아직 알 수 없다.

그래도 이 반지를 이곳에 버리고 간다는 선택지는 내게 없었다.

저주의 도구로 그가 써 버렸더라도, 부모의 유품이다.

앨런에게 돌려주자. 그리고 왜 내게 저주를 걸었는지 물어보자.

나는 손을 움켜쥐어 주먹 속에 반지를 가두고서 다시금 얼굴을 들었다.

"내 문제는 일단 해결됐어. 자, 출발할까?"

이번에는 거짓말이 아니라 진심으로 그렇게 말할 수 있었다.

◇ ◇ ◇

우리가 지금 있는 곳은 리스 왕국의 북부였다.

대도시 발자크는 왕국의 남서부에 있으므로 남쪽으로 가는 여정이 된다.

북부의 이 부근은 미개척 숲이나 황야뿐이라서 교통망이 발달되지 않았다.

여기저기 자리 잡은 작은 마을들은 독립된 커뮤니티를 구축하여, 도시처럼 인근 도시와 특산품을 주고받는 일이 거의 없었다.

오가는 것은 일용품을 파는 행상인 정도다. 가도를 달리는 승합마차는 전무했다.

거의 계속 걸어야 하는 여행이라 부지런히 휴식하며 조금이라도 라비의 부담을 덜어 줄 생각이다.

숲을 빠져나가자 시야가 트이면서 봄의 밝은 햇살이 쏟아졌다.

환한 빛에 적응하지 못한 눈이 시렸다. 나는 팔을 들어 햇빛을 차단하며 하늘을 올려다보았다.

새털구름이 유유히 흘러갔다. 아득한 상공에서 솔개가 날고 있었다.

초목의 향을 품은 바람은 온화하게 불었고, 묵은 상처는 쑤시지 않았다.

"오늘 하루는 날씨가 좋겠어."

"그것도…… 마법 스킬로 안 거야……?"

생각지도 못한 질문을 받고 눈을 동그랗게 떴다. 그런가, 라비에게는 마법처럼 보였구나…….

이 아이는 내게 신선한 놀라움을 준다. 나는 웃으며 부정했다.

"방금 그건 마법이 아니야. 날씨를 읽은 거야."

"날씨를 읽어……? 어떻게 그런 일이 가능해……?"

이상하다는 얼굴로 물었다.

"으음~ 그러네. 여행 경험으로 얻은 지식이지."

모험가 라이센스를 박탈당하고 떠돌이가 된 이후뿐만 아니라 젊었을 때도, 나는 자주 여행을 했다.

발자크를 기점으로 삼고 있었지만 거기서 이곳저곳으로 여러 번 여행을 떠났었다.

모험가의 삶은 대충 두 종류로 나뉜다.

던전이 있는 도시에 자리 잡고 퀘스트를 소화하며 오로지 던전 공략에 힘쓰는 삶.

혹은 각지를 돌아다니며 실력을 키우거나 레어 아이템을 찾는 삶이다.

물론 레벨을 올리기에는 전자가 압도적으로 적합했다.

하지만 나는 모험하며 느긋하게 여행하는 생활이 좋았다.

날씨를 읽기 위한 지식은 여행하면서 매우 중요하다.

구름과 새와 바람, 자연계의 변화를 보고 예측한 날씨는 대체로 빗나가지 않는다.

"구름을 봐. 높은 위치에 얇게 늘린 것 같은 구름이 늘어서 있지? 저건 새털구름이라고 해. 새털구름이 떠 있는 동안에는 맑아."

"스킬을 안 썼는데도…… 날씨를 알 수 있다니 대단해……."

나는 쑥스러워하며 머리를 긁적였다.

"다만 새털구름은 며칠 후에 날씨가 좋지 않을 조짐이기도 하니까 조심해야해."

구름을 가리키며 라비에게 알려 줬다.

사소한 지식이지만 언젠가 이 아이에게 도움이 될 때가 올지도 모른다.

라비는 입을 벌린 채 구름을 올려다보며 열심히 말뜻을 새기고 있는 것 같았다.

나는 그런 라비를 흐뭇한 마음으로 지켜보았다.

불과 어제 만난 사이지만 혼자 목적도 없이 떠돌 때와는 뭔가 달랐다.

길동무가 좋으면 먼 길도 가깝다는 말이 문득 떠올랐다. 길동무가 있는 것은 참 좋은 일이다.

그 뒤로도 나와 라비는 초록빛이 출렁이는 초원 사이에 난 가도를 걸으며 드문드문 대화를 나눴다. 침묵한 채로 있으면 심심할까 봐, 나는 평소보다 말을 많이 했다.

별로 언변이 좋지는 못했다. 어차피 말주변도 없다.

그래도 라비는 진지하게 들어줬다.

라비는 아무래도 과거 여행담과 여행 관련 토막 지식을 좋아하는 것 같았다.

용사 파티에 있을 때는 수상쩍다며 상대해 주지 않았었는데 말이다.

좋아해 줘서 솔직히 기뻤다.

오전 내내 터벅터벅 걸어 허기가 지기 시작했을 무렵, 우리는 강변에 도착했다.

"마침 잘됐네. 여기서 점심을 먹자."

내가 제안하자 라비가 기뻐하며 고개를 끄덕였다. 맛있는 생선 요리를 만들어서 라비에게 먹여야지.

나는 의욕적으로 양쪽 소매를 걷어붙였다.

강기슭에 다가가 물속을 바라보았다. 투명하고 깨끗한 물이다.

물고기가 헤엄치는 모습도 확인할 수 있었다. 꽤 큼직한 녀석이 여럿 보였다. 식자재가 부족하진 않을 듯했다.

강 하류까지 간 후, 손을 첨벙첨벙 씻어 깨끗하게 했다.

물을 떠 한 모금 마셔 보니— 음, 문제없군. 시원하고 아주 맛있다.

"라비도 마셔. 내내 걸어서 목마르지?"

"응."

내 옆에 쭈그려 앉은 라비가 마찬가지로 손을 씻고 물을 떴다.

나를 따라하며 배우는 모습을 보고 있자니, 아이를 키우는 기분이 들어서 가슴 안쪽이 간질간질해졌다.

만약 내게 아이가 있었다면 이런 느낌이었을까?

라비는 꼴깍꼴깍 소리를 내며 물을 마시고 입가를 손등으로 닦았다.

가죽 수통에 든 물을 나눠 마시며 여기까지 왔지만, 둘이서 마시기에는 턱없이 부족했다.

마을에 도착하면 라비에게 사 줄 물건 리스트에 수통도 추가다.

"라비, 생선 먹을 수 있어?"

"생선 좋아……."

"그래, 생선을 좋아하는구나. 그럼 바로 점심거리를 잡자."

"어떻게 잡아……?"

"낚싯대를 만들어도 좋지만 오늘은 직접 잡기로 할까."

물고기가 많이 서식하는 작은 강이니 뜰채를 이용하는 게 좋겠지.

"잠깐만 기다려. 나뭇가지를 모아 올게."

"아……."

"왜?"

"아니……. 아무것도 아니야……."

"그래? 짐 두고 갈 테니까 일단 보고 있어 줘."

"응……."

나는 가도 반대편에 있는 숲의 입구에서 튼튼해 보이는 마른 나뭇가지를 몇 개 모았다.

마침 근처 나무에 으름덩굴이 휘감겨 있었기에 단검으로 그것도 잘랐다.

좋아. 이 정도면 되려나.

재료를 들고 강으로 돌아갔다.

물가에서 놀고 있으려나 싶었지만 라비는 그저 가만히 선 채 몹시 불안한 표정을 짓고 있었다.

금방 끝나는 일이니까 놀고 있으라고 두고 간 거였는데…… 아무래도 역효과였던 모양이다.

아까 나를 불러 세웠던 것은 같이 가고 싶어서였음을 이제야 이해했다.

좀 더 신경을 써 줘야겠어.

반성하며 애써 밝은 목소리로 라비를 불렀다.

"지금부터 그물을 만들어서 물고기를 잡을 거야. 라비도 도와줄래?"

"……! 응. 도와줄래……."

기뻐하며 옆으로 달려왔다.

흠. 내가 전부 해주기보다는 함께하는 것을 더 좋아하는구나. 기억해두자.

"그럼 당장 만들기 시작하자. 사용하는 건 나뭇가지와 으름덩굴, 그리고 이거야."

배낭을 뒤적여 꺼낸 것은 성기게 짠 마대였다.

이 마대는 마을에서 채집 의뢰를 받았을 때 모은 물건을 넣는 용으로 쓰고 있었다.

접어 뒀던 그것을 펼쳐 지면에 놓았다. 마대는 마무리 단계에 사용한다.

맨 먼저 내가 잡은 것은 마른 가지였다. 모아 온 마른 가지 중에서 우선 하나를 집어 들어 고민했다.

축을 이루는 부분이라 튼튼한 녀석을 골라야 했다.

탄력 있으면서 굵직한 가지가 있었다. 이걸로 하자. 다음으로 비슷한 굵기의 가지를 두 개 집었다.

첫 번째로 고른 가지에 이 두 개를 묶어서 양쪽으로 벌어지게 만들고 싶었다.

"라비, 가지를 이대로 들고 있어 줘."

라비가 작은 손으로 열심히 가지를 붙잡아 줬다.

그사이에 나는 으름덩굴을 둘러 감아 가지들을 고정했다.

"고마워. 다 됐어. 다음은 마대를 쓸 차례야."

마대 위쪽에 단검으로 작은 구멍을 두 개 뚫었다. 왼쪽 구멍은 벌어진 나뭇가지의 좌측에, 오른쪽 구멍은 우측에 넣어 고정하면 마대로 만든 뜰채 완성이다.

라비는 뜰채를 어떻게 쓰는지 모르는 듯 고개를 갸웃하고 있었다.

"내가 강 하류에서 그물을 들고 있을 테니까 라비는 상류에서 물고기를 몰아 줘."

"해볼게……."

조금 불안해 보이지만…… 뭐, 어떻게든 되겠지.

신발을 벗고 강에 들어갔다.

내내 걸어서 뜨거워진 발에 시원한 물이 닿으니 기분 좋았다.

한가운데로 가서 뜰채를 설치해 보니 딱 강의 폭과 비슷한 크기였다.

좋았어. 이거라면 물고기가 도망가기 어렵다.

"라비, 시작해 줘. 발로 물을 차며 내 쪽으로 조금씩 다가오는 거야!"

떨어진 곳에 있는 라비가 고개를 끄덕끄덕했다.

그리고서 발을 움직이기 시작했지만 동작이 너무 허술했다.

"좀 더 호쾌하게 차도 돼!"

"아, 알겠어…… 힘낼게……."

가느다란 다리를 열심히 움직여 분투하고 있다.

어색하게 참방대는 모습이 왠지 귀여워서 웃고 말았다.

"그래그래, 그렇게 하면 돼."

"으, 응……!"

아! 물을 뒤집어써 버렸네. 그래도 라비는 즐거워 보였다.

처음으로 소리 내어 웃고 있었기에 나는 그냥 하고 싶은 대로 하게 됐다.

젖은 옷과 머리카락은 나중에 바람 마법을 써서 말리면 된다.

처음에는 물고기가 뿔뿔이 도망쳐서 좀처럼 그물에 걸리지 않았다.

하지만 몇 번 시도하면서 라비도 요령을 잡은 것 같았다.

좋아, 물고기가 모이기 시작했다.

괜히 쓸데없는 소리를 해서 방해하지 않게 마음속으로 칭찬하고 있으니…….

됐다! 라비가 몰아낸 물고기가 뜰채 안으로 뛰어들었다.

팔에 힘을 줘서 즉각 그물을 들어 올렸다.

첨벙거리는 물소리가 나며 확실한 무게가 느껴졌다.

"라비, 잘했어."

"제대로 도움이 됐어……?"

"그래, 물론이야."

둘이서 뭍으로 올라가 바로 안을 확인했다.

적당한 바위를 늘어놔 울타리를 만들고 뜰채에 든 것을 쏟자 물고기 두 마리가 나왔다.

바위 울타리 안에서 팔딱거리고 있는 것은 통통한 은앵(銀櫻)송어였다.

"와아……! 커다란 물고기……!"

"이건 맛있어. 봄이 제철인 물고기니까."

크기는 15센티미터 정도로군. 먹을 맛이 나겠다.

그렇게 생각하자마자 몹시 배가 고파졌다.

물기 없는 곳에 불을 피우고 서둘러 조리를 시작했다.

맨 먼저 내장 처리부터. 이 작업을 대충 하면 비린내가 나서 신선한 생선 맛을 즐길 수 없다.

평평하고 커다란 돌을 물로 헹궈 도마 대용으로 두고서 생선의 배에 단검을 넣어 내장을 꺼냈다. 깨끗한 물로 배 속을 씻는 것도 잊지 않았다.

맛있게 먹을 수 있도록 바람 마법을 써서 가볍게 말린 뒤, 주워 온 나뭇가지를 이용해 꼬치로 만들었다.

다음은 간 맞추기다. 이건 지극히 심플하게.

들고 다니는 짐에서 소금을 꺼내 생선 표면에 뿌렸다.

은색으로 빛나는 표면이 소금으로 하얘질 만큼 확실하게 뿌리면 타는 것을 방지할 수 있다.

그리고 불을 확인했다. 화력은 충분해 보였다.

바위를 써서 꼬치를 잘 고정하고, 껍질 쪽이 불을 향하도록 해서 굽기 시작했다.

타닥타닥 불이 튀는 소리를 들으며 신중하게 기다렸다.

껍질이 노릇하게 구워지면 이번에는 배 쪽을 불로 돌린다.

흰 연기가 모락모락 나며 바람을 타고 상공으로 올라갔다.

몇 번 꼬치를 뒤집으니 생선에서 물이 떨어지지 않게 되었다.

완전히 물기가 없어지면 완성이다. 양면이 노릇하게 구워져서 정말 맛있어 보였다.

"자, 라비. 먹자."

"응……!"

"이렇게 먹으면 돼."

나는 라비에게 생선을 넘기고 본보기를 보여 주듯 생선구이의 등을 덥석 물었다.

꼬치 끄트머리를 양손으로 잡고 호쾌하게 우걱우걱 먹었다.

깔끔하고 담백한 맛이 입안에 퍼졌다.

겉은 바삭바삭하고 속은 부드러웠다. 음. 맛있어.

라비도 내 움직임을 흉내 내어 생선을 덥석 물었다.

"하으하으…… 맛있어……."

후우~ 후우~ 숨을 토하며 라비는 뺨을 동그랗게 부풀렸다.

정말로 맛있게 먹어 주는 아이다.

라비의 모습에 훈훈함을 느끼며 생선구이를 다 먹었을 때—.

갑자기 가도 쪽에서 발굽 소리가 들려왔다.

말을 탄 불량배 같은 남자가 이쪽으로 달려왔다.

옆에는 사냥개 두 마리를 데리고 있었다.

남자는 강 앞에서 하마하더니 우리를 노려보며 다가왔다. 고약한 태도였다.

"안녕. 점심시간이야?"

그렇게 말을 걸어왔지만 시선은 여전히 무례했다.

나는 남자를 경계하며 조용히 일어났다. 자연스럽게 앞으로 나서서 라비를 숨겼다.

땅딸막하지만 몸이 좋은 남자로 활과 화살을 메고 있었다.

남자가 신고 있는 것은 숲을 걷는 데 적합한 부츠였다. 이 남자, 헌터인가.

"당신한테 좀 묻고 싶은 게 있어. 아까 숲에 들어갔더니 내가 노리던 사냥감이 안 보이더군. 어제저녁에 화살을 쏴 뒀으니까 그리 멀리는 도망치지 못했을 텐데 말이야. 개들은 곤란스러워하며 낑낑대기만 하고."

남자에게서 노골적인 적의가 느껴졌다.

"이상하다 싶었는데 짐승의 피가 남아 있는 곳 주변에 남자의 신발 자국이 찍혀 있었어. 질퍽질퍽한 숲속이라 다행이었지. 덕분에 누군가가 내 사냥감을 훔쳤다는 걸 알아챘으니까."

이 녀석이 라비를 상처 입힌 헌터인가!

이해한 순간, 피가 끓는 듯한 분노가 치밀었다.

하지만 나는 지금 라비를 데리고 있다.

홧김에 폭력을 행사하는 모습을 어린아이에게 보일 수는 없다.

주먹을 꽉 움켜쥐고 필사적으로 참았다.

"자, 개들아. 냄새 맡고 와."

남자가 개를 부르자 명령받은 개가 아까 내가 벗은 부츠의 냄새를 맡기 시작했다.

그리고서 이거라고 호소하듯 바로 짖었다.

"역시 너인가. 마을에서 떨어진 이런 곳을 어슬렁거리는 인간은 또 없고 말이지. 내 사냥감을 돌려줘야겠어!"

"무슨 소릴 하는 건지 전혀 모르겠군."

"이 자식, 시치미를 떼려는 거냐!"

남자가 내 어깨를 퍽 밀쳤다. 이 정도로는 아무렇지도 않았다.

그것을 알고 남자는 짜증스럽게 혀를 차고서 멋대로 우리 짐을 뒤지기 시작했다.

"냉큼 죽이고서 돈이 되는 부위만 챙겨 왔나 봐? 이빨과 발톱은 장식품으로 비싸게 팔리니까 말이야. 어디지? 어디에 넣어 놨어!"

악을 써 대며 내 배낭을 뒤집었다.

하지만 거기서 나온 것은 냄비와 보존식뿐이었다.

"당신이 찾는 건 여기에 없어. 포기하고 떠나 주지 않을래."

"시끄러워!"

고함친 남자의 눈이 크게 뜨였다. 두툼한 입술이 히죽 웃었다.

"이쪽에도 자루가 있잖아."

그렇게 말하고 주워 든 것은 내가 라비에게 만들어 준 즉석 신발이었다.

"아……. 아, 안 돼……."

내 뒤에 숨어 무서워하던 라비가 떨리는 목소리로 말했다.

"이봐, 그만둬! 거기에는 아무것도 안 들었어!"

내가 무심코 소리치자 남자의 일그러진 웃음이 짙어졌다. 그 직
후에.

서걱—.

무정한 소리와 함께 남자는 라비의 신발을 단검으로 찢었다.

"아……."

라비의 입에서 상처받은 목소리가 흘러나온 순간—.

"억……?!"

나는 남자의 뺨에 주먹을 때려 박았다. 마법 스킬 따위 필요 없
었다. 이딴 남자는 주먹 하나로 충분하다.

둔탁한 소리와 함께 타격이 들어간 느낌이 들었다. 내게 한 방 먹
은 남자가 강으로 날아갔다.

첨벙!

세찬 물보라가 일었다.

강변으로 다가가 내려다보니 남자는 기절한 채 물속에 둥둥 떠
있었다.

이대로 내버려두면 죽어버린다.

기절한 남자의 몸을 뭍으로 끌어올리고 그가 쥐고 있던 마대를
다시 뺏었다.

"이건 이 아이의 신발이야."

나는 기절한 남자를 향해 조용히 고했다.

강을 건너 한동안 나아가자, 가도 풍경이 바뀌었다.

밭과 농장이 보이고 인기척도 나기 시작했다.

"조금만 더 가면 마을에 도착해."

나는 등에 업혀 있는 라비에게 말했다. 망가진 신발은 수선이 불가능한 상태였고, 더는 비울 수 있는 마대를 가지고 있지도 않았다.

헌터를 깨워서 말을 빌리는 수단도 생각해 봤지만 라비는 바로 그 자리를 떠나고 싶어 했다.

상대는 라비가 펜리르였을 적에 그녀를 상처 입힌 자다. 무서워하는 것도 당연했다.

이런저런 사정으로 나는 라비를 업고 이동하게 되었다.

내 어깨를 잡은 라비의 힘은 조심스러워서 꽉 잡으라고 자주 타일러야 했다.

라비는 불안한 마음이 들 정도로 가벼웠다.

어쩌면 손에 들고 있는 배낭보다 가벼울지도 모른다고 느낄 정도였다.

어린아이의 무게란 이런 걸까.

약하고 망가지기 쉬운 생물이란 생각이 들어서 확실하게 지켜야겠다는 마음이 커졌다.

그 후 일각쯤 걸어서 도착한 마을의 이름은 맥패든.

그저께 내가 하루 묵었던 작은 마을이다. 술집 겸 여관이 한 채, 잡화점이 한 채. 마을 북쪽에 오래된 교회가 서 있고 나머지는 전부 민가였다.

주민들은 농업과 사냥으로 생계를 꾸리고 있어서, 각 집의 벽에는 농기구와 수렵 도구가 세워져 있었다.

바쁜 도시와는 달리 한가로운 분위기가 감도는 시골 마을이었다.

이 마을에서 필요한 물건을 전부 모으기는 어렵겠지.

여기서 며칠 더 남하하면 애딩턴이라는 이름의 그럭저럭 큰 마을이 있다.

부족한 여행 물품은 그곳에서 사도 문제없다.

이 마을에서는 아무튼 라비의 옷을 갖춰주자.

나는 라비를 업은 채 잡화점으로 향했다.

마침 행상인이 장사하려고 와 있는지 가게 안에는 점주 외에도 커다란 짐을 진 남자가 있었다.

"어서 오십쇼."

뚱뚱하고 얼굴이 붉은 점주가 넉살 좋게 말했다.

행상인도 짐을 내리고서 이쪽을 돌아보았다.

얼굴을 보고 깜짝 놀랐다. 나보다 훨씬 나이가 많은 노인이었기 때문이다. 키는 어린아이처럼 작았다.

저 커다란 짐을 지고 마을과 마을을 오가다니 대단한 사람이다.

눈이 마주치자 생글생글 웃었다.

점주도 행상인도 장사를 하는 만큼 붙임성이 좋았다.

"무엇을 찾으시나요?"

"아아. 이 아이가 입을 옷과 신발, 그리고 속옷을 두 개씩 사고 싶은데."

"자녀분의 옷을 사러 오셨군요."

자녀분. 아무래도 점주는 나와 라비를 부녀지간으로 착각한 듯했다.

부녀지간은 아닌데……

그렇다고 부정해 봤자 어떤 관계인지 설명할 수 없었다.

자칫 잘못하면 납치했다고 오해받을 것 같아서 나는 애매한 웃음으로 대답했다.

앞으로도 이런 이야기가 나올 가능성은 충분히 있다.

나중에 라비와 말을 맞춰 두는 편이 좋겠지.

"속옷은 이거랑 이거 어떠십니까. 아이는 빨리 자라서 조금 크게 사는 편이 좋으니까요. 다음은 옷인가. 사이즈를 보면 이거려나."

점주가 가져온 허름한 옷은 삼베로 만든 간소한 민무늬 원피스였다.

라비를 내려 주고 원피스를 어깨에 대 보니 기장은 문제없었다.

눈에 띄는 흠도 없었기에 사기로 했다.

"신발은 지금 마침 목제와 가죽제가 있는데 뭐가 좋으려나. 가죽신이 보기에는 좋아요. 나막신은 안전성이 뛰어나고요."

"나막신은 장시간 신어도 안 아픈가?"

"물론이죠. 겉모습이 주는 인상보다 훨씬 쾌적해요. 습기로부터 발을 지켜 주고 가죽신에 비해 물이나 냉기에도 강하죠. 장인들은 나막신을 즐겨 신어요."

"그렇군."

확실히 점주의 말대로 가죽신이 생긴 건 더 근사했다.

나는 옷을 고를 때 외양 따위 일절 신경 쓰지 않지만 이번에는 고민했다.

근사한 걸 더 기뻐하겠지. 하지만……

긴 여행이 될 것이다. 아무래도 역시 안전성을 취하고 싶었다.

"라비, 미안하지만 나막신으로 사도 될까?"

끄덕끄덕 고개를 움직여 대답했다.

앞머리 때문에 라비의 표정이 보이지 않아서 어떻게 생각하는지 알 수 없었다.

나막신을 신으려면 양말도 필요하다고 하여 그것도 두 켤레 샀다.

그리고 마대를 세 개 보충했다. 비누와 수건도 샀다.

가죽 수통은 재고가 다 떨어졌다고 해서 아쉽지만 포기했다.

"그럼 수통은 애딩턴에서 찾아보지."

"응? 이보게, 나그네. 다음은 애딩턴으로 가는가?"

이때까지 옆에서 거래를 지켜보던 행상인 영감님이 말을 걸어왔다.

"애딩턴의 잡화점은 내 가게이니 그쪽에서도 또 만날지 모르겠구먼."

"어? 내 가게?"

듣자 하니 행상은 취미로 하는 것이고, 본래는 애딩턴에서 가게를 운영하는 상인이라고 했다.

"평소에는 손님이 가져오는 상품을 스킬로 감정하고 있지만, 가게에만 틀어박혀 있으면 하체가 약해지니 말이야. 가게는 아들에게 맡기고서 한 달에 몇 번씩 행상을 하고 있다네. 아들은 나를 얼른 은퇴시키고 가게의 실권을 잡고 싶은 모양이지만. 그리 간단히 뒈질 늙은이가 아니라서 말이지. 허허허."

눈꼬리를 축 늘어뜨리고 생글생글 웃고 있지만 발언의 후반부가 음험했다.

의외로 수완 있는 영감님일지도 모른다. 감정 스킬을 가지고 있을 정도고 말이다.

모든 상인이 교역 관련 스킬을 습득하고 있지는 않았다.

스킬을 보유한 상인은 대부분 상인 길드에 소속된 거상이었다.

맞아, 그러고 보니 목걸이가…….

라비에게 저주를 건 주술사가 사용한 목걸이가 떠올랐다.

큰 도시에서 팔 생각이었기에 아직 나도 감정하지 않았지만, 살짝 시세를 물어보자.

나는 소유주인 라비에게 확인하고서 영감님에게 목걸이를 보여 줬다.

여러 사람에게 감정을 받고 시세를 파악한 다음에 라비가 손해

보지 않도록 팔고 싶었다.

"이 목걸이는 대충 얼마 정도 받을 수 있지?"

"어디, 한번 볼까."

주름진 손이 쑥 내밀어졌다. 나는 그 손에 검은색 목걸이를 건넸다.

쉰 목소리가 감정 스킬 주문을 영창했다.

"흠흠, 어디보자⋯⋯."

영감님이 감정 결과를 설명하기 전에 점주가 이야기에 끼어들었다.

"그건 흑진주네. 시세는 대충 은화 스무 닢 정도 아닐까? 우리
가게에서도 매입해 줄 수 있어. 이런 시골 마을이라도 가끔 귀금속
을 다루거든. 생일 같은 기념일에 젊은 부부가 서로 선물을 주고받
기도 하니까 말이야."

은화 스무 닢인가. 나쁘지 않은 가격이다. 그 돈이면 한 달은 먹
고살 수 있다.

흑진주라면 그 정도 가격이 타당하리라.

다만 이것은 『금기 저주』에 쓰였던 장신구다.

흔한 보석보다도 특수한 일품이 저주의 효과를 높인다.

주술사라면 누구나 아는 사실이다.

즉, 이 보석의 가치는 더 높을 터다.

주술에 쓰이는 장신구는 희소한 돌이 선택되니까.

"너무 불쾌하게 여기지 않았으면 좋겠군."

나는 점주에게 양해를 구한 후, 직접 감정 스킬을 발동해 보았다.

《전지전능한 신, 지식의 책의 페이지를 넘겨 나에게 뛰어난 지혜

를 주소서— 져지.》

『아이템명: 흑요진주』

아아. 역시나. 흑진주는 조개 속에서 채취할 수 있는 보석이다. 반면 흑요진주는 진귀한 짐승인 블랙 타이거의 눈알에서 채취할 수 있는 희소 아이템이다. 이름과 형태는 비슷해도 가치는 차원이 달랐다.

"이건 흑진주가 아니라 흑요진주야."

"뭐, 뭐라고?! 흑요진주라면 그 희소한?!"

점주가 눈이 휘둥그레져서 외쳤다.

"자네, 단순한 나그네인 줄 알았더니 감정 스킬을 쓸 줄 아는군. 상인이었나?"

감정한 영감님은 흑요진주의 가치를 확실하게 간파하고 있었을 것이다.

점주와 달리 내 감정 스킬을 언급했다.

"아니. 그냥 떠돌이야."

"스킬이 있어도 희소 아이템을 감정하려면 상당한 레벨이 필요하잖아?! 영감님, 안 그래?!"

"그렇지. 상당히 레벨이 높은 스킬 사용자라는 게지."

꿀꺽 침을 삼킨 점주가 영감님과 나를 번갈아 보았다.

"애초에 상인도 아니면서 감정 스킬을 가지고 있다니. 세오 영감님, 그럴 수 있는 거야?"

세오 영감님이라고 불린 행상인은 「으음」 하고 낮게 침음했다.

"뭐, 없진 않겠지만, 여러 스킬을 습득한 고레벨 모험가가 감정 스킬도 가진 경우가 대부분이지."

"확실히 체격은 좋은데. 형씨, 그렇게 대단한 모험가였어? 내세우지 않는 태도라 전혀 눈치 못 챘어."

나는 쓴웃음으로 대답했다.

「덩치만 크지 강해 보이지 않는다」, 「표정에 위엄이 없다」라는 말은 살면서 자주 들었다.

"허허허. 그 옷차림에 완전히 속았구먼. 감정 스킬을 가지고 있었을 줄이야. 상인이 아니어도 동료나 마찬가지지. 허허허."

세오 영감님은 나를 인정한 모양인지, 지금은 돈이 충분하지 않지만 애딩턴에 있는 그의 가게에 목걸이를 가져오면 시세보다 높은 가격으로 매입해 주겠다고 약속했다.

모험가 자격을 박탈당한 아저씨지만,
사랑하는 딸이 생겨서 느긋이 인생을 즐긴다 1

"어라, 더글러스 씨? 여행 도중 아니었어……?"

필요한 물건을 사고 잡화점을 나오자 누군가가 나를 불렀다.

돌아보니 하얗게 센 머리를 스카프로 감은 할머니가 있었다.

굽은 허리를 지팡이로 지탱하고서 이쪽을 향해 손을 흔들고 있었다.

"저 할머니는……."

어제 아침 이 마을을 출발할 때, 물이 든 나무통을 내가 옮겨 줬던 할머니였다.

나는 라비를 데리고 곁으로 다가갔다.

라비는 낯을 가리는지 부끄러워하며 내 뒤에 숨어 버렸지만.

"이 마을에 돌아와 있었구나."

"맞아. 사정이 생겨 되돌아가게 돼서 하룻밤 더 신세 질 거야."

"어머, 그거 잘됐네. 어제 제대로 답례도 못 했잖아? 오늘 저녁은 꼭 우리 집에서 먹도록 해. 물론 거기 있는 꼬마 아가씨도 같이."

"아니, 하지만……."

"진수성찬도 아닌 시골 요리니까 사양하지 말고."

답례를 받으려고 도운 것은 아니었다. 그러나 함부로 거절하기도

95

좀 그랬다.

할머니가 꼭 대접하고 싶다고 되풀이해서, 결국 나는 라비를 데리고 저녁에 방문하기로 했다.

하지만 우선은 여관 확보가 먼저다.

『농부와 사슴』이라는 이름의 술집 겸 여관은 길을 사이에 두고 잡화점 맞은편에 있었다. 할머니와는 일단 헤어져 여관으로 향했다.

문을 열자 위에 달린 종이 딸랑딸랑 소리를 냈다.

식당을 청소하던 여관 주인이 고개를 들었다.

밝은 오렌지색 머리를 높이 묶은 주인장은 키가 크고 체격이 탄탄한 여성이었다.

빠르게 쏟아 내듯 말하는, 꽤 성질이 급한 사람이었다.

나를 보더니 사나운 편인 얼굴에 의아한 표정이 떠올랐다.

"어서 오세요. 하루 더 묵고 가게? 응? 그 애는 뭐야? 원래 안 데리고 있었잖아."

"아아, 조금 사정이 있어서."

내가 우물우물 말하자 주인장은 한쪽 눈썹을 치켜세웠다. 그리고서 내 뒤에 숨어 있는 라비에게 시선을 보냈다.

라비가 내 다리에 찰싹 달라붙었다.

"흥. 납치한 건 아닌 듯하니 이유는 추궁하지 않겠지만. 어린애라도 침대를 쓸 거면 성인 요금을 받을 거야."

"알겠어. 그건 물론 낼—"

말이 끝나기도 전에 주인장이 다시 이야기하기 시작했다.

"그건 그렇고 아이가 상당히 지저분하네. 그 상태로는 못 재워. 뒷마당에 대야를 꺼내 줄 테니까 방에 들어가기 전에 제대로 씻겨줘."

주인장의 말에 라비가 어깨를 움찔했다.

하지만 내가 무슨 말을 꺼내기도 전에 주인장이 허리에 손을 얹고 타이르듯 말했다.

"딱히 심술부리려고 하는 말이 아니니까 흠칫거리지 않아도 돼. 씻으면 깨끗해진단다. 알겠니? 알겠으면 대답하렴."

"으, 응……."

"목소리가 작은 아이네. 뭐, 좋아. 말해 두는데 따뜻한 물은 준비 못 해줘. 물은 공동 우물에서 직접 길어와. 알았으면 얼른 움직여!"

주인장이 폭풍처럼 다그쳐서 뭐라고 말할 여지 따위 전혀 없었다.

공동 우물은 마을 한가운데에 있었다.

그곳에서 양동이에 물을 한가득 길어오니 주인장이 이미 대야를 준비해 준 상태였다.

물을 부어 대야를 채운 다음에는 차가운 물을 따뜻한 물로 바꿀 필요가 있었다.

아무리 봄이라고는 하지만 찬물로 목욕시키고 싶지는 않았다.

《화염의 성령, 분노의 불꽃을 나에게 빌려주소서— 불 마법 샐러맨더.》

나는 불 마법 스킬을 써서 불덩이를 만들어 그것을 물속에 담갔다.

달군 돌로 물을 데우는 방법과 같았다.

세 번째 불덩이를 담그자 김이 오르기 시작했다.

손을 넣어 확인했다. 딱 좋은 온도다.

"이봐, 당신! 대단하잖아!! 맹하게 생겼으면서!!"

주인장이 나를 칭찬했다.

나는 쓴웃음으로 대답했다.

"좋아, 라비. 먼저 머리부터 감을까?"

"……?!"

라비가 깜짝 놀란 얼굴로 나를 돌아보았다.

"어?"

무엇에 놀랐는지 알 수 없어서 고개를 갸우뚱하니―.

"세상에!! 여자아이란 말이야!! 신경을 써줘야지!"

주인장에게 혼나고 흠칫했다.

여자아이라는 인식은 있었지만 어쨌든 아직 어린아이다. ……아니, 하지만 뭐, 그렇지.

"그럼 라비, 이 비누를 써서 목욕하고 머리도 감아. 수건은 젖지 않게 나무에 걸어 둘 테니까 씻고 나서 쓰고. 갈아입을 옷도 같은 곳에 놔둘게."

라비의 청결 상태를 생각하면 대야의 물은 금방 탁해질 것 같았다.

그것도 하나하나 갈아줄 생각이었지만 이 자리를 벗어나면 그러기 어렵다.

"미안하지만 주인장, 물을 끼얹는 것만 좀 도와주면 안 될까?"

"정말이지, 어쩔 수 없네. 한 번만으로는 깨끗해지지 않을 테니 계속 뜨거운 물을 준비해줘."

"그래, 알겠어."

확실히 뜨거운 물은 부족할 듯했다. 하지만 우물과 마당을 왕복할 만한 시간은 없었다.

음. 그러고 보니 지금 나는 두 종류의 스킬도 병용할 수 있었지.

그렇다면 물을 길으러 갈 필요가 없다.

《화염의 성령, 분노의 불꽃을 나에게 빌려주소서— 불 마법 샐러맨더.》

《공백의 혼에게 사랑을 갈구하는 물의 성령이여, 은혜의 물을 내리소서— 물 마법 운디네.》

불 마법과 물 마법 스킬을 동시에 발동했다.

왼손에서 흘러넘친 물에 오른손에서 솟아난 불길이 둘둘 휘감겼다.

장난치듯 물과 불이 하나가 되자 열기가 느껴지는 뜨거운 물로 변화했다.

좋아, 이걸 양동이에 차례차례 부어서—

"그, 그건 뭐야?! 대체 어떻게 된 거야?!"

주인장이 믿을 수 없다는 듯 눈을 크게 떴다.

"아아, 이건 스킬 이중 사용이야."

"스킬 이중 사용?! 말도 안 돼. 이중으로 스킬을 쓸 수 있는 건 용사님밖에 없지 않아? 앗! 당신 설마 용사님?! ……이라고 하기에는 나이를 먹었네."

국왕이 인정한 용사 앨런의 이중 스킬을 말하는 건가.

어떤 시골에 가도 남녀노소 모르는 자는 없다.

앨런과 저주를 떠올리고 복잡한 기분이 들었지만 나는 억지로 웃으며 평정을 가장했다.

"하하. 난 용사가 아니야."

"그럼 대체 어떻게 그런 대단한 재주를 부리는 거야?"

"이중 스킬은 노력하면 습득할 수 있는 모양이야."

"노력이라니, 그런 바보 같은 얘기가 어디 있어! 당신, 실은 엄청난 모험가였던 거 아니야?"

주인장에게 추궁 받고 나는 곤란해하며 머리를 긁적였다.

"아니, 난 모험가가 아니야. 단순한 떠돌이지."

◇ ◇ ◇

뜨거운 물을 잇달아 양동이에 담았고, 주인장이 그걸로 라비를 씻겼다.

이제 뜨거운 물은 충분하다는 말을 들은 뒤로는 주인장에게 라비를 맡기고 식당에서 기다렸다.

그리고 얼마 후. 득의양양한 얼굴로 주인장이 데려온 라비를 보고 나는 숨을 삼켰다.

"어때? 상당히 괜찮아졌지?"

먼지와 때로 칙칙했던 벌꿀색 머리카락이 윤기를 되찾아 반짝였다.

깨끗해진 피부는 투명하게 느껴질 만큼 하얬다.

잡화점에서 산 원피스가 잘 어울렸다. 헐렁헐렁한 남성용 코트를 입고 있을 때보다 훨씬 보기 좋았다.

무엇보다 눈썹 부근에서 가지런히 잘린 앞머리.

짧아진 만큼 커다란 눈이 또렷하게 보여서 인상이 상당히 달라졌다.

앞머리만으로도 이렇게 다르구나. 똑같이 행동해도 더 밝아 보였다.

라비의 심경도 앞머리 틈으로 엿보던 때와는 다를 터다.

시야가 넓어지면 기분이 좋으니까.

"앞머리가 너무 길어서 어쩔 도리가 없길래 잘라줬어. 물론 이 아이에게도 허락을 받았고. 그렇지? 너도 마음에 들지?"

"응……."

라비는 부끄러워하며 짧아진 앞머리를 누르고 있지만, 주인장의 말대로 싫지는 않아 보였다.

"어린아이다워서 귀엽네."

라비의 뺨이 빨갛게 물들었다.

칭찬받고 쑥스러운 거겠지.

이 모습이라면 라비의 감정을 알기 쉽겠어.

내가 주인장에게 감사 인사를 하자 라비도 똑같이 인사했다.

라비가 목욕을 끝낸 뒤에는 내 차례였다.

대야를 빌려 부지런히 땀과 때를 씻어 냈다.

어제 입은 속옷과 양말 등도 함께 빨았다.

원래는 자연 건조가 제일 좋지만, 오후인 이 시간에 널어 봤자 내일까지 다 말리지 못한다.

옷을 갈아입고 나서 바람 마법으로 잽싸게 말려 버렸다.

여러 가지 일을 끝내고 한숨 돌리니 붉은 석양이 마을을 뒤덮기 시작했다.

마침 적절한 시간이었다. 나는 라비를 데리고 여관을 나섰다.

할머니는 우리에게 채소가 듬뿍 든 수프와 사슴 고기로 만든 베이컨, 그리고 부드러운 빵과 와인을 대접했다. 라비에게는 와인 대신 우유를 줬다.

집 뒤편에서 기르는 소한테서 갓 짠 우유라고 했다.

라비는 입가를 하얗게 만들며 맛있게 꿀꺽꿀꺽 마셨다.

"딸아이를 마중 나가는 여행이었구나."

수프를 한 그릇 더 내주며 할머니가 자상하게 미소 지었다.

한동안 아빠와 딸인 척하자고 여관방에서 라비에게 말해 두었기에 나는 고개를 끄덕여 대답했다.

거짓말하려니 마음이 불편해서 시선이 이리저리 방황하고 말았다.

"아빠랑 둘이서 여행하는 건 즐겁지?"

할머니는 라비에게도 그렇게 말을 걸었다.

"아빠……."

그 중얼거림을 끝으로 라비가 입을 다물어 버렸다.

고개를 숙이고 있으나 앞머리가 짧아져서 표정은 보였다.

보였지만, 지금 라비는 대체 무슨 생각을 하고 있는 걸까.

눈을 내리뜨고, 내 착각인지는 모르겠지만 살포시 웃으면서.

마치 수프의 온기가 몸에 스며드는 것을 음미하는 듯한 그런 얼굴이었다.

아빠를 떠올리고 있는 걸까?『가족은 없다』고 했지만. 이미 세상을 떠난 걸까?

왠지 언급하길 원하지 않을 것 같아서 아직 깊이 물어본 적은 없었다.

어느 정도 거리감으로 라비와 마주해야 할까?

발자크에서 헤어지더라도 한동안은 함께 여행할 사이이니 완전히 타인처럼 거리를 두는 것도 쓸쓸한 일이다.

조금씩 다가갈 수 있다면 좋겠는데…….

나는 마음속으로 그렇게 소원했다.

맥패든 마을을 떠나고 며칠이 지났다.

농촌에 묵으며 남하를 이어간 나와 라비는 그날 점심 무렵에 애딩턴에 도착했다.

애딩턴은 완만한 구릉지대에 만들어진 도시로, 북쪽 고지대에 오래되었으나 매우 훌륭한 건물이 있었다.

도시의 상징적 건물이기도 한 그 건물은『매트록 고아원』이었다.

가는 길에 이 도시를 지났을 때, 훌륭한 고아원 건물을 보고 꽤 놀랐었다.

그런대로 규모가 있는 도시에는 대개 고아원이 있다.

하지만 대체로 어디든 돈이 부족하여 크기만 큰 낡은 저택을 이용하는 일이 대다수였다.

그렇다면 왜 매트록 고아원은 제대로 된 건물을 유지할 수 있는가?

저번에 술집에서 얼핏 들은 이야기가 어렴풋이 떠올랐다.

교역으로 재산을 모은 남자가 원장이 되어 사재를 털어서 아이들을 키우고 있다고 했었지.

세상에는 아주 훌륭한 사람도 다 있었다.

그런 사람이라 인망도 두터워서 마을 사람들도 그를 꽤 좋아하는 것 같았다.

취객이 가득한 술집에서조차 원장을 욕하는 사람이 아무도 없다는 것은 대단했다.

그럼 우선―. 나는 어느 마을에 가든 제일 먼저 여관을 확보한다.

애딩턴에서도 물론 그것은 변함없었다.

저번에 묵었던 여관이면 되겠지. 밥이 맛있었으니 라비가 분명 좋아할 터다.

여관의 위치는 기억하고 있기에 라비를 데리고 도시의 중심부로 향했다.

사람과 말이 왕래하는 길은 활기가 넘쳤다.

"와아……."

라비는 작은 입을 벌리고서 주위를 두리번거렸다.

북적이는 거리의 분위기에 압도당한 듯했다.

지금까지 들른 곳은 작은 농촌뿐이었으니 말이지.

특히 마차에 관심이 있는지 집어삼킬 것처럼 바라보았다.

"라비, 마차 타 본 적 있어?"

"아니……."

"좀 더 남쪽으로 가면 승합 마차도 늘어나. 조만간 태워줄 수 있을 거야."

"……!"

번쩍 고개를 들어 나를 올려다보고서 얼굴을 환하게 빛냈다.

말하지 않아도 라비의 기쁨이 분명하게 전해졌다. 이것도 짧은 앞머리 덕분이지.

그런 생각을 하며 라비에게 미소 지어 주려고 했을 때.

맞은편 가게에서 사람이 우르르 나오며 주변이 한층 더 떠들썩해졌다.

"맛있어 보이는 과자를 잔뜩 사주셨어!"

"원장 선생님, 감사합니다!"

"이것 봐! 내 진저 쿠키, 엄청 귀엽지?!"

"내 캔디도 못지않게 귀엽거든?"

"하하하, 얘들아, 앞을 봐야지. 위험해요."

양과자점에서 나온 것은 아이들을 열 명 가까이 데리고 있는 머리가 새하얀 남성이었다.

푸근한 체구는 곰 인형 같아서 친근감이 느껴졌다.

무엇보다 자상한 웃음에서 좋은 인성이 묻어났다.

아이들은 원장 선생님이라고 불렀다. 혹시 저 사람이 고아원의 원장일까?

그건 그렇고 데리고 있는 아이들의 옷차림이 상당히 좋았다.

양질의 셔츠를 입은 남자아이. 드레스처럼 화려한 원피스 차림의 여자아이.

마치 귀족 자녀들 같다. 그렇게 생각하고 정신이 번쩍 들었다.

저 아이들과 비교하면 내가 라비에게 준 옷과 신발은 어떠한가.

"……"

선택지가 없었다고는 하지만 수수한 민무늬 원피스와 나막신.

힐끔 라비를 본 직후, 더욱 좌절했다.

라비가 아이들을 동경하는 듯한 눈으로 보고 있었기 때문이다.

마차를 열심히 관찰하던 때와는 또 달랐다.

간절히 원하는 것을 앞에 뒀을 때 같은 표정이었다.

……부럽겠지.

나와 눈이 마주치자 라비는 부끄러워하며 얼굴을 숙였다.

뭐라고 말을 건넬지 알 수 없어서 침묵하는 동안 아이들이 서로 장난치며 달려왔다.

그중 한 명이 노는 데 정신이 팔린 탓에 라비와 퍽 부딪쳤다.

"아! 라비!"

비틀거린 라비를 즉시 잡아 주려고 했다. 하지만 근처에 있던 백발 남자가 더 빨랐다.

"미안하다. 괜찮니?"

라비가 고개를 끄덕였다.

"그거 다행이구나. 사과의 뜻으로 이걸 주마."

그러면서 내민 것은 다채로운 사탕이었다. 낯가림이 심한 라비가 순식간에 눈을 반짝였다.

받아도 되는지 묻는 것처럼 나를 올려다보았기에 고개를 끄덕여 주었다.

라비는 사탕을 하나만 받으려고 했지만 남자는 생글생글 웃으며 들고 있던 사탕을 전부 라비에게 쥐여 주었다.

통 큰 선물에 놀랐는지 라비는 웅얼웅얼 고맙다고 하고서 내 뒤에 숨어버렸다.

"비싼 과자를 받게 되어 죄송합니다."

"아닙니다. 저희야말로 실례했습니다, 아버님. 자, 너희도 이 아이에게 제대로 사과하렴."

"네~ 죄송합니다."

온화하게 타이르자 아이들이 조금 쑥스러워하며 사과했다.

그 모습만 봐도 그들의 관계성이 얼마나 좋은지 느껴졌다.

"우리 아이들은 너무 기운이 넘쳐서 이렇게 애를 먹고 있답니다."

자상하게 웃으며 나와 라비를 번갈아 보았다. 하지만 그 직후, 동그란 얼굴에 의아한 표정이 떠올랐다.

"이거 죄송합니다. 아버지와 딸이라고 지레짐작했는데 아무래도 제가 틀린 것 같군요."

간단히 간파당해서 가슴이 철렁했다. 확실히 머리카락 색은 다르고 얼굴도 닮지 않았다.

하지만 그런 부모 자식이 아예 없는 것은 아니었다.

향후를 위해서도 어떻게 부녀지간이 아님을 알았는지 묻자 남자는 쾌활하게 웃으며 대답했다.

"거리감입니다. 당신 뒤에 숨었어도 접촉하는 건 망설이고 있어요. 부녀지간이라면 있을 수 없는 일이죠."

"그렇군요……."

"그래서 두 분은 어떤 관계십니까?"

조금 걱정스럽게 질문해서 이번에는 속으로 뜨끔했다.

혹시 납치했다고 의심하고 있는 걸까?

"수, 수양딸입니다. 입양한 지 얼마 안 됐지만요."

되도록 마음의 동요를 숨기고서 그렇게 전했다.

"그러셨군요. 그럼 생활도 일변하셨겠죠. 그 정도 나이의 아이가 갑자기 자신의 인생에 들어와서 당황스러운 일도 많으실 겁니다."

"네, 뭐……."

어떻게든 대답했으나 신참 아빠로서 이게 정답인지 전혀 알 수 없었다.

나는 땀을 흘리며 이리저리 시선을 옮겼다.

"하하하. 자신이 아이를 잘 키울 수 있을지 아직 많이 불안하신가 봅니다. 그렇게 핼쑥해지지 않으셔도 됩니다."

"아, 아뇨……."

"부인께서 잘 도와주실 겁니다."

"그게, 아, 아내는 없어서……."

"예? 그럼 혼자서 피도 섞이지 않은 소녀를 돌보고 계신 겁니까?"

이런. 쓸데없는 말을 한 모양이다. 그렇게 깨달았을 때는 이미 늦은 상태였다.

내가 허둥거리기 시작한 것을 보고 남자의 표정에 동정의 색이 짙어졌다.

"주제넘은 참견이겠지만 뭔가 사정이 있으신 것 같군요. 저는 이 도시에서 고아원을 경영하고 있는 매트록이라고 합니다. 만약 괜찮으시다면 상담해드리겠습니다."

"아뇨, 그런⋯⋯."

"어린아이를 돌보는 건 쉽지 않으실 겁니다. 아이를 데리고 여행하려면 이동 거리도 제약되고요. 아이를 내버려 둔 채 잠들 수도 없고, 혼자서 불침번을 서는 일도 있지 않으셨습니까? 무엇보다도 혼자 있을 때보다 돈이 더 많이 들 테죠."

마치 성직자처럼 자상하게 웃으며 남자가 말했다.

의지하고 싶게 만드는 미소였다.

"상담이라는 건⋯⋯."

"저희 고아원에는 사정이 있어서 맡겨진 아이도 많습니다."

"⋯⋯!"

아무래도 그는 라비를 고아원에 맡기지 않겠냐고 제안하고 있는 듯했다. 아니아니, 왜 그런 이야기가 된 거야?

매트록 씨 뒤에서 흥미롭게 대화를 듣던 아이들이 「이 아이도 우리랑 같이 살게 되는 걸까?」 하고 속닥거렸다. 들뜬 아이들의 표정을 보고 위기감을 느꼈다. 이대로 「어어」 하는 사이에 이야기가 진행되어버릴 것 같았다.

"신경 써 주셔서 감사하지만 문제는 없어서. 그, 그럼 이만. 라비, 가자."

나는 인사도 하는 둥 마는 둥 하고 라비를 데리고서 도망치듯 자리를 벗어났다.

◇ ◇ ◇

여관에 도착한 뒤부터 라비의 모습이 이상했다.

말수가 적었다. 식욕도 별로 없는 듯했다.

몸이 안 좋으냐고 물으니 고개를 흔들었다. 확실히 안색은 그렇게 나쁘지 않았다.

왜 그럴까 생각하며 모습을 살피다가 알아차렸다.

때때로 원피스 자락을 잡아당기거나 고개 숙여 바라보고 있었다.

멋없고 허름한 원피스.

"이거……."

"응?"

"비싸……?"

기어드는 목소리로 라비가 물었다.

나는 입을 벌린 채 굳어서 곧바로 말이 나오지 않았다.

"……아, 아니. 저렴해. 미안."

쥐어짠 듯한 목소리로 사과하자 라비가 이상한 말을 했다.

"다행이다……."

다행이다?

왜 저렴한 게 다행이지. 혼란에 빠진 채 고개를 갸우뚱했다.

다만 아까부터 내 머릿속에는 오늘 봤던 아이들의 화려한 모습이 줄곧 아른거리고 있었다.

라비가 침울했던 것도 분명 옷 때문이겠지. 가슴 안쪽이 따끔거렸다.

라비도 부럽다는 눈으로 홀린 듯이 바라보지 않았던가.

원장의 제안을 멋대로 거절해 버렸지만, 라비는 고아원에 맡겨지기를 바랐던 게 아닐까?

또래 아이들도 많이 있고, 아무런 불편 없이 살 수 있을 것 같았다.

애초에 나도 지인에게 맡길 생각이었다.

그곳 생활이 고아원보다 나을지 알 수 없다.

"라비를 원장에게 부탁하는 편이 좋았을까?"

라비의 뜻을 알고 싶어서 묻자 그녀는 어깨를 움찔하고서 고개를 숙여 버렸다.

"멋대로 거절해서 미안."

라비는 아무 말도 하지 않고 힘없이 고개를 가로저었다.

"뭣하면 내일 내가 부탁하러 갔다 올게."

바닥을 바라보며 굳은 채 라비는 아무런 반응을 보이지 않았다.

나는 어쩌면 좋을지 알 수 없어서 무거운 한숨을 쉬었다.

"고아원에 부탁하지 않아도 괜찮겠어?"

정말로 희미하게 고개를 끄덕였다.

그런가. 그렇다면 적어도 고아원 아이들처럼 어린아이답게 꾸며주고 싶다.

이대로는 다른 곳에 갈 때마다 라비가 비참한 기분을 느낄 것이다.

그래. 라비가 기뻐할 만한 것을 사오자.

그러면 이 어색한 분위기를 타개할 수 있을지도 모른다.

"라비, 잠깐 나갔다 올게. 넌 여관에서 기다리고 있어줘."

"아……."

뭔가 말하고 싶은 것처럼 라비가 나를 올려다보았다.

같이 데려가면 반드시 사양할 테니 지금은 꼭 혼자서 가고 싶었다.

나는 불안해 보이는 라비에게 고개를 끄덕여 주고 「다녀올게」 하고 말했다.

◇ ◇ ◇

여관을 나선 나는 홀로 상업 지구에 왔다.

평소에 이용하는 잡화점은 안 되겠지.

큰길과 인접한 상점을 하나하나 바라보았다.

도시에서 가장 북적이는 부근과 가까워졌을 때, 마침내 찾던 가게를 발견했다.

쇼윈도에 레이스 달린 드레스를 전시한 그 가게의 이름은 『여성복·재봉사 올먼의 가게』.

용기가 필요했지만 결심하고 다가갔다.

창문 너머로 안을 살피니 선객이 몇 명 있었다. 젊은 여성 손님이 많은 듯했다.

꽤 장사가 잘되는 것 같았다. 두근거리는 가슴을 안고서 가게로 들어갔다.

당연히 이런 깔끔하고 근사한 가게와는 무관한 인생이었다.

벌써부터 식은땀이 났지만 라비를 위해서라고 생각하니 도망치지 않을 수 있었다.

가게 안에는 다양한 색깔의 화려한 드레스가 진열되어 있었다.

이거 대단한걸. 세세한 자수, 반짝반짝 빛나는 비즈, 대체 가격이 얼마나 나갈까?

점내에 있던 선객들은 그런 의복을 아무렇지도 않게 입고 있어서 놀랐다.

평소에 내가 드나드는 잡화점과는 분위기도 고객층도 전혀 달랐다.

나 혼자만 매우 붕 떠 있었다.

애초에 옷 가게인데 왜 좋은 냄새가 나는 거야.

당황하며 드레스에 달린 가격표를 확인했다.

"......!"

은화 열 닢.

지금 내 소지금은 전부 합쳐도 은화 다섯 닢이 못 된다. 나는 도저히 살 수 없었다.

일을 해서 돈이 모이기 전까지는 지금 옷으로 참아 달라고 하자.

옷 말고 좀 더 적당한 가격의 상품은 없을까?

주눅이 든 채 점내를 둘러보니 오른쪽에 모자와 리본을 진열해 둔 코너가 있었다.

오늘 본 소녀들도 이런 리본을 머리에 달고 있었지.

라비에게도 분명 잘 어울릴 것이다. 아니, 반드시 잘 어울린다.

가격은...... 동화 서른 닢인가. 싸지는 않았다. 하지만 이 정도면 어떻게든 살 수 있는 범위였다.

슬슬 뭔가 날품팔이를 할 생각이었으니 심한 지출은 아니었다.

직접 손에 들어 보고 싶지만 이런 아저씨의 투박한 손으로 만져도 되는 걸까?

섬세하고 사랑스러운 리본을 보고 있자니 주저되었다.

그나마 깨끗하게 씻고 오길 잘했다.

그렇게 생각하면서도 망설이고 있으니—.

"얘, 저 사람 뭘까."

"리본을 보면서 생각에 잠겨 있네."

"여성에게 줄 선물을 고르는 중 아닐까?"

"어머나, 저렇게 무뚝뚝해 보이는 사람이?"

여성들이 키득키득 웃었다.

너무 창피해서 나도 모르게 어두운 가게 안쪽으로 도망쳐 버렸다.

난 뭐 하고 있는 걸까. 도망치면 어쩌자는 거야? 자신을 꾸짖으면서도 움직일 수 없었다.

결국 여성들이 가게를 나갈 때까지 나는 그 자리에 우두커니 서 있었다.

자, 그럼……. 겨우 다시 리본 코너로 돌아올 수 있었지만, 이번에는 어느 리본을 고르면 좋을지 알 수 없어서 곤란했다.

한동안 그러고 있자 보다 못했는지 여성 점원이 말을 걸어왔다.

안절부절못하게 되었지만 지금은 점원의 도움을 받기로 했다.

열 살쯤 되는 어른스러운 소녀에게 뭐가 어울리겠냐고 물어보니 여름꽃 같은 노란색 리본과 산뜻한 하늘색 리본을 추천했다. 라비에게 어울리는 건……. 나는 하늘색 리본을 사겠다고 점원에게 말했다.

"포장하시겠어요?"

돈을 내자 점원이 물어서 또 고민했다.

달랑 리본 하나를 거창하게 선물해도 괜찮을까? 너무 과하려나? 이렇게 남에게 물건을 선물한 경험이 거의 없기에 곤혹스러웠다.

예쁘게 포장된 리본을 라비에게 건네는 자신을 상상해 보았다.

안 되겠어. 전혀 상상이 안 돼. 아무렇지도 않게 건네는 편이 낫겠다.

계산을 끝낸 나는 그대로 리본을 받았다.

땀에 더러워지면 안 되므로 롱코트 주머니에 조심스레 넣었다.

여관으로 돌아가는 길은 어쩐지 나올 때보다도 발걸음이 가벼웠다. 이걸 받고 라비가 기뻐해 주면 좋겠는데.

라비가 쑥스러운 듯 작게 웃는 모습을 떠올리며 귀로를 서둘렀다.

뭐라고 하면서 줄까? 우연히 눈에 보였다고? 아니, 그건 너무 뻔히 보이는 말이다.

「라비한테 주는 선물이야」는 어떨까. 으음. 선물이라고 할 만큼 값비싼 물건은 아니지.

역시 「괜찮으면 써 줘」 정도려나?

음. 시원찮은 것이 나답다. 이걸로 가자.

여관이 보이자 이번에는 조금 긴장됐다. 필요 없다고 여겨진다면 속상하겠지.

나쁜 상상 때문에 발이 멈추려고 했다.

살 때는 매우 사랑스러웠던 리본인데 영 아닌 것 같다는 생각마저 들었다.

"하아."

정말 한심했다. 길 가는 사람들이 의심스럽게 나를 돌아보았다. 멈춰 서 있을 수도 없기에 어떻게든 자신을 독려하여 여관 문을 열었다.

1층 식당은 이른 저녁을 먹는 손님들로 북적이기 시작한 상태였다. 소란 속을 빠져나가 왼편 안쪽에 있는 계단을 올라갔다.

힘내자. 어떻게든 어색한 상태를 타파하는 거야.

그리고 라비는 다정한 아이다. 진심을 담아 사과하면 분명 원래대로 돌아갈 수 있다.

그렇게 믿고 주머니에서 리본을 꺼냈다.

좋아. 숨을 들이쉬고 방문을 열었다. 하지만…….

"라비?"

실내는 휑하니 비어 있었고 라비의 모습은 보이지 않았다. 화장실에 갔나?

고개를 갸웃하며 방에 들어갔다. 하릴없이 실내를 둘러보고 있으니…….

응? 책상 위에 종이가 한 장 놓여 있었다. 나갈 때는 없었던 것이었다. 종이를 집어든 나는 쓰여 있는 말을 보고 눈을 부릅떴다.

『여러 가지로 감사했습니다.

함께 있을 수 있어서 정말 즐거웠어요.

저는 고아원 아이가 될게요.

라비.』

편지에는 작고 동그란 필적으로 그렇게 적혀 있었다.

"……."

자세히 보니 주문을 메모한 종이의 뒷면이었다. 아래층 식당에서 한 장 받아 왔을 것이다. 그런 어찌 되든 좋은 생각을 하며 침대 가장자리에 주저앉았다.

줄 상대가 없어져 버린 리본이 내 손에서 스르륵 빠져나와 바닥에 팔랑팔랑 떨어졌다.

그런가. 고아원에…….

확실히 오늘 봤던 아이들은 무척 행복해 보였다.

지금의 나는 사줄 수 없을 만한 옷을 입고 있었다.

라비가 불편 없이 살 수 있다면 좋은 일 아닌가.

내 지인의 곁이든 고아원이든 상관없다.

머리로는 알고 있는데…… 이상하게도 안타까운 마음이 들었다.

이렇게 난데없이 이별이 찾아오리라고는 생각지 못했기에 쓸쓸한 것이다.

그렇게 자신을 타일러보기도 했다.

하지만 정말 이대로 헤어져도 되는 걸까?

세계는 넓다. 한번 길이 갈라지면 다시는 못 만나는 일이 훨씬 많다.

작별 인사 정도는 얼굴을 보고서 해야 하지 않을까?

그렇게 생각하며 일어나려고 했지만……

그만두자. 일부러 편지를 남기고 나갔다.

얼굴을 마주하고 싶지 않았다는 것 정도는 아무리 둔한 나라도 알아차렸다.

쥐 죽은 듯 고요해진 실내에 깊은 한숨이 울렸다.

말수가 많은 아이는 아니어서 같이 있어도 침묵은 늘 함께했다.

하지만 혼자 있을 때의 고요함과는 달랐다. 이 정적 속에 상냥한 기운은 일절 없다.

고작 며칠 함께 지냈을 뿐인 소녀. 그래도 그녀의 존재가 내 고독을 치유해주었던 것이다. 없어진 뒤에야 처음으로 그 사실을 깨달았다.

◇ ◇ ◇

이튿날 아침. 깨어난 나는 느릿느릿 외출 준비를 하다가 라비에게 목걸이를 돌려주지 않았음을 알아차렸다. 이런. 내가 이걸 가지고 있을 수는 없다.

피하듯 헤어졌어도 제대로 전해주러 가야했다.

오늘은 먼저 세오 영감님의 가게를 방문하기로 약속했었다.

우선 그쪽에 얼굴을 내밀어 목걸이를 팔 수 없게 되었다고 전한 다음에 고아원에 가자.

마음에 구멍이 뻥 뚫린 상태인 것은 변함없었다.

그래도 다시 한번 라비와 만날 수 있다고 생각하니 다소나마 기분이 나아졌다.

들은 대로 상업 지구의 서쪽으로 가자 『세오의 잡화점』이라는 간판이 바로 보였다.

잡화점치고는 가게의 규모가 꽤 컸다. 역시 그 영감님은 상당한 수완가인 모양이다.

"실례합니다."

인사하며 점내에 들어가자 가게 안쪽에서 세오 영감님과 그를 쏙 빼닮은 작은 체구의 남성이 티격태격 말다툼하고 있었다.

"아버지, 재고 조사 정도는 저한테 좀 맡기시라고요. 나이도 지긋하시면서 허리라도 다치면 어쩌실 거예요."

"흥! 너 같은 비실이보다 내가 훨씬 튼튼해!"

아무래도 부자지간의 싸움이 한창 벌어지는 중인 듯했다.

내가 우두커니 서서 난감해하고 있자 서로 하고 싶은 말을 마구 해대던 아빠와 아들이 나란히 이쪽으로 시선을 보냈다.

""어서 오세요.""

싸우고 있으면서도 인사는 동시에 나왔다.

사이가 좋은 건지 나쁜 건지 모르겠네. 나는 쓴웃음을 지으며 가볍게 인사했다.

"응? 자네, 오늘은 그 아이를 안 데려온 건가?"

내가 어깨를 떨구고 사정을 설명하자 아빠와 아들의 반응은 둘로 나뉘었다.

"그 아이, 운이 좋았네요. 분명 행복해질 거예요!"

"나는 아무래도 그 남자가 마음에 안 들어. 벌어들인 돈에 집착하지 않는 장사꾼이라니 들어 본 적이 없어."

"정말이지, 아버지는 또 그 소리세요? 원장님은 이미 장사에서 손 떼셨잖아요. 아버지 말씀은 신경 쓰지 마세요. 원장님을 나쁘게 말하는 건 이 도시에서 우리 아버지밖에 없을걸요."

아들이 나를 향해 쓰게 웃었다.

"매트록 원장님께 맡기셨다면 아무 문제도 없어요. 양부모를 찾더라도 귀족이 아니면 거절한다는 모양이고. 고아원에서 성장한 아이들은 큰 도시에서 독립할 수 있게 지원받아요. 이미 몇 명이나 원장님 곁을 떠나 자립했죠."

이곳도 크고 살기 좋아 보이는 도시인데 굳이 밖으로 나가는 건가?

북부 사람들은 고향을 별로 떠나려 하지 않는다. 이 부근의 교통망이 그다지 발달하지 않았기 때문이지만……. 이상하게 여겨 의문을 입에 담자 아들이 대답해 줬다.

"여기서 남동으로 가면 바다가 나오는 건 아시나요?"

"항구 마을 쉽튼인가. 응? 하지만 쉽튼을 이용할 수 있는 건 작은 근거리용 어선과 상선뿐이잖아. 길드와 말썽이 있어서 벌써 몇 년이나 여객선이 정박하지 않을 텐데?"

그 탓에 바다 횡단을 포기했었기에 또렷하게 기억했다.

몇 년 전 이야기다. 아직 내가 용사 파티에 있을 무렵—.

동쪽 대륙은 10년 전부터 마왕의 침략이 거세어 마족의 잔학 행위가 반복되고 있었다.

그 녀석을 퇴치하기 위해 쉽튼에서 동쪽으로 건너가려고 했었다. 뭐, 지금은 그 결말에 관해 떠올리고 있을 때가 아니지.

"쉽튼은 여객선을 받아들이게 된 건가?"

"아뇨. 하지만 원장님은 상선을 타고 다닐 적에 알게 된 사람들과 안면이 있으니까요. 언제든 배를 이용할 수 있어요. 이곳도 그런대로 큰 도시지만, 바다 건너, 대륙의 동쪽은 규모가 다르다고 하잖아요. 저도 가보고 싶긴 해요. 분명 원장님도 그런 도시에서 더 행복하게 살 수 있으리라고 생각하시는 거겠죠."

"······?!"

눈을 크게 뜨며 숨을 삼켰다.

말도 안 된다. 확실히 용사 앨런에 의해 동쪽 대륙은 안전을 되찾았었다.

그러나 지금 동쪽 대륙은 마왕군 사천왕 때문에 다시 고통받고 있었다.

그런 곳에서 행복해질 수 있을 리가 없다.

원장은 아무것도 모른 채 아이들을 보내고 있는 건가?!

눈앞에 있는 이 상인은 마왕의 침략 따위 전혀 모르는 눈치였다.

북쪽 도시는 사람의 출입이 극단적으로 적은 탓에 정보가 정체된 곳이 많다.

그렇다고 해도 역시 이상했다.

아이들을 보내러 간 자는 동쪽 항구에 들어간다. 정보는 반드시 들어온다. 원장이 모른다면 그자가 숨기고 있기 때문이다.

하지만 대체 무슨 목적으로? 뭐라 말할 수 없는 불안감이 들었다.

어쨌든 라비를 그런 곳에 맡겨 둘 수는 없다!

데리러 가는 것을 라비가 달갑지 않게 여기더라도, 설령 날 싫어하더라도 안전한 곳이 아니면 인정할 수 없었다. 돌연 고개를 번쩍 든 나를 보고서 세오 영감님과 그 아들이 깜짝 놀라 눈을 크게 떴다.

"미안하지만 실례할게!"

"예?! 갑자기 왜 그러세요?"

"라비를 되찾으러 갔다 오겠어."

내가 그렇게 고하자 세오 영감님은 씩 웃었다.

"음. 다녀오게."

"나중에 다시 찾아올게!"

그렇게 말하고 가게를 뛰쳐나갔다.

"어이, 젊은이! 급하다면 말을 타!"

세오 영감님이 뒤에서 소리쳤다. ……젊은이라니. 확실히 영감님보다는 젊지만.

"괜찮아! 말보다 내가 더 빨라!!"

나는 돌아보지 않고 소리쳐 대답했다.

《넘치는 힘 솟아나라— 가속 액셀러레이션!!》

달리면서 영창하여 속도 버프를 자신에게 걸었다.

더! 더 빨리! 가속! 가속!! 가속!!!!

중첩하여 버프를 건 몸으로 바람처럼 달려 나갔다.

한시라도 빨리. 라비 곁으로……!

매트록 고아원으로 달려간 나는 사자 모형 도어 노커를 잡고 세 번 두드렸다.

—쿵, 쿵, 쿵.

감정이 어지러운 탓에 거인이 발을 구르는 듯한 소리를 내고 말 았다.

"하아, 하아……."

숨을 꿀꺽 삼켜 칼칼해진 목을 축였다.

고리를 입에 문 사자를 바라보며 기다리고 있으니 잠시 후 문이 열렸다.

나온 것은 허드레꾼으로 보이는 남자였다.

"예, 무슨 일로 오셨나요?"

나를 보며 생긋 미소 지었다. 웃는 방식이 원장과 비슷했다.

흉내라도 내고 있는 건가 싶은 생각이 들 정도였다.

눈꼬리를 축 늘어뜨리고 입꼬리를 올린 미소.

조금 우스꽝스럽고, 그렇기에 친근감이 든다.

나는 라비를 데리러 왔다고, 역시 고아원에 맡기는 건 취소하고 싶다고 전했다.

"하아, 그러십니까. 원장님께 잠깐 확인하고 올 테니 잠시만 기다려 주세요."

그렇게 말하고 남자가 문 너머로 사라졌다.

기다리는 시간이 이상하리만큼 길게 느껴졌다. 안절부절못하며 문 앞을 서성거리고 질리도록 한숨을 쉬었을 때, 남자가 돌아와 안에 들여보내 줬다.

"안녕하십니까."

계단홀 위에서 목소리가 들려 얼굴을 들자 생글생글 웃는 매트록 원장이 그림자를 등지고 서 있었다.

"걱정되어 모습을 보러 오셨군요?"

매트록 원장은 미동 없이 웃는 얼굴로 계단을 내려와 살갑게 악수를 요청했다.

"하지만 그 아이를 위해서도 만나지 않는 편이 좋을 겁니다. 가족이 없는 아이라면 또 몰라도, 사정이 있어 맡겨진 아이는 처음에 반드시 집을 그리워해요. 당신과 만나게 하면 그 아이의 외로움을 더 조장할 뿐입니다."

"아니, 모습을 보러 온 게 아니야. 난 라비를 데리러 왔어."

"음? 데리러 오셨다고요? 하지만 그 아이가 이곳에 오기를 바라지 않았습니까? 어제 본인이 그렇게 말했습니다."

"그래. 알고 있어. 하지만 그건 차질이 있었기 때문이야. 라비는 이대로 데리고 돌아가겠어. 그 아이를 보게 해줘."

"……"

매트록 원장이 눈을 가늘게 뜨고서 나를 빤히 바라보았다.

그리고서 짐짓 다정한 분위기를 풍기며 고개를 끄덕였다.

"알겠습니다. 이 시간이라면 다른 아이들과 정원에서 놀고 있을 겁니다. 안내해드리죠."

◇◇◇

원장의 안내를 받아 정원으로 향했다. 라비는 다른 아이들과 어울리지 못하고 정원 구석에서 오도카니 흙장난을 하고 있었다.

"라비!!"

이름을 부르며 달려갔다. 내 모습을 본 순간, 라비의 눈이 크게 뜨였다.

"아……. ……어, 어째서?"

"데리러 왔어. 나랑 같이 돌아가자."

"……!"

라비를 향해 손을 내밀었다. 라비는 반사적으로 그 손을 잡으려다가 어째선지 힘없이 팔을 내렸다.

"라비?"

"……."

고개를 숙인 채 입을 다물어버렸다. 옆머리가 라비의 뺨으로 촤르르 쏟아졌다.

역시 나랑 같이 가기 싫은 건가?

뻗은 손이 갈 곳을 잃었다. 가슴 안쪽이 바늘에 찔린 것처럼 아팠다.

"······가, 같이 있으면 폐가······ 되니까······."

어? 그 말에 놀라 라비를 내려다보았다. 라비는 입술을 꼭 깨물고서 어깨를 떨고 있었다.

커다란 눈망울에서는 당장에라도 눈물이 떨어질 것 같았다. 왜 폐가 된다는 생각을······. 그렇게 사고하고 퍼뜩 떠올렸다.

양자자점 앞에서 매트록 원장이 했던 말이 뇌리를 스쳤다.

『어린아이를 돌보는 건 쉽지 않으실 겁니다. 아이를 데리고 여행하려면 이동 거리도 제약되고요. 아이를 내버려 둔 채 잠들 수도 없고, 혼자서 불침번을 서는 일도 있지 않으셨습니까? 무엇보다도 혼자 있을 때보다 돈이 더 많이 들 테죠.』

나는 내 생각만 하느라 뒤에서 듣고 있던 라비가 무슨 느낌을 받았을지는 고려하지 못했다. 소극적이고 얌전하며 조심스러운 이 아이의 성품을 생각하면 어떤 기분이 들었을지 알 만한데도······.

자신의 존재가 나에게 폐가 된다고 생각한 거구나. 그래서 여관에 도착한 뒤로도 기운이 없었던 것이다. 그 사실을 이제야 깨닫다니. 나는 바보다. 진짜 바보다.

라비라면 어떻게 받아들일지. 확실하게 라비의 마음을 이해하고자 했다면 알았을 텐데.

······잠깐. 그럼 그때도······.

라비는 내가 산 원피스가 비싸냐고 물어봤었다.

싸구려라서 실망시킨 줄 알았었지만 그게 아니었다.

저렴했다고 알려 주자 라비는 「다행이다」라고 했다. 그 의미를 겨우 이해했다.

내가 자기 옷을 사게 만든 것을 미안하게 느꼈던 거구나.

그래서 걱정되어 가격을 물어본 것이다. 저렴했다면 그나마 다행이라고 생각했을 것이다.

그렇게 부채감을 가지고 있는 라비를 혼자 두고서 물건을 사러 나가다니…….

자신이 너무 멍청해서 기가 막혔다.

"라비, 미안해!"

고개를 푹 숙이고 사과했다.

"네 기분을 제대로 생각해 주지 못했어. 그렇게 제대로 생각해 보지도 않고 혼자 폭주해 버렸어. 이렇게 사과할게. 용서해줘."

"……?! 사, 사과하지 마……."

작은 손이 내 팔을 잡았다.

사죄의 말을 전하고 조심조심 얼굴을 드니 울먹이는 라비와 눈이 마주쳤다.

"널 성가시게 여긴 적은 한 번도 없어. 오히려 함께 여행할 수 있어서 다행이라고 생각해."

"……저, 정말……? 나…… 폐가 되지 않아……?"

"그래, 정말이야. 그러니까 내게 돌아와 주지 않을래?"

"……읏……."

아까부터 라비의 눈에 맺혀 있던 눈물이 왈칵 흘러넘쳤다.

라비는 충동에 사로잡힌 것처럼 내 품에 뛰어들었다.

가느다란 팔을 필사적으로 뻗어 내 등에 꼭 매달렸다.

"사실은…… 나오고 싶지 않았어……!"

"라비……."

가슴이 벅차올라서 나까지 눈물이 날 것 같았다.

말로는 다 전할 수 없는 마음을 담아 나도 라비를 마주 안았다.

"잘 들어, 라비. 난 신뢰할 수 있는 상대가 아니라면 널 넘기지 않을 거야. 너의 안전과 행복이 보장된다는 확신이 안 들면 이렇게 되찾으러 올 거야. 기억해줘."

"응……!"

더는 이렇게 울게 하고 싶지 않았다. 두 번 다시, 절대로.

"하하하. 훌륭합니다. 감동해서 저도 덩달아 눈물이 날 것 같습니다."

나는 라비를 한 손으로 안아 올리고 매트록 원장을 돌아보았다.

상당히 실례되는 말을 했는데도 원장은 여전히 웃고 있었다.

처음 만났을 때는 이 웃는 얼굴을 보고 좋은 사람 같다고 느꼈는데…… 지금은 얼굴에 뒤집어쓴 섬뜩한 가면처럼 여겨졌다.

"여러 가지로 힘드실 테니 도움을 드리고 싶었습니다만. 직접 돌보시겠다고 하시니 만류할 수 없겠군요. 자, 밖까지 배웅해 드리겠습니다."

"그 전에 묻고 싶은 게 있어, 매트록 원장."

"묻고 싶은 것이요? 무엇인지요?"

나는 정원에서 노는 아이들을 둘러보고 말을 이었다.

"매트록 고아원의 아이들은 다들 언젠가 동쪽 대륙으로 간다고 들었는데 정말인가?"

"예. 그렇습니다. 산업 도시 부르봉이나 항만 도시 바스티드 중 한 곳에서 지내죠."

"하지만 바다 너머 대륙에 아이들을 보내는 건 불안하지 않나?"

"그야 물론 불안합니다. 그래서 저도 때때로 자립하는 아이들을 보내는 김에 동쪽 대륙을 보러 간답니다. 빈번히 찾아가기는 어렵 지만요. 마지막으로 방문했던 건 1년 전이군요."

"좋은 곳이었나?"

"물론입니다. 사람도 많고 활기차서 매일매일 축제처럼 떠들썩했 습니다. 저쪽으로 넘어간 아이들도 참으로 행복해 보였어요."

"그런가."

유감스럽게도 최악의 결과가 되어 버렸다.

매트록 원장도 피해자였다면 그나마 다행이라고 생각했는데.

"그렇다면 당신이 속고 있던 건 아닌 거네."

"예? 무슨 말씀이십니까?"

"동쪽 대륙은 3년 전부터 마왕의 사천왕 때문에 고통받고 있어. 특 히 산업 도시 부르봉은 사실상 지배받고 있는 상태야. 그런 도시에 살고 있는데 『행복해 보였다』? 애초에 관광객이 방문할 수 있을 리가 없어. 만에 하나 도시에 들어갔더라도 밖에 내보내 주지 않을 거야."

"하하하. 무서운 말로 위협하지 마십시오. 누구에게 들으셨는지 모르겠지만 그럴 리가 없지 않습니까. 저는 제 눈으로 직접 보고 왔습니다."

"이상하군. 나도 내 눈으로 직접 보고 왔어."

"……."

매트록 원장은 여전히 웃는 얼굴로, 나는 붙임성이라고는 조금도 없는 무뚝뚝한 얼굴로 서로를 노려보았다.

먼저 움직인 것은 매트록 원장이었다.

"얘들아, 미안하지만 잠시 저택에 들어가 있지 않을래?"

아이들은 의아해하며 서로 얼굴을 마주 보면서도 원장의 지시를 따라 정원에서 나갔다.

"무슨 일이 일어났을 때를 대비해 피난시키는 양심 정도는 있나 보군."

무심코 그렇게 말하자 원장이 재미있다는 듯 껄껄 웃었다.

입가가 비틀리며 웃음의 질이 바뀌었다.

"피난? 무슨 소리지? 나는 내일도 이곳에서 계속 원장으로 있을 거야. 널 죽이는 모습을 보일 수는 없잖아? 게다가 아이가 휘말려서 죽으면 상품이 하나 줄어드는 거지. 그건 최대한 피하고 싶군."

이 자식!

나는 분노로 어깨를 떨며 주위를 쭉 훑어봤다.

안뜰에 남자 하인들이 모여들었다. 라비를 안은 나를 에워싸듯 여덟 명.

"죽여."

원장이 지시한 순간, 녀석들이 일제히 덤벼들었다. 나는 즉각 얼음 마법을 영창했다.

《절대 영도의 성역을 지키는 여신, 나에게 얼어붙는 입맞춤을— 얼음 마법 헬!》

"으아아아악?! 뭐야, 이거?!"

내가 쏜 얼음 마법은 순식간에 하인과 원장의 다리를 얼려 움직이지 못하게 했다.

"너?! 공격 스킬 사용자냐!!"

역시 동요했는지 처음으로 원장의 얼굴에서 미소가 사라졌다.

"라비, 여기서 기다려."

안고 있던 라비를 내려 준 후, 두고 가는 이유도 분명하게 설명했다.

"다른 아이들을 위해서도 저 녀석의 악행을 완전히 파헤쳐야 해. 좀 더 가까이 가서 확실히 이야기할 필요가 있어."

라비는 작은 두 손을 움켜쥐고 고개를 끄덕끄덕했다.

걱정스러운 것 같기는 하지만 나를 믿는 것이 전해졌다.

"원장, 얼어 죽기는 싫지?"

한 걸음씩 천천히 원장 곁으로 향했다. 내가 다가갈수록 원장의 얼굴에서 여유가 사라졌다.

"이, 이봐. 뭐, 뭐 하려는 거야."

"이곳을 나간 아이들은 어디서 어떻게 됐지?"

"모, 몰라!"

"온몸을 얼려서 동사시킬 수도 있어."

"허, 허세야! 넌 남을 못 죽이게 생겼으니까!"

남을 못 죽이게 생겼다라…….

나는 확실히 최대한 살인은 피한다. 지금은 라비를 데리고 있기도 하고, 그렇지 않았을 때도 되도록 생포했었다.

착하기 때문만은 아니었다. 죽여 버리면 정보를 얻을 수 없고, 그자가 저지른 악행의 죗값을 그자의 목숨만으로 치를 수 있다고는 생각하지 않았다.

하지만 지금은 남을 못 죽일 것 같다는 이미지가 발목을 잡고 있었다.

이럴 때를 대비해 무서운 표정을 짓는 연습이라도 해뒀어야 했나. 악인으로 보이는 얼굴— 아, 그래.

나는 열심히 헤실헤실 웃어서 눈앞에 있는 원장을 흉내 내봤다. 눈꼬리를 내리고 입꼬리를 쭉 올려서……. 좋아, 이 정도면 되겠지. 그대로 시선을 드니—

"힉!! 기분 나쁜 얼굴로 쳐다보지 마!!"

이봐. 이건 널 흉내 낸 거라고 말해 주고 싶다.

하지만 어쨌든 겁을 준 것 같으니 좋다고 치자.

"나도 당신처럼 착한 사람인 척하는 게 특기야. 이 본성을 보면 알 수 있잖아? 자백하지 않겠다면 죽여 버리지, 뭐. 알 것 같은 녀석은 당신 말고도 있으니까."

원장에게서 얼굴을 돌려 하인들을 보았다.

"당신을 죽이고 저 녀석들을 추궁하면 자백해 줄 것 같군."

"기, 기다려! 아, 아이들은 변태 귀족이나 창관에 팔았어!!"

"어디 있는 창관이지?"

원장이 도시 이름을 여럿 댔다. 귀족의 이름도 물론 전부 자백시 켰다.

"······."

위 안쪽이 타는 듯이 뜨거웠다. 분노를 어떻게든 억누르려고 지면을 바라보며 깊이 숨을 토했다. 그때, 원장이 비웃는 목소리가 들렸다.

"크하하! 방심했구나! 나도 불 마법 정도라면 쓸 줄 알아! 화염의 성령, 분노의 불꽃을 나에게 빌려주소서— 불 마법 샐러맨더!!"

날아온 것은 작은 화염이었다. 그것을 휙 피하고 원장 곁으로 파고들었다.

"앗?! 흐억!!"

구역질이 나는 그 얼굴에 주먹을 때려 박았다.

얼음에 발이 고정된 채 날아간 원장은 정원수에 격돌하고 실신했다.

◇ ◇ ◇

몇 시간 후. 내 신고로 매트록과 그 수하들은 도시의 감옥에 유폐되게 되었다. 소란을 듣고 왔는지 주위에는 많은 사람이 모여 있었다.

다들 경악한 얼굴이었다. 그야 그럴 것이다. 지금 헌병대가 연행해 가는 이 남자는 아까까지 이 도시 주민들이 좋아하던 원장 선생님이었으니까.

"하, 하지 마! 알겠어! 알겠으니까! 아니야, 난 실행범이 아니야!! 실제로 일을 처리한 건 저 녀석들이라고! 어이, 이거 놔! 더러운 손으로 날 만지지 마, 개자식아!!"

매트록은 필사적으로 날뛰며 동료들에게 죄를 전가하려고 했다.

녀석의 수하들도 비슷하게 아우성치며 매트록이 저질러 온 악행을 폭로했다.

경악스러워하던 주민들의 얼굴에 점차 의심의 빛이 깃들었다.

"마치 다른 사람 같아……."

"저런 지저분한 말을 쓰다니……."

"아니, 하지만 아직 못 믿겠어……. 온 도시가 속고 있었다니……."

그런 목소리를 들으며 나는 헌병대와 함께 도시의 감옥으로 향했다.

그 후 들은 이야기에 의하면 원장의 서재에서 찾은 거래처 명부로 아이들이 팔린 곳은 금방 찾을 수 있을 것 같다고 했다.

아이들을 반드시 찾아내 본인의 의향을 확인하고서 데려오겠다고 헌병대장이 내게 약속해 주었다.

향후 고아원 운영에 관해서는 되도록 빠른 시일 내로 주민들끼리 이야기를 나눌 것이라고 들었다.

허문다는 수단은 생각하지 않는다고 해서 안도했다.

오늘부터 며칠간은 뜻 있는 자들이 모여 아이들을 돌봐준다는 모양이다.

무관심한 사람들이 사는 도시가 아니었다는 점이 유일한 구원이었다.

이런 사건은 두 번 다시 일어나지 않았으면 좋겠다. 사실은 모든 아이들을 구해 주고 싶었다.

하지만 그건 오만한 생각이다. 시간은 되돌릴 수 없다.

나는 달이 뜬 밤하늘을 올려다보고 깊은 한숨을 쉬었다.

◇ ◇ ◇

그날 밤. 여관에 돌아간 나는 된통 착각하여 사 온 리본을 라비에게 내밀었다.

라비는 리본을 손바닥에 올린 채 의아해하며 고개를 갸웃했다.

"그건 라비에게 주는 선물이야."

"어……?!"

커다란 눈이 튀어나올 듯 크게 떴다.

조금이라도 기뻐해 줬으면 좋겠는데. 불안하게 여기며 라비의 반응을 살펴보고 있으니…….

"······!"

표정이 부드럽게 허물어지며 라비가 활짝 웃었다.

정말로 기쁘게 웃어 주었다.

"고마워······."

"그래."

마음이 따끈따끈해졌다.

그때 가게에서 느꼈던 창피함과 한심스러움을 전부 보답받은 기분이었다.

"라비를 방에 두고 나간 다음 이걸 사왔었어. 변변찮은 옷을 입힌 게 미안해서 묘한 태도를 취하고 말았어. 미안하다."

"나도 미안해······. 멋대로······ 사라져서······."

"아냐, 괜찮아."

서로 어색하게 웃었다. 사과를 주고받는 것은 쑥스러웠다.

"리본, 달아도 돼······?"

"물론이지."

"으음······."

직접 머리를 묶으려고 했지만 잘 안 되는 듯했다.

"이리 줘 봐."

나도 그렇게 손재주가 좋은 편은 아니나 라비에게 리본을 받아 분발해보았다.

한 줌 쥔 머리카락에 리본을 감아 어떻게든 묶을 수 있었다.

"좋아, 다 됐어."

© 2018 Fuzichoco

역시 하늘색 리본을 사길 잘했다.

"응, 아주 잘 어울려."

라비가 수줍어하며 고개를 움츠렸다.

"……그런데 왜…… 리본을 주는 거야……?"

"과자 가게에서 다른 아이들의 귀여운 드레스를 부럽게 보고 있었잖아? 드레스는 아직 사 줄 수 없을 것 같으니 일단 그 리본으로 참아 줘."

간소한 원피스를 창피하게 여긴 것은 아니더라도, 라비가 다른 아이의 복장을 동경했던 것은 알고 있다. 그렇게 생각했지만…….

어째선지 내 이야기를 들은 순간, 라비의 얼굴이 새빨개졌다.

"……아, 아니야……. 드레스가 아니라…… 과자…… 무슨 과자일까 궁금했던 거야……."

"뭐?! 그쪽이었어?!"

아무래도 내가 생각하는 것 이상으로 라비는 먹보인 모양이다.

"풋. 하하하! 그래, 그랬구나. 과자였구나."

내가 참지 못하고 웃자 라비도 부끄러워하며 웃었다.

화나고 절망스럽고 슬픈 일을, 사람은 이렇게 함께 웃어서 극복해 간다.

그런 생각이 드는 밤이었다.

11화 아저씨와 소녀, 「우리 딸」과 「아빠」

Enjoy new life
with my daughter

이튿날. 나와 라비는 수런거리는 여관 식당에서 창가 자리에 앉았다.

창문으로 들어오는 아침 햇살이 따뜻했다.

"안녕하세요. 오늘의 아침 달걀은 어떻게 하시겠어요?"

여관의 여주인이 앞치마에 손을 닦으며 달걀을 어떻게 먹을지 물어보러 왔다.

둘 다 달걀 프라이를 주문한 뒤, 앞으로 며칠간 어떻게 지낼지 라비에게 설명했다.

"아마 앞으로 4~5일은 애딩턴에 있을 거야. 그사이에 큰 마을에서만 살 수 있는 물건을 구입하고, 날품팔이를 해 노잣돈을 벌 생각이야."

체재가 길어진 것은 매트록 사건 관련으로 호출 받을 가능성이 있기 때문이었다.

헌병대로부터 며칠간 이 도시에 머무르라는 지시를 받았다. 급한 여행이 아니라 다행이었다.

그런 생각을 하고 있으니 먹음직한 냄새를 풍기며 아침 식사가 나왔다.

143

"자, 먹자."

"응……!"

손을 모으고 작은 목소리로 기도문을 외운 후 식사를 시작했다.

"그리고 세오 영감님한테도 가야 해. 라비의 목걸이 건도 있으니까."

라비는 포크를 쥔 채 내 설명을 진지한 얼굴로 듣고 있었다.

"밥 먹으면서 들어도 돼. 식어버리잖아."

"아, 알겠어……."

오늘 조식은 달걀 프라이와 베이컨, 버섯 소테였다.

반으로 가른 빵 위에 그것들을 끼우고 샌드위치처럼 먹었다.

내 호쾌한 식사 방식을 보고서 「와아」 하고 중얼거린 라비가 열심히 흉내 내기 시작했다.

"반숙 달걀이 옆으로 흐르니까 조심해."

"네~."

라비는 기쁜 얼굴로 덥석 물었다.

"아……!"

바로 달걀이 흘러서 라비의 손에 묻었다.

"하하하. 작은 입으로 먹으려면 잘 안 되겠지."

"죄, 죄송합니다……."

"괜찮아. 신경 쓰지 마."

파래진 얼굴로 사과하는 라비의 머리를 가볍게 쓰다듬은 후, 허리에 달아 뒀던 수건으로 손을 닦아 줬다.

맥패든에서 한 장 보충하긴 했지만 더 사 두는 편이 좋을 것 같네.

아이가 있으면 일용품 지출이 많아진다는 것을 나는 처음으로 배웠다.

아, 아이라고 하니 생각났다.

"라비, 한 가지 제안이 있는데—."

앞으로도 여행하는 동안에는 『아빠와 딸』이라는 관계를 관철하는 편이 좋겠다고 나는 생각하고 있었다.

다만 우리는 그 연기가 전혀 되지 않고 있었다.

아직 만난 지 며칠 안 돼서 그렇다고 스스로 변명해왔지만, 이번 같은 사건에 휘말리는 일을 피하기 위해서도 되도록 자연스러운 부녀지간으로 보이게 노력은 하고 싶었다.

어젯밤 자기 전에 그런 생각을 했던 내가 떠올린 착상은 호칭을 바꾸자는 것이었다.

"나는 앞으로 남들 앞에서는 되도록 라비를 『우리 딸』이라고 부를 거야. 『우리 딸이 신세 졌습니다』. 어때? 아빠 같은 느낌이 나?"

"으, 응……. 나는 것 같아……."

"그래. 다행이다. 그럼 라비는 나를 『아빠』라고 불러 줘."

"……!"

숨을 삼킨 채 라비가 굳어 버렸다. 어라?

"미안. 싫어?"

"시, 싫지 않아……. ……불러도 돼……?"

"물론이지."

다행이다. 싫은 건 아니구나. 나는 안도하여 가슴을 쓸어내렸다.

"그럼 한번 해 볼까. 자, 라비, 말해 봐."

"지, 지금……?"

"그래."

라비의 눈썹이 처지며 시선이 이리저리 방황했다.

뺨을 발갛게 물들이고 굉장히 쑥스러워했다.

"으아……. ……부, 부끄러워서……."

"괜찮아. 이런 건 처음 한 번만 해보면 의외로 다음부터는 편해져. 자, 힘내."

"으, 응……. ……아………… 아빠……?"

"……!"

식당의 소란에 묻힐 버릴 듯한 작은 목소리였다.

하지만 『아빠』라는 그 부름은 내 마음에 강렬한 뭔가를 꽂았다.

이, 이건…… 쑥스러워……!

얼굴이 확 뜨거워지는 것을 느낀 나는 황급히 손으로 입가를 가렸다.

전 세계의 아빠들은 딸이 부를 때 항상 이런 기분을 느끼는 건가?!

라비에게는 『처음 한 번만 해보면 의외로 다음부터는 편해진다』라고 말했지만 전혀 익숙해지지 않을 것 같았다.

◇ ◇ ◇

아침을 다 먹은 후.

상업 지구의 가게가 여는 시간이 되었기에 나는 라비를 데리고

『세오의 잡화점』을 다시 방문했다.

어제는 인사도 제대로 하지 않은 채 뛰쳐나가 버렸으니 말이지. 무례를 사과하고 싶었다.

그리고 무엇보다 라비를 되찾았음을 세오 영감님에게 알리고 싶었다.

상업 지구는 오늘도 다양한 사람으로 북적였다.

라비는 인파 사이를 걷는 데 서툴렀다.

"미아가 되지 않게 손잡을까?"

"으, 응……!"

내민 손을 라비가 꼭 쥐었다.

어린아이의 따끈따끈한 손 온도에 놀랐다.

그리고 내 투박한 손과 달리 라비의 작은 손은 폭신폭신한 빵처럼 부드러웠다.

힘을 조절하여 되도록 살며시 마주 잡았다.

『세오의 잡화점』.

머리 위에 걸린 나무 간판을 보고 문을 열었다. 점내에 들어가자마자 흥분한 목소리로 이야기하는 소리가 들려왔다.

이 가게는 항상 떠들썩하구나. 쓰게 웃으며 안에 들어갔다.

또 세오 영감님과 아들이 다투고 있는 줄 알았으나…….

선객이 있었다. 가게 안쪽 계산대 부근에서 남자 대여섯 명이 복

작댔다.

그 한가운데에 세오 영감님과 아들이 있었다.

물건을 사러 온 손님은 아닌지 스스럼없는 분위기로 이러쿵저러쿵 신나게 이야기를 나누고 있었다.

아무래도 아는 사람들이 모여 잡담하고 있는 듯했다.

뭘 저렇게 열심히 이야기하고 있는 걸까?

쓴웃음을 지으며 인사하려고 했을 때, 세오 영감님이 외쳤다.

"아! 이보게들! 저이가 바로 그 여행자라네!"

"오오오오오!! 당신이 그 여행자?!"

세오 영감님이 나를 가리키자마자 남자들의 시선이 내게 쏟아졌다.

"용케 간파했네!"

"그 원장이 인신매매범이었다니, 우리는 여전히 믿을 수가 없어!"

"온 도시에 당신 소문이 자자해!!"

"다른 녀석들한테도 알리고 올게!"

제각각 그렇게 외치며 나를 에워쌌다. 마지막 녀석은 알 수 없는 말을 남기고서 밖으로 뛰쳐나갔다.

그를 제외한 남자들은 굉장하다는 말을 반복하며 내 팔과 어깨를 만져 댔다.

대, 대체 뭐야?

나는 영문을 알 수 없어서 당황하며 라비를 뒤로 숨겼다.

악의는 느껴지지 않지만 다들 몹시 흥분해 있었다.

"잠깐만. 대체 무슨 상황이야? 『그 여행자』라니?"

인간 장벽 너머, 키 큰 의자에 앉아 있는 세오 영감님을 보았다.

세오 영감님은 히죽 웃었다.

"어제 있었던 체포극이 소문났다네."

"소문?"

"자네가 매트록의 죄를 폭로해 줘서 다행이야. 온 도시가 10년 동안 그 대악당에게 속고 있었다니……. 심지어 나는 그 녀석이 처음부터 마음에 안 들었는데도 못 본 척을 했으니 더더욱 잘못했지. 그 탓에 많은 아이가 희생됐다고 생각하면 속절없이 한심해."

세오 영감님이 중얼거리자 흥분해 있던 남자들도 분한 듯 고개를 숙였다.

"나는 그 자식을 신처럼 우러러봤었어."

"그건 다들 마찬가지야. 우리는 진짜 바보였어."

"그래서 당신한테 진심으로 감사하고 있어. 당신이 애딩턴을 찾아오지 않았다면 더 많은 희생자가 나왔을 거야."

"정말로, 정말로 고마워!"

"당신은 애딩턴의 영웅이야!"

"무슨……."

예상치 못한 말에 말문이 막혔다. 내가 영웅?!

나이 많은 남자가 고맙다며 내 손을 잡았다.

강한 힘이 담긴 악수에서 그의 감정이 흘러드는 것 같았다.

다른 자들도 차례차례 감사의 말을 전했다. 쓰고 있던 모자를 황급히 벗는 자도 있었다.

"난 내가 할 수 있는 일을 했을 뿐이야. 그렇게 신경 쓰지 말아줘."

머리를 긁적이며 그리 말하자 겸허한 점도 멋지다는 말을 듣고 말았다.

곤란하네. 자기 능력에 자만하여 우쭐해할 만한 나이도 아니었다.

그리고 고아원 문제도 아직 전부 해결되진 않았다. 바로 그때—.

"이봐! 이 가게에 영웅이 와 있다던데 정말이야?!"

돌연 가게 문이 벌컥 열리더니 사람들이 우르르 밀려들었다.

"으아아! 엄청난 수의 사람이……! 재고 조사 중인 상품이 엉망이 되겠어요, 아버지!"

"에잉, 한심하기는. 만원사례인데 기뻐해야지."

"아버지!!"

세오 영감과 아들이 평소처럼 티격태격 다투기 시작했다.

그러는 동안에도 밀려드는 사람의 수는 늘어나기만 했다.

우와, 이, 이건.

"라비! 내 뒤에 잘 숨어 있어."

"으, 응……!"

라비가 사람들에게 이리저리 치이도록 둘 수는 없었다.

어떻게든 하여 가게에서 도망칠까. 내가 이것저것 궁리하고 있으니—.

"이봐, 당신! 많은 사람에게 둘러싸여 찬사받는 건 거북한 모양이지?"

"그래."

아까 악수했던 남자의 말에 어색하게 웃으며 고개를 끄덕였다.

"좋아, 얘들아. 이 영웅을 우리가 지키자!"

"좋지! 맡겨둬!"

"영웅과 얘기한 건 우리뿐이라고 나중에 자랑도 할 수 있고 말이야!"

"다들 돌아가, 돌아가! 도시를 구해 준 영웅님에게 은혜를 원수로 갚을 셈이야? 자자, 철수!"

먼저 가게에 있던 남자들이 외치며 몰려든 주민들을 가게 밖으로 쫓아냈다.

주민들이 투덜투덜 불평했다. 너희만 얘기하다니 치사하다, 사인을 받고 싶다, 어머, 멋진 남자네, 하는 소리까지 들려서 멈칫했다.

설마 이런 사태가 될 줄이야.

나는 가게 밖으로 쫓겨나는 사람들을 바라보며 꿀꺽 숨을 삼켰다.

오늘은 날이 흐렸다. 산의 기온은 낮고 쌀쌀했다.

울창하게 우거진 나무들 덕분에 바람이 느껴지지 않는 것이 그나마 다행이었다.

나는 내 코트를 입힌 라비에게 시선을 보냈다.

자연스럽게 처음 만났을 때가 떠올랐다.

원피스만으로는 방한이 되지 않기에 어쩔 수 없지만, 여전히 헐렁헐렁하여 어색하고 어울리지 않았다. 비바람을 막을 수 있는 방한복도 한 벌 필요하겠어.

구입할 리스트가 점점 늘어났다. 까먹지 않게 조심하자.

오늘 성과가 좋으면 그런대로 괜찮은 코트를 사 줄 수 있을 것이다.

그랬다. 나는 지금 노잣돈을 벌기 위해 일하는 중이었다.

모험가 길드를 통하지 않고서 최대한 돈이 되는 일을 찾는다고 세오 영감에게 상담했더니, 「사정이 있는 모양이지?」라며 도시의 의뢰를 소화하는 자경단을 소개해 줬다.

기본적으로 길드가 소개하는 퀘스트는 개인 의뢰인에게 받은 안건이다.

국가나 도시의 의뢰는 길드를 통하지 않고, 모집 입간판을 보고 모인 자들 중에서 선발하는 일이 많았다.

하지만 공공 의뢰는 난이도도 상당히 높았다.

참고로 이번 일은 길드 퀘스트 난이도로 따지면 B랭크 정도였다.

의뢰 내용은 적안(赤眼) 드래곤을 토벌하는 것.

적안 드래곤은 매우 사납고 공격적인 마수다.

하지만 그보다 문제인 것은 그들의 기호였다.

봄이 되어 겨울잠에서 깨어나면 마을 근처 산에 둥지를 짓기 시작한다.

끔찍하게도 적안 드래곤이 제일 좋아하는 먹이는 인간이었다.

언제든 식량을 조달하기 위한 위치 선정이리라.

녀석들은 밤낮을 가리지 않고 마을에 내려와 그 날카로운 발로 인간을 잡아채 간다.

심지어 둥지를 내버려두면 매년 같은 곳에 나타나기에, 무슨 수를 써서든 토벌해야 했다.

한 번 둥지를 튼 산에는 내년에 또 다른 적안 드래곤이 자리 잡을 확률이 높아진다.

이 도시도 몇 년간 계속 적안 드래곤을 없애고 있는 듯했다.

"이쯤에서 휴식한다!"

대검을 멘 리더 격 남자가 우리를 돌아보고 외쳤다.

새까만 턱수염을 기른 우람한 남자였다. 나이는 나보다 조금 적어 보였다.

눈빛이 날카롭고 위엄 있는 그는 나와 정반대 타입이었다.

그는 내게 그다지 좋은 인상을 가지고 있지 않은 듯했다.

실은 오늘 집합 장소에서 만난 순간 「아이를 데리고 참가하다니 일을 우습게 보는 건가? 하이킹 기분으로 온 거라면 돌아가」라는 말과 함께 눈총을 받았다.

확실히 아이를 데리고 퀘스트에 참가하는 사람이라니 들어 본 적이 없다.

매트록 고아원 일로 생각을 고친 나는 라비가 따라오고 싶다고 해서 그러라고 했다.

라비가 어쩌고 싶은지 본인의 뜻을 존중한다.

안전을 생각하면 여관에 두고 오는 것이 옳다.

예전의 나라면 확실히 그랬을 것이다.

하지만 라비는 나와 함께 있기를 원했다.

그렇다면 내 옆이 가장 안전하다고 단언할 수 있도록 완벽하게 지켜 보이고 싶었다.

다른 참가자들에게는 일단 「폐는 일절 끼치지 않겠다」라고 했지만 코웃음만 돌아왔다.

우리는 우리. 다른 사람은 다른 사람이다. 협력은 하지만 과하게 신경 쓰지는 말자.

내가 불안해지면 라비에게도 불안이 전염된다.

—그런고로 주위는 신경 쓰지 않고 점심 먹을 준비를 시작했다.

다른 남자들은 나무 그늘에 둥그렇게 앉아 있었다. 총 다섯 명.

매년 드래곤 사냥에는 그들이 동원되는 모양이라, 서로 농담을 주고받는 등 친해 보였다.

다만 수염남은 리더라서 다들 조심스럽게 대하는 것이 보였다.

나와 라비는 조금 떨어진 곳에 앉았다.

흙 때문에 엉덩이가 젖지 않게 배낭에서 마대를 꺼내 깔았다.

즉각 오늘의 점심밥을 꺼냈다.

여관 주인에게 부탁하여 부엌을 빌린 내가 아침부터 부지런히 만든 달걀 샌드위치.

그리고 수통에 담아 온 미트볼 수프.

수프는 냄비로 다시 데울 생각이었다.

생각보다 날이 추웠기에 수프가 있어서 다행이었다.

"라비, 데우려면 시간이 걸리니까 먼저 샌드위치를 먹고 있자."

"응."

평소처럼 기도문을 읊고 샌드위치를 먹었다.

"와……! 달걀 부드러워……! 맛있어……!"

"그래? 다행이네."

샌드위치는 오믈렛 타입으로 우유를 넣어 달걀을 풀었다.

그러면 씹을 때 부드러운 식감이 입안 가득 퍼진다.

간은 설탕을 많이 넣어서 달게 했다. 거기에 특별히 소금 한 자밤을 살짝 섞었다.

이게 의외로 중요해서 맛을 밋밋하게 만들지 않는다.

음. 내가 만들었지만 잘 만들었다. 라비와 둘이서 냠냠 먹어 버렸다.

배가 살짝 찼을 때, 냄비도 끓기 시작했다.

팔팔 끓는 냄비에서 먹음직스런 냄새가 감돌았다.

여주인이 어젯밤에 쓰고 남았다며 준 낭랑소의 사태.

그걸로 육수를 낸 수프는 정말 맛있다. 먹는 순간이 기대되었다.

그런 생각을 하며 스푼으로 냄비를 젓고 있으니…….

"이봐. 그건 뭐야? 굉장히 맛있는 냄새가 나는데…….'

당장에라도 침을 흘릴 듯한 형상으로 자경단 남자들이 이쪽을 들여다보았다.

수염 리더는 등을 돌리고 있지만 다른 멤버는 우리 냄비에 관심이 지대한 듯했다.

"미트볼 수프야."

"미트볼! 이 맛있는 냄새는 그건가!"

"수프……. 시린 몸에 사무치겠지."

남자들이 침을 꿀꺽 삼켰다.

미트볼은 크지 않다. 하지만 다행히 일곱 개 있었다. 딱 여기 있는 인원수다.

라비 쪽을 힐끗 보자 고개를 끄덕끄덕했다. 나눠 줬으면 좋겠다는 의미이리라. 그렇지. 추운 건 저 남자들도 똑같을 테고.

"괜찮으면 너희도 먹을래? 양은 그리 많지 않고 그릇을 돌려 가며 마시게 되겠지만, 뜨끈한 걸 먹으면 몸도 따뜻해질 거야."

"그래도 돼?! 우리 상당히 태도가 나빴는데."

"아니, 뭐, 그건 신경 쓰지 마. 일면식도 없는 사람하고 행동을 같이하는 거잖아. 그야 경계할만하지."

"당신, 좋은 사람이구만!"

평범한 말을 했을 텐데 칭찬받고 말았다. 목덜미 부근이 간질간
질했다.

"그럼 우선은, 우, 우리 딸한테 먼저 먹일게."

말투가 부자연스럽진 않았을까?

남자들을 살펴봤지만 다들 신경 쓰지 않는 모습이었다.

"그래, 그래야지. 딸아이에게 먼저 줘!"

그 말을 듣고 안도했다.

자, 그럼. 늘 쓰는 머그잔에 수프를 담아 라비에게 줬다. 그리고
남자들에게도 순서대로 건넸다. 다들 「맛있네」, 「따뜻해구만」, 「최
고야」 하고 중얼거렸다.

"이봐, 당신도 먹지 그래?"

여전히 등을 돌리고 있는 수염남에게도 권했다.

수염남은 이쪽에 힐끔 시선을 보내더니 불쾌하다는 듯 얼굴을 찌
푸렸다.

"칫. 먹을 거에 낚이기나 하고 말이야."

내뱉듯 나온 말을 듣고 다른 남자들이 몸을 움찔했다.

조금 전까지 시끌벅적했던 분위기가 순식간에 얼어붙었다.

"계속 꾸물대다가는 날이 샐 거야. 바로 출발한다."

우리는 황급히 짐을 정리해야만 했다.

◇ ◇ ◇

점심 식사 후에는 또 줄지어 산을 올랐다. 오전 중보다 급경사가 늘었고 길도 험했다.

업히겠냐고 라비에게 몇 번 물었지만 힘내서 자기 발로 걷고 있었다.

나는 라비를 지켜보며 뒤에서 걸었다.

갈수록 산은 험해졌다. 선두에 있는 리더가 날붙이로 초목을 쳐내며 강제로 길을 만들어야 했다.

"주민들은 이 산을 무서워해서 적안 드래곤을 토벌할 때 말고는 다가오는 사람이 없어."

숨을 헐떡이며 앞에 있는 남자가 가르쳐줬다.

사람이 오가지 않는 곳에 길은 생기지 않는다. 하지만 30분쯤 더 갔을 때—

"이봐, 저기 좀 봐! 짐승이 낸 길이 있어!"

한가운데에서 걷던 키다리 남자가 외쳤다.

그가 가리킨 곳을 보니 확실히 산으로 올라가는 길을 확인할 수 있었다.

"올해는 운이 좋네!"

"아아, 그러게! —이렇게 덤불길을 발견하면 상당히 편해져."

다들 덤불길 쪽으로 나아갔다. 나도 라비를 데리고 따라갔지만…….

"이건."

매우 희미하나 길에 남은 발자국을 발견하고 눈썹을 찡그렸다. 쪼그려 앉아 자세히 살펴본 나는 확신했다.

역시나. 얼핏 보면 사슴 발자국과 흡사하다. 하지만 이건 일각수의 발자국이었다.

사람이 발을 들이지 않는 미개척 산에 즐겨 서식하는 일각수는 영리하기로 유명했다.

"잠깐 기다려. 이 길은 안 가는 편이 좋아."

내가 불러 세우자 앞서가던 이들이 이상하다는 얼굴로 돌아보았다.

"쓸데없는 소리 할 거면 패 버린다."

수염남이 짜증스럽게 침을 뱉었다. 그래도 주춤할 수는 없었다.

"이 발자국을 자세히 봐."

"사슴 발자국이잖아?"

키다리가 그게 뭐 어쨌냐는 얼굴로 물었다.

"아니. 사슴이라면 곁발굽이 안 찍혔을 테지. 하지만 이건 희미하게 자국이 남아 있어."

"곁발굽이 찍혀 있다면 멧돼지 아니야?"

"멧돼지라면 좀 더 확실하게 찍혀. 그리고 발굽 앞부분의 형태가 상당히 둥글어. 이 특징을 가진 생물은 일각수뿐이야."

"그렇다면 이 근처에 환수님이 계신다는 건가!"

"멋진데! 일각수를 보면 운이 좋아진다고 하잖아. 꼭 만나보고 싶은걸?"

다들 신나서 떠들었다. 하지만 지금은 분위기에 편승할 수 없었다.

"일각수는 신경질적이고 경계심이 강한 생물이야. 평소에는 발자국이 남지 않게 걸어 다녀."

그래서 이 특징적인 발자국은 좀처럼 찾을 수 없었다.

그런 동물이 발자국을 지우지 못하는 상황은 하나뿐이다.

"환수도 잡아먹는 대형 몬스터에게 쫓겨 도망칠 때를 제외하면 일각수는 발자국 지우기를 잊지 않아."

"무슨……."

내 설명을 듣고 일동이 말을 잇지 못했다. 하지만 수염남만큼은 변함없이 짜증스러운 모습으로 나를 노려보고 있었다.

"그런 얘기, 나는 처음 들었어!"

"넌 무식하니까 몰랐겠지!"

"그럼 넌 알고 있었어?!"

"아, 아니. 나도 몰랐어."

산에 사는 동물에 빠삭한 헌터조차도 환수 관련 지식까지 가진 자는 좀처럼 없다.

나는 낙오자 시절, 모험에 도움이 될 만한 것을 닥치는 대로 조사했기에 마침 알고 있을 뿐이었다.

"미안하지만 당신의 그 이야기를 어디까지 믿으면 좋을지 우리는 모르겠어."

네 사람이 얼굴을 마주 보았다.

당연히 그렇겠지.

"그래. 안 믿어도 돼. 다만 오늘은 물러났으면 좋겠어. 미지의 대형 몬스터를 상대하기에는 너무 불리해. 난 너희가 죽길 바라지 않아. 드래곤은 둥지가 완성되기 전까지 먹이를 찾지 않아. 그때까지는 아직 충분히 시간이 있잖아?"

"그렇지."

"애초에 우리를 만류해 봤자 당신한테 아무런 이득도 없고."

"아까 준 수프도 맛있었고."

"그건 지금 상황이랑 관계없잖아."

"그렇게 맛있는 수프를 우리한테 나눠줬는걸. 나쁜 사람일 리가 없어."

"뭐, 그건 그래."

"조잘조잘 시끄러워! 작작 좀 해!"

"힉……!!"

수염남이 으름장을 놓자 네 사람이 숨을 삼켰다.

"너희 바보냐?! 외지인의 번드르르한 말에 홀랑 속아 넘어가서는! 그 녀석은 여기 오니 겁이 난 거야! 혼자 도망치는 건 꼴사나우니까 우리를 끌어들이려는 거겠지. 상종할 가치도 없어!"

"이, 이봐, 기다려!"

나는 필사적으로 수염남을 붙잡으려고 했지만 그는 들은 척도 하지 않았다.

척척 덤불길을 나아가는 수염남의 뒷모습을 보고서 다들 깊은 한숨을 쉬었다.

"당신의 충고를 무시하는 건 아니지만, 저 사람에게는 받은 은혜가 있는지라…… 혼자 두고 갈 수는 없어."

"저렇게 입은 험하고 걸핏하면 화내지만, 책임감 강한 좋은 사람이야."

"몇 번이나 우리 목숨을 구해줬고 말이지."

"당신이랑 딸만이라도 돌아가."

나는 라비를 보았다. 라비는 내 손을 꼭 잡고 고개를 끄덕였다.

이건 라비가 나를 믿을 때 보내는 눈길이었다.

"아니. 그렇다면 우리도 이대로 따라가겠어."

버리고 갈 수는 없었다.

나는 아까보다도 더 주의를 기울이며 그들의 후미를 지켰다.

◇ ◇ ◇

"이건 대체…… 어떻게 된 거야……."

수염남이 멍하니 중얼거렸다. 나는 즉시 라비를 안아 올려 그녀의 시야를 차단했다.

덤불길을 지나 도착한 곳.

절반쯤 완성된 거대한 굴 안은 텅 비어 있었다.

둥지를 짓기 위해 나무를 모으러 간 것은 아니리라.

굴에는 검붉은 웅덩이가 만들어져 있었다.

그 주변에 살점 같은 것도 흩어져 있었다.

"윽…… 우웩……."

키다리가 손으로 입을 막고 헛구역질했다. 당연한 반응이었다.

위를 자극하는 강렬한 피비린내가 주변에 진동하고 있었다.

"적안 드래곤은 없는데 이 정도로 엄청난 피라니…… 잡아먹힌 건가?"

얼굴이 새파랗게 질린 키다리가 중얼거린 그때.

상공에서 날개를 퍼덕이는 소리가 나며 돌연 주변이 캄캄해졌다. 서둘러 고개를 들었다.

상공에 떠 있는 것은— 마흑룡(魔黑龍)이었다.

까맣게 빛나는 거대한 날개, 비늘로 뒤덮인 육체, 파랗게 빛나는 사나운 눈. 드래곤들의 왕.

마을에 이 녀석이 나타나면 불과 한 시간도 안 되서 쑥대밭이 된 다고 한다.

마흑룡은 그런 존재였다.

"저, 저걸 어떻게 이겨…… 적안 드래곤보다 열 배는 크잖아."

"아, 아아아…… 으아아아아악!!"

새파란 얼굴을 한 키다리가 몸을 돌렸다.

"안 돼! 도망치지 마!"

마흑룡은 도망치는 자부터 덮치는 습성을 가지고 있다.

필사적으로 말렸지만 키다리는 듣지 못했다.

하늘을 부유하던 마흑룡이 날개를 움직여 단숨에 급강하했다.

"엎드려!!"

내가 외침과 동시에 수염남이 키다리를 감싸며 지면에 엎어졌다.

하지만 곧 두 번째 공격이 온다.

"내가 미끼가 되마! 그사이에 도망쳐!!"

몸을 벌떡 일으킨 수염남이 고함쳤다.

말릴 새도 없이 수염남은 정반대 방향으로 달리기 시작했다.

"대장!!"

곧장 마흑룡이 날개를 퍼덕여 그 모습을 쫓았다.

"안 돼! 무모해!!"

그렇다. 인간의 다리로 용에게서 도망칠 수 있을 리가 없다.

거리가 쭉쭉 가까워진다.

"젠장!! 리더를 미끼로 삼아 도망이나 칠 수밖에 없어?!"

눈물범벅이 된 얼굴로 키다리가 외쳤다.

—아니. 죽게 내버려둘 것 같아?!

탕, 지면을 박차고 뛰어올라 영창했다.

《넘치는 힘 솟아나라— 비상 라이징!!》

내 발에 버프를 걸어 라비를 안은 채 상공으로 날았다.

수염남이 마흑룡을 유인해 준 덕분에 뒤를 칠 수 있게 됐다.

하지만 당장에라도 예리한 발톱이 수염남을 꿰뚫으려 하고 있었다.

《화염의 성령, 분노의 불꽃을 나에게 빌려주소서— 불 마법 샐러맨더!!》

세차게 소용돌이치는 불길이 마흑룡의 등에 쏟아졌다.

지상에 낙하할 때까지 좀 더 피해를 입히고 싶다.

등의 비늘 아래에는 통각신경이 있다.

어떻게든 그곳까지 도달할 만한 상처를 내자!

그러나 최고 레벨의 불 마법으로도 마흑룡의 비늘에는 흠집을 낼 수 없었다.

물론 그것도 예상한 바였다. 원하는 것은 단 한 순간. 녀석이 틈을 보이기를 기다린다.

그러려면 화력이 더 필요하다!

나는 불 마법을 쏘면서 이중 스킬로 바람 마법을 중첩했다.

바람을 받은 불길의 위력이 몇십 배로 커졌다.

마치 분노를 구현화한 괴물처럼 화염이 마흑룡의 등을 이글이글 태웠다.

좋아. 살이 타는 불쾌한 냄새가 나기 시작했다.

반응이 오고 있었다. 그때―.

『크르아아아아아아아!!!』

울부짖고서 마흑룡이 이쪽을 돌아보았다.

대지가 진동할 정도의 굉음.

통각신경에 도달했다!

목을 흔든 마흑룡이 아픔을 참지 못하고 고개를 쳐들었다.

그 목 안쪽에 반짝 빛나는 다이아몬드형 역린― 용의 급소가 있었다.

숨을 꿀꺽 삼킨 그때―.

"아빠, 힘내……!"

"……!!"

라비가 작게 응원하는 목소리가 내 마음을 타오르게 했다.

맡겨만 둬!!

《절대 영도의 성역을 지키는 여신, 나에게 얼어붙는 입맞춤을─
얼음 마법 헬!》

내 손에서 날아간 얼음 화살이 마흑룡의 역린을 꿰뚫었다.

『크오오오오!!』

마흑룡이 단말마의 비명을 지르며 쓰러졌다. 심하게 경련한 후,
마흑룡은 완전히 움직이지 않게 되었다.

그와 동시에 나도 대지에 착지했다.

모두를 둘러보니 멍하니 마흑룡의 사체를 바라보고 있었다.

다리 힘이 풀려 주저앉은 자가 대부분이었다.

안고 있던 라비를 내려 주고 근처에 있던 남자에게 말을 걸었다.

"괜찮나?"

"어······. 미, 미안."

한 명씩 말을 걸며 손을 잡아 일으켰다. 마지막으로 남은 것은
수염남이었다.

그는 혼자 일어나려고 했지만, 마흑룡에게서 도망칠 때 발을 다
쳤는지 끙끙거리고 있었다. 내가 도와주면 싫어할까? 그래도 일단
손을 내미니······.

"미안하다······!"

돌연 남자가 지면에 이마를 박고 사죄했다.

"그때 내가 네 말을 믿었다면 모두를 위험에 빠뜨리지도 않았을

텐데. 사과한다고 끝날 일은 아니지만 미안하다……."

"아, 아니, 이봐! 고개 들어. 다리도 다쳤잖아."

"정말로 미안하다……."

"알겠으니까, 고개 들어도 돼."

"……."

결국 수염남은 산에서 내려가는 내내 사과했다.

나와 마찬가지로 동료들도 어쩔 줄을 몰라 하며 신경 쓰지 않아도 된다고 계속 말해줬지만 본인은 그럴 수 없는 듯했다.

자신 때문에 동료의 목숨이 위험해지는 것은 확실히 견디기 힘들지.

이번 일은 앞으로 그의 인생과 사고방식에 큰 영향을 미칠지도 모른다.

나는 그저 그것이 좋은 방향의 변화이기를 기도할 뿐이다.

아저씨, 애딩턴의 길드 마스터에게 제안받다

마흑룡을 토벌한 다음 날.

나는 보수를 받기 위해 라비를 데리고 관청을 찾았다.

"곧 담당관이 올 테니 오른편 안쪽에 있는 홀에서 기다려 주세요."

안경을 쓴 접수처 여성이 안내해 준 장소로 향했다.

중후한 문을 열자 안에는 이미 퀘스트 참가자들이 와 있었다.

"오, 하루 만이군."

"그래. 안녕한가."

"안녕하세요……."

나와 함께 라비도 인사했다.

변함없이 낯을 가려서 그 말만 하고 곧장 내 뒤에 숨어 버렸다.

턱수염 리더와도 눈이 마주쳤다.

조금 떨어진 곳에 있던 그는 진지한 얼굴을 한 채 말없이 정중하게 고개를 숙였다.

나도 똑같이 했다.

라비는 나와 턱수염 리더를 번갈아 보며 안절부절못하더니, 다리 뒤에 숨은 채 손을 흔들었다.

턱수염 리더는 눈을 크게 떴다가 곤란한 얼굴로 수염을 쓸었다.

169

저 사람도 나와 마찬가지로 독신이구나. 자신과 비슷한 느낌을 받고 쓰게 웃었다.

바로 그때, 방문이 열리고 담당관인 듯한 남자가 두 명 들어왔다.

굉장히 훌륭한 매부리코를 가진 남자가 앞으로 나왔다. 50대 후반쯤 될까.

조금 신경질적으로 생긴 얼굴이었다.

"토벌하느라 고생했네. 설마 마흑룡이 나타날 줄이야……. 자네들이 처리해 주지 않았다면 도시가 통째로 사라졌을지도 몰라. 고맙네. ─그럼 보수를 주기로 하지. 자경단장."

부름을 받고 턱수염 리더가 앞으로 나가자 묵직해 보이는 자루를 건네준다.

확인해 보라는 말에 자루를 열어 본 리더의 눈이 크게 뜨였다.

"이봐, 왜 이렇게 많아."

"적안 드래곤의 토벌 보상에 마흑룡 긴급 토벌의 보수도 더했네. 사실은 보수를 좀 더 주고 싶지만……. 미안하게도 긴급 토벌용 자금의 예산을 내가 멋대로 바꿀 수는 없는지라……"

"아니, 그런 짓을 하면 담당관님이 해고되시잖습니까!"

키다리가 태클을 걸었고 다들 으하하 웃었다. 담당관도 눈을 접고 미소 지었다.

턱수염 리더는 자루를 손에 든 채 동료들에게 확인하는 듯한 시선을 보냈다.

동료들이 웃으며 고개를 끄덕였다.

뭐지? 의아하게 여기고 있으니 턱수염 리더가 내 앞으로 왔다.

"이건 전부 당신이 가져가. 마흑룡을 쓰러뜨린 건 당신이니까. 자, 받아 줘."

그렇게 말하고 돈이 든 자루를 내밀었다.

나는 너무 놀란 나머지 대답이 늦어져버렸다.

주위 동료들도 고개를 끄덕이고 있었다. 아무래도 내가 없는 곳에서 이야기를 나누고 그렇게 정한 듯했다. 하지만 물론 받을 수 있을 리가 없었다.

"그건 안 돼. 다 같이 참가한 퀘스트니까."

눈에 띄는 활약을 한 자만이 보수를 받을 수 있다면 파티라는 시스템은 붕괴하고 만다.

그리고 나는 파티에서 활약하지 못했을 때의 답답한 심정을 충분히 알고 있었다.

물론 그때의 자신을 긍정하는 것은 아니다.

하지만 입장이 조금 바뀐 지금, 나는 그런 동료를 받아들이고 격려할 줄 아는 자가 되고 싶었다.

"공격 역할이 마침 나였을 뿐이야. 그것도 너희가 탱커 역할을 맡아 줬기에 완수할 수 있었던 거고."

『탱커』란 가장 위험한 포지션에서 아군을 지키거나 적의 주의를 끄는 방패 역할을 말한다. 모험가들 사이에서 쓰이는 용어 중 하나다.

"아니, 탱커 같은 멋있는 게 아니었어!!"

"맞아! 우리는 그저 습격 받았을 뿐이야!!"

"난 다리 힘이 풀려서 살짝 지렸어!"

"야, 그건 좀 아니다."

"응, 그건 좀 아니야."

"어?"

어째선지 다들 불이 붙어서 자신들이 얼마나 짐짝이었는지 역설했다.

아무튼 나는 일단 모두가 진정되기를 기다렸다가 재차 설득을 시도했다.

"난 마흑룡을 공격하러 갈 때 혼자 싸운다는 생각으로 작전을 짜지 않았어. 너희가 그 자리에 있어 줬기에 그렇게 쓰러뜨리는 방법을 생각해 낸 거야. 그러니까 이건 똑같이 나누자. 다 같이 거머쥔 승리야."

나는 열심히 주장했고 어떻게든 보수를 똑같이 나눌 수 있었다.

"으하하하하! 너, 역시 듣던 대로 한없이 착해 빠진 모양이네!"

뜬금없이 웃음소리를 낸 것은 담당관 뒤에 있던 곱슬머리 남자였다.

매우 화려한 새파란 코트를 입고 있었다. 나이는 미상. 젊어 보이기도 했고 많아 보이기도 했다.

남자는 애딩턴의 모험가 길드에서 길드 마스터를 맡고 있는 자라고 본인을 소개했다.

길드. 그 단어를 들었을 뿐인데 위가 따끔거렸다.

그로부터 몇 달이나 지났는데, 내가 생각해도 한심했다.

그건 그렇고 왜 길드 마스터가?

이번 토벌은 도시에서 의뢰한 것이라 길드는 일절 관계가 없었다.

긴장하며 이어질 말을 기다리니—.

"단순한 흥미로 살짝 조사해봤어! 고아원 일이 있고 난 직후에. 길드에도 역시 그런 연락은 들어오거든. 흐응~ 어떤 랭크의 어떤 모험가일까~ 하고. 그랬더니 더글러스 포드 씨. 라이센스를 박탈당했더라!"

"……읏."

마치 잡담이라도 하듯 남자가 말했다.

그의 말이 맞았다. 숨기고 있지는 않았다.

하지만 나는 어떻게 대답하면 좋을지 알 수 없었다.

이 길드 마스터는 나를 놀리고 있는 걸까? 진의를 전혀 파악할 수 없었다. 내가 입을 다물고 있자 길드 마스터는 어리둥절한 표정을 지었다.

"아! 잠깐, 잠깐. 오해하지 마. 인정미라고는 찾아볼 수 없는 말투는 그냥 버릇이니까! 널 조롱하는 건 아니야!"

"하아……."

새끼손가락을 세운 양손을 앞으로 내밀고서 필사적으로 주장했다.

"오히려 난 이해할 수가 없더라고! 『허?! 어떻게 된 거야?!』 하는 생각이 들어서 좀 더 찾아봤어. 네게서 라이센스를 박탈한 발자크의 길드는 이유를 『실력 부족』이라고 적어 뒀지만, 말도 안 되잖아! 네 실력은 어제 마흑룡을 토벌한 것으로도 증명됐고 이렇게 증인도 있어!"

퀘스트에 참가했던 자들이 엄지를 척 치켜들었다.

"전투에서 활약했을 뿐만 아니라 이 사내가 대접해 준 수프 덕분에 모두의 사기도 올랐어. 솔로로 싸우는 실력은 물론이고 퀘스트나 파티의 리더가 될 자격도 나 같은 놈보다 훨씬 더 갖추고 있어."

수염남이 힘 있는 어조로 그렇게 잘라 말했다.

나는 아직 사태를 파악하지 못한 채 길드 마스터에게 시선을 되돌렸다.

"즉, 하고 싶은 말은 이거야. 애딩턴 길드에서 라이센스 재발행 신청서를 발급해 줄게. 등록 전에 시험을 받긴 해야 하지만 너 정도 실력이면 문제없을 테고."

"……!"

"마흑룡을 해치울 정도의 실력자에게서 라이센스를 박탈하다니, 발자크의 길드는 무슨 생각을 하는지 이해할 수가 없어. 진짜 의미 불명이야. 대체 무슨 사정이 있었던 거야? 뭣하면 길드의 사문위원회에 조사를 의뢰해도 돼."

"아니아니, 잠깐만!"

겨우 머리가 돌아가기 시작했다.

그들은 선의로 내게 라이센스를 되찾아주려 하고 있었다.

하지만 이런저런 오해가 있는 것 같아서 급히 정정했다.

"발자크 길드의 판단은 틀리지 않았어. 나는 확실히 그때 퀘스트도 클리어하지 못하는 쓸모없는 놈이었어."

"하지만 원래는 길드의 톱 랭커였잖아?"

"시, 실력이 죽었어."

"실력이 죽은 모험가가 SS급 드래곤을 퇴치했다는 거야?"

길드 마스터가 의아하다는 듯 가느다란 눈썹을 모았다.

"나는 그게…… 당시에 병 비슷한 걸 앓고 있어서……."

"그래도 역시 부자연스러워. 회복할 가망이 있는 병이라면 라이센스 기능을 정지시키기만 하면 되니까."

역시 이야기해야 하나…….

"당시에는 병과 노화가 원인인 줄 알았지만, 상태가 안 좋은 건 저주 때문이었다고 나중에 판명됐어. 내가 힘을 되찾으리라고는 그 당시 누구도 생각하지 않았지."

"저주라니……."

내 이야기를 듣고 길드 마스터가 말을 잇지 못했다.

"그에 관해서는 이런저런 복잡한 사정이 있으니까 묻지 말아줘."

"그, 그래. 뭐, 사람마다 사정이 있는 거지. 하지만 그걸 차치하더라도 라이센스 재발행에는 협력할 테니 안심해!"

"그건……."

라이센스를 재취득하는 것은 전혀 생각지 못한 일이었다.

나는 어쩌고 싶지?

다시 라이센스를 취득해서 모험가로 돌아가?

분명 이전처럼 고생하지는 않을 터다.

하지만 이상하게도 라이센스를 되찾고 싶다는 기분이 들지 않았다.

그렇게나 집착했었을 텐데.

최전선에서 활약하던 시절의 눈이 핑핑 돌아가던 날들, 필사적으로 매달리던 시절의 한심한 날들.

어느 쪽과 비교해도 지금 생활이 내게는 더 알맞다는 생각이 들었다.

그리고 지금 나는 라비를 바래다주는 여행 중이었다.

라이센스 획득을 위한 시험도 그렇고, 합격하면 그 길드에서 한동안 강의와 훈련을 받아야 한다.

"자, 사양하지 마!"

또 새끼손가락을 세운 양손을 내밀며 길드 마스터가 재촉했다.

나는 쓰게 웃으며 고개를 가로저었다.

"아니, 역시 그만두겠어."

"뭐어?!"

"거절하는 거야?! 모험가 라이센스가 있으면 형편이 상당히 바뀌잖아?!"

자리에 있던 이들이 놀라서 외쳤다.

그들의 기세에 삼켜질 뻔했지만 역시 마음은 바뀌지 않았다.

"지금 환경도 나쁘지 않다고 막 생각하기 시작한 참이거든. 하지만 배려해줘서 고마워."

내가 머리를 숙이고 거절하자 다들 다소 실망한 표정을 지었다.

그래도 최종적으로는 내 마음을 헤아려준 것 같았다.

"계속 신세만 졌으니까 애딩턴에서도 뭔가 은혜를 갚고 싶었는데……. 하지만 길드에 속하지 않은 최강 여행자도 멋있네."

"심지어 애 딸린."

턱수염 리더가 입가를 히죽 일그러뜨리며 말을 덧붙였다.

다들 그 말이 맞다며 밝은 웃음소리를 냈다.

나와 라비도 얼굴을 마주 보고 웃었다.

낯선 도시에서 누군가와 알게 되고 이렇게 서로 웃을 수 있다니.

라이센스에 목매던 모험가였을 적에는 상상도 못 했던 현실이다.

하지만 꽝장히 좋았다.

나는 마음속으로 그런 생각을 했다.

눈을 뜨자 창밖에서 상쾌한 아침 햇살이 비쳐 들고 있었다.

어제는 종일 비가 내렸다. 덕분에 출발을 더 늦추게 되었기에 날이 개서 다행이었다.

헌병대에서는 어제 아침 여행을 떠나도 좋다는 허락이 떨어졌다.

매트록과 부하들은 조만간 왕도의 감옥으로 이송된다고 했다.

고아원은 『애딩턴 고아원』으로 이름을 바꾸고 주민들이 유지해나가게 된 모양이었다.

자, 그럼. 옷을 갈아입고 나갈 준비를 마친 후, 배낭에 여행용 짐을 챙겼다.

어제 상업 지구에서 산 물건들도 넣었다.

그러고 보니 지갑 사정을 신경 쓰지 않고 물건을 산 것이 몇 년 만인지 모르겠다.

수건 등의 일용품과 보존식. 요리의 폭을 넓히고 싶어서 산 향신료. 그리고 라비에게 들릴 패브릭 크로스백. 라비용 수통. 비바람을 막기 위한 어린이용 코트를 샀다.

라비는 즉시 원피스 위에 코트를 걸치고 있었다. 내가 입은 코트를 빼닮은 수수한 코트였다. 나로서는 리본 등이 달린 나풀나풀한

179

옷이 더 좋지 않을까 생각했지만 「아빠 같은 옷이 좋아……」라고 말해 줬다.

떠올리기만 해도 마음이 따뜻해졌다.

안 되지. 아저씨가 실실 웃고 있으면 기분 나쁠 뿐이다.

뺨을 때려 마음을 다잡았다. 철썩 소리가 난 탓에 라비가 겁먹은 얼굴을 했다.

"아니, 아무것도 아니야. 그냥 기합을 넣은 거야."

"……! 그럼 나도……."

"아."

말리기도 전에 라비가 양손으로 자신의 뺨을 찰싹 때렸다.

흰 뺨이 빨개졌다. 보기만 해도 참을 수 없이 애처로운데, 라비는 기쁘게 웃어 보였다. 아이는 뭐든 흉내 내니까 언동을 조심해야 한다.

각설하고, 라비의 목걸이는 사실 아직 내 품에 있었다.

세오 영감님의 가게에서 일용품을 구입하고 목걸이를 꺼냈을 때, 대체 이런 희귀한 장식품을 어떻게 손에 넣었냐고 질문받았다.

라비 이야기는 하지 않고서 저주에 이용된 물건이라고 설명하자 그런 걸 매입할 수 있겠냐며 혼나고 말았다.

저주를 해제했으니 장식품을 가지고 있어도 아무런 문제는 없다. 하지만 보통은 그래도 왠지 꺼림칙하게 느낀다고 세오 영감님에게 설교를 들었다. 전혀 신경 쓰지 않고서 들고 다녔던 나는 뭘까.

세오 영감님은 「자네는 좋은 사람이지만 섬세함이 부족해서 탈

이야』라며 한숨을 쉬었다. 하지만 잔소리하면서도 어떤 남작의 이름과 그가 어디 사는지를 가르쳐 줬다.

『살짝 아는 친구가 밀턴에 사는데, 주술과 관련된 물건을 모으는 수집가라네. 모리스 남작이라면 얼마든지 돈을 내고 사겠지. 찾아가 보게.』

남작과 아는 사이라니, 역시 그 영감님은 보통내기가 아니다.

바닷가 쪽 루트로 가면 도중에 『환락의 도시 밀턴』에 들를 수 있다.

나는 세오 영감님에게 감사 인사를 하고서 남작의 이름을 확실하게 기억했다.

짐은 다 챙겼다. 라비도 가방을 한쪽 어깨에 메고 모든 준비를 끝냈다.

그 손에는 하늘색 리본이 소중하게 쥐여 있었다.

선물한 이후로 매일 아침, 방을 나서기 전에 내가 묶어 주는 것이 일과가 되어 있었다.

손가락빗으로 라비의 머리를 빗고 옆머리를 뒤로 모아 리본으로 묶었다. 역시 매일 계속하니 요령이 생기기 시작했다.

"좋아. 다 됐어."

"응…… 고마워……."

눈꼬리를 내리고서 라비가 기쁘게 웃었다.

매일 아침 하는 일인데도 늘 이렇게 진심으로 행복하게 웃는 얼굴을 보여 주었다.

그 후 여주인에게 감사 인사를 하고서 며칠간 지냈던 여관을 나섰다.

도시를 관통하는 큰길을 빠져나가 가도와 합류하는 포인트로 향하자 놀랍게도 그곳에 새로 알게 된 얼굴들이 있었다.

"오오, 왔는가."

"세오 영감님. 그리고 다른 사람들도 대체 왜……."

"왜냐니, 당연히 너희를 배웅하러 왔지."

변함없이 화려한 복장을 한 길드 마스터가 한쪽 눈을 찡긋 감았다.

그 밖에도 세오 영감님의 가게에서 만났던 주민, 턱수염 리더와 그 동료들, 세오 영감님의 아들과 헌병대 멤버, 관청의 담당관. 뒤쪽에서는 고아원 아이들이 서로 장난치고 있었다.

설마 배웅해 주리라고는 생각지도 못했기에 깜짝 놀랐다.

"여러모로 고마워!"

"잘 지내!"

"언젠가 또 이 도시에 찾아와줘!"

따뜻한 말과 미소를 받고 가슴 안쪽이 뜨거워졌다.

나는 한 사람 한 사람의 얼굴을 보며 웃는 얼굴을 마음에 새겼다. 이런 배웅을 받으며 여행을 떠나는 것은 처음이었다.

혼자 여행할 때는 다른 사람에게 깊이 관여하지 않았고 그랬기에 몹시 고독했다.

그 무렵의 고요한 출발과는 모든 것이 달랐다. 섭섭하지만 상쾌한 기분이기도 했다.

다들 좋은 사람들이었지. 이 도시에서 그들과 알게 되어 정말 다행이다.

진심으로 그렇게 느꼈다.

다시 만날 수 있을지는 모른다. 그래도 나는 앞으로도 쭉 그들을 잊지 않을 것이다.

"신세 졌어. 다들 건강하길!"

라비와 함께 인사하고 걷기 시작했다.

애딩턴 사람들은 우리의 모습이 멀리 작아진 뒤에도 계속 손을 흔들어 줬다.

◇ ◇ ◇

애딩턴을 떠나고 이틀째 오후.

숲에 접어들었을 무렵에 날씨가 악화됐다. 구름이 빠르게 흘러서 불길한 예감이 들었지만 다음 마을까지 묵을 수 있는 곳이 없었다. 도착하려면 아직 한나절은 더 걸리는데……

되도록 서둘렀으나 역시 숲속에서 뇌우가 쏟아졌다. 굵직한 빗방울이 얼굴을 때렸다.

"이 근처에는 큰 나무가 없어. 라비, 조금만 더 힘내서 나아가자."

라비의 머리에 후드를 씌우며 비를 피할 수 있을 만한 나무를 찾았다.

그때, 오도 가도 못하고 있는 짐마차가 전방에 보였다. 아무래도 마차 바퀴가 흙에 빠져 버린 듯했다. 젊은 엘프 남성이 열심히 마차를 들어 올리려 하고 있었다.

옆에는 라비 또래의 소년이 있었고, 남자를 도우려고 낑낑대고 있었다.

금발 아래로 보이는 귀는 길고 뾰족했다. 소년도 역시 엘프였다.

살짝 올라간 눈이 남자와 매우 닮았으니 분명 부자지간이리라.

"도와주고 올 테니까 저 나무 아래에서 기다려 줘."

"으, 응……."

가는 나무여도 라비 혼자라면 어떻게든 될 것이다.

라비가 나무 아래로 달려가는 것을 보고 나서 나는 엘프들 곁으로 걸어갔다.

내 발소리를 알아차리고 고개를 든 엘프가 어깨에 멘 활과 화살을 잽싸게 잡았다.

엘프는 상당히 경계심이 강한 종족이다.

나는 적의가 없음을 나타내고 싶어서 손을 들어 손바닥을 보였다.

"좀 도와줄까?"

"아, 아뇨……."

"곤란할 때는 서로 도와야지. 그리고 나도 아이를 데리고 있어. 믿고 맡겨줘."

그렇게 말하자 남자의 표정이 조금 온화해졌다.

"……감사합니다. 하지만 싣고 있는 짐이 꽤 무거워서……. 둘이서도 도저히 들 수 없을 겁니다. 모처럼 말을 걸어주셨는데 죄송합니다."

엘프 남성은 눈썹을 내리며 짐을 올려다보았다. 확실히 상당한 양이었다.

건장한 남자가 몇 명은 모여야 들어 올릴 수 있을 듯했다. 그렇다면—.

"물러나 있어."

내 말에 남자가 당황한 표정을 지었다.

"아빠, 이 사람 믿어도 되는 거야?"

"그런 말 하면 못써."

역시 아빠였던 남자가 아들의 손을 끌어 짐마차에서 몇 걸음 물러났다.

그들의 안전을 확인한 나는 바로 주문을 영창했다.

《넘치는 힘 솟아나라— 근력 증강 머슬 파워!!》

양팔의 근육이 불끈불끈 팽창했다.

내 키보다 두 배는 더 거대해진 팔을 보고 엘프 부자가 깜짝 놀랐다.

"무슨?!"

"굉장해애애애애!! 저거 뭐야?!"

소년 쪽은 흥분하여 상체를 앞으로 쭉 내밀고 있었다.

나는 쓴웃음을 지으며 가뿐히 짐마차를 들어 올려서 평탄한 길에 내렸다.

그런 다음 버프를 해제하고 부자를 돌아보니—.

"감사합니다! 덕분에 살았습니다! 마을까지 일단 걸어 돌아가서

사람들을 불러와야 하나 싶었거든요. 아아, 하지만 저희를 돕느라
쫄딱 젖고 마셨네요."

"신경 쓰지 마. 도움이 됐다면 다행이야."

"부디 저희 마을에서 비를 피하고 가세요. 마차로 가면 고작 몇
분 거리입니다."

부친의 말에 놀랐다. 엘프들은 다른 종족과 친하게 지내지 않는
다고 들었다.

그래서 처음부터 마을에 들르는 건 포기하고 있었지만…….

"들러도 괜찮을까?"

"예, 물론이죠. 엘프는 경계심이 강할 뿐, 은혜를 모르지는 않습
니다."

내가 망설인 이유를 눈치챘는지 그런 말을 하며 남자가 쓰게 웃
었다.

라비도 데리고 있으니 마을에서 쉴 수 있다면 고마운 일이었다.

"미안하지만 실례할게."

나는 가볍게 고개를 숙이고 라비를 손짓하여 불렀다.

"라비, 잠깐 이 사람들의 마을에서 쉬기로 했어."

"응……."

부끄러운 듯 엘프 부자를 보고서 라비가 고개를 숙였다.

"자, 잘 부탁드려요……."

"예, 저희야말로. —귀여운 따님이네요."

라비를 칭찬하니 나도 무척 기뻤다.

"자, 마차에 타세요."

"야. 아이는 뒤쪽이니까 넌 이리로 와."

소년이 어색하게 라비의 손을 잡았다.

라비는 갑작스러운 접촉에 깜짝 놀랐는지 반사적으로 팔을 휙 빼버렸다.

아마 소년은 손을 뿌리칠 거라고 생각하지 못했을 것이다.

눈을 동그랗게 뜬 후, 얼굴이 새빨개졌다.

"따, 딱히 별생각 안 했거든?! 그냥 살짝 도와주려고 했던 거야!"

뭐가 상관없다는 걸까. 소년의 얼굴이 갑자기 새빨개진 이유도, 울컥해서 말을 내뱉은 이유도 나는 알 수 없었다.

15화   아저씨와 소녀, 녹음이 우거진 엘프 마을 플로리아에

Enjoy new life
with my daughter

가도에서 옆길로 빠진 짐마차가 덜그럭덜그럭 달려갔다.

머리 위에서는 때때로 번개가 쳤다. 아직 이른 오후인데도 주변은 어둑어둑했다.

이 부자가 마을에 초대해 줘서 다행이었다.

비는 더욱 거세지기만 했다.

이런 날씨에 밖에서 발만 동동 구르고 있었다면 라비가 감기에 걸렸을 것이다.

뒤쪽을 힐끔 확인하니 소년이 라비에게 열심히 말을 걸고 있었다.

라비 쪽은 딱딱한 표정으로 가끔 어색하게 고개를 끄덕이는 정도였다.

고아원에서도 혼자 있었고, 아무래도 라비는 어른뿐만 아니라 또래 아이에게도 낯을 가리는 듯했다.

꽤 어려운 문제다. 본인의 기질도 있고. 나도 붙임성이 좋은 편은 아니라서 라비의 노고는 이해했다.

그런 생각을 하고 있으니 숲속 나무들에 덮여 가려진 곳 너머로 마을이 나타났다.

이곳이 『녹음이 우거진 엘프 마을 플로리아』인가.

메고 있는 배낭 속에 든 지도.

그곳에 적혀 있던 마을의 통칭을 떠올렸다.

중앙에 샘이 있는 이 마을에서는 모든 집이 나무 위에 지어져 있었다.

소위 트리 하우스라고 하는 녀석이었다.

비 때문에 경치는 색을 잃었지만, 자연과 함께 사는 훌륭함이 느껴지는 풍경이었다.

뭔가 마음에 확 와닿는 것이 있었다.

다만 마을 사람들은 다들 집 안으로 피신한 상태인지 다른 엘프의 모습은 보이지 않았다.

나는 엘프 부자를 도와 짐마차를 오두막에 넣어 두고서 라비와 함께 그의 거처로 초대받았다. 부친의 이름은 루이라고 했다. 아들 쪽은 니키였다.

나무 위에 만들어진 가옥은 방이 나뉘어 있지 않아서 부엌부터 거실까지 전부 같은 공간에 존재했다.

실내 안쪽에는 빨래가 널려 있었다.

욕실과 화장실은 마을에서 공동으로 쓰고 있는 듯했다.

엘프 일가는 역시 우리를 본 순간 경계심을 드러냈다.

부인과 할머니는 겁을 먹고 얼굴이 파래졌을 정도였다.

하지만 루이의 설명을 듣고 납득했는지 고개를 깊이 숙였다.

"불쾌한 태도를 보여서 죄송합니다. 부대끼며 자게 되겠지만 이렇게 비가 쏟아지니 모쪼록 묵고 가시지요."

"엘프 요리를 대접해드릴게요."

"우리 며느리는 마을에서 요리를 제일 잘한답니다."

할아버지, 부인, 할머니가 차례차례 말했다.

"하지만 역시 묵고 가는 건……."

"『아이 둔 사람끼리 사양 말고』 아닌가요?"

루이가 내 말을 흉내 내 말했다.

"그렇게 말하니 대답할 말이 없군."

나는 쓰게 웃고서 하룻밤 신세 지겠다며 고개를 숙였다.

"자, 앉으세요."

엘프들은 테이블이나 의자를 쓰지 않는 듯했다.

널찍하고 개방적인 거실에는 커다란 러그가 깔려 있었고 엘프 일가는 거기에 둥글게 모여 앉았다. 루이, 할아버지, 니키, 할머니 순으로.

부인은 인사하러 얼굴을 한 번 비친 후, 저녁 준비를 한다면서 부엌으로 돌아갔다.

그날 저녁 식사는 매우 떠들썩해졌다.

테이블을 쓰지 않고 등을 굽혀 요리를 먹는 스타일이었기에 나도 양반다리를 하고서 엘프들을 따라 했다.

라비는 나를 흉내 내지 않고 다리를 쭉 뻗은 채 앉았다.

앉기 전에 망설이는 모습을 보였기에 내심 꽤 초조했었다.

역시 원피스를 입은 아이를 양반다리로 앉힐 수는 없었다.

요리는 큰 접시에 담긴 상태로 나왔고 순서대로 자기 몫을 덜어 옆 사람에게 넘겼다.

엘프는 동물의 고기를 일절 먹지 않는다. 자연히 요리는 채소를 이용한 것으로 국한되었다.

하지만 상상했던 것보다 훨씬 종류가 다양해서 놀랐다. 게다가 맛있었다.

"─머나먼 발자크까지 여행하시는 거군요. 저희는 물건을 사러 갈 때 말고는 거의 마을을 나가지 않아서 여행은 상상도 안 갑니다."

루이의 말에 가족들이 고개를 끄덕였다.

여럿이서 식사하는 것은 드래곤을 퇴치하러 갔던 산에서 수프를 나눠 마셨을 때 정도밖에 없었기에 라비도 즐거워 보였다.

"아저씨! 인어 본 적 있어?!"

"그래. 남쪽 해역에는 인어가 통솔하는 해적단이 있어. 그 나라의 해군을 도왔을 때 인어와 싸웠지. 인어의 노랫소리는 역시 아름다웠어."

"들어 본 거야?!"

"하지만 내가 노래로 화답했더니 너무 음치라서 도망가 버렸어."

"굉장하다~!! 그럼 말하는 바위 괴물은?! 무지개색으로 빛나는 밤하늘도 봤어?!"

"벌써 10년도 더 됐지만 봤지."

"진짜?! 그럼 드래곤도 본 적 있어?!"

"음? 얼마 전에도 봤어."

"너는?! 너도 같이 봤어?!"

자신에게 이야기가 튀자 라비가 어깨를 움찔했다.

라비가 조심스럽게 고개를 끄덕이니 니키는 「좋겠다~ 부럽다~」하고 진심으로 부러운 듯 중얼거렸다.

식사가 끝나고 배가 찬 후에도 담화는 이어졌다.

"더글러스 씨 덕분에 오늘은 귀중한 경험을 할 수 있었습니다. 이렇게 다른 종족분과 이야기를 나눈 건 처음이에요."

루이가 감개무량하게 중얼거렸다.

"엘프는 손해를 보고 있었을지도 모르겠네요."

"으, 으음~."

내용은 아까 나누던 잡담보다 훨씬 깊이 파고드는 종류가 되어 있었다.

식사를 함께하면 상대와의 거리감이 가까워진다.

하지만 여기서 내 부족한 말재주가 작렬하기 시작했다.

무거운 이야기를 하면 뭐라고 대답해야 좋을지 알 수 없다.

"다른 종족에게 마음을 열지 않는 걸 어떻게 생각하시나요?"

"응?! 어, 어떻게 생각하냐고 물어봐도……."

내가 횡설수설하는 동안에도 루이는 매우 진지한 얼굴로 엘프에 관해 논했고, 할아버지와 할머니는 배가 불러서 꾸벅꾸벅 졸기 시작했다.

아이들 쪽을 은근슬쩍 보았다.

니키는 라비에게 엘프의 약초학 지식과 스킬 습득에 관해 득의양양한 얼굴로 설명하고 있었다.

라비는 딱딱한 표정으로 고개를 끄덕이고 있었다.

라비도 나처럼 남의 이야기를 듣는 데 서툴구나.

그런 생각을 하며 쓰게 웃고 있으니 니키가 별안간 빛 마법을 영창했다.

팟 하고 그 손끝에 작은 빛이 켜졌다.

"······!"

나는 깜짝 놀라서 눈을 부릅떴다.

엘프는 생활 마법 스킬에 특화되어 있다고 들은 적이 있다.

하지만 설마 이렇게 어릴 때부터 습득하고 있을 줄은 몰랐다.

놀란 것은 라비도 마찬가지인 것 같았다. 눈을 크게 뜨고서 니키의 손을 빤히 바라보고 있었다.

"아빠······ 나도 연습하면 할 수 있어······?"

그렇게 물어보기에 나는 눈을 깜박였다.

"라비, 마법을 배우고 싶어?"

"응······."

"그, 그렇구나."

지금까지 그런 모습을 전혀 보이지 않았기에 예상외였다.

"어쩔 수 없지. 너한테는 특별히 내가 가르쳐 줄게! 우선 영창 문구는 「빛의 성령, 어둠을 밝히는 힘을 나에게 빌려주소서, 빛 마법 샤이닝」. 이걸 확실하게 외우는 거야."

"알겠어……."

라비는 진지한 얼굴로 고개를 끄덕이고 주문을 입안에서 반복하여 암기하기 시작했다.

"외웠으면 손바닥을 내밀고 몸 안의 에너지를 쭈우우욱 모아."

"……?"

"쭈우우우욱."

"해 봐."

"응……."

"그 상태로 영창해."

라비가 시도해 봤지만 손바닥에는 아무런 변화도 찾아오지 않았다.

"한 번에 될 리가 없잖아. 더 시도해 봐."

"으, 응……."

하지만 몇 번을 시도해도 라비의 손에는 빛이 켜지지 않았다.

"흐흥! 어렵지? 나도 한 달 걸렸으니까 인간에게 어려운 건 당연해! 그러니까 그렇게 침울해하지 마!"

소년이 득의양양한 얼굴로 코 밑을 문질렀다.

어이, 소년, 그만둬. 라비가 어깨를 떨궜잖아.

라비에게 재능이 없는 것이 아니라 누구든 처음에는 고생한다.

195

아무튼 첫 스킬 습득은 요령을 모르기에 단순한 생활 스킬이라도 난이도가 올라간다.

"아…… 라비……."

이런. 이럴 때는 어떻게 격려하면 좋지?

"라비가 못하는 게 아니야! 애초에 라비에게 적성이 없을 가능성도 있어!"

필사적으로 위로한 것이었으나 라비의 얼굴이 더더욱 흐려져 버렸다.

"그럼…… 연습해도 배울 수 없어……?"

"적성이 있는지 없는지 할아버지한테 봐달라고 하면 돼!"

"능력 감정 기술이 있는 건가?"

"무슨 소리야, 아저씨. 나이 많은 엘프들은 다들 할 수 있어."

인간은 현자만이 할 수 있는 특수 기술이었다.

역시 엘프들의 스킬 기술은 인간보다 훨씬 뛰어난 모양이다.

"할아버지, 일어나!"

니키가 흔들자 할아버지가 으엉? 하면서 눈을 떴다.

"할아버지, 이 아이에게 스킬 적성이 있는지 봐 줘!"

"으음…… 어쩐 일로……?"

할아버지가 잠이 덜 깬 눈으로 라비를 보았다.

"……쿨……."

"할아버지!!"

"뭘까…… 있어요…… 아마도…… 아마도……."

그 말을 끝으로 할아버지는 다시 꾸벅거리기 시작했다.

있다는 거야, 없다는 거야?

걱정되어 라비를 보니 시무룩하게 고개를 숙이고 있었다.

큰일이다, 울 것 같아!

"괜찮아! 우리 할아버지가 아마도 있다고 했으니까 아마 있을 거야! 라비가 연습하기 싫다면 강요하진 않겠지만!"

"나, 나는…… 하고 싶어."

"그럼 아저씨도 견본을 보여줘."

"아아, 그거 좋네요. 스킬은 머리로 생각하기보다 보고 느끼며 배우는 거니까요."

니키와 루이가 그렇게 말하자 라비가 살짝 고개를 들었다.

이 기회를 놓치지 않기 위해 나는 허둥거렸다.

"으, 음. 확실히 그렇지!"

좋아. 라비의 도움이 되기 위해 힘내자!

나는 기합을 넣어 단순 빛 마법을 영창했다.

《빛의 성령, 어둠을 밝히는 힘을 나에게 빌려주소서— 빛 마법 샤이닝!》

강렬한 빛이 내 팔에서 번쩍 터졌다.

"윽……!!"

"누, 눈부셔……!!"

그 자리에 있던 전원이 눈을 감싸듯 팔을 들었다.

아차! 기합이 너무 들어갔다.

스킬 가감을 잘못한 것은 초면인 라비 앞에서 불 마법을 썼을 때 이후로 처음이었다.

자고 있던 할아버지와 할머니까지 깨어났다.

"으아아아?! 아침이 왔나요?!"

곧장 스킬을 해제한 나는 그 자리에서 모두에게 사과했다.

"설마 단순 빛 마법 스킬로 그렇게나 강렬한 빛을 뿜어낼 줄이야……. 당신은 대체 뭐 하는 분이신가요?!"

"정말 거룩한 빛이군요! 기도를 올려둡시다!"

"머, 멋있다! 굉장해, 아저씨!"

가족들은 깜짝 놀라 외쳤고 니키는 눈을 반짝였다.

나는 미안한 마음을 한가득 안고서 그저 애 딸린 여행자라고 설명했다.

라비는 이래저래 두 시간이나 빛 마법을 계속 연습했다.

우리도 그에 어울려 격려하거나 조언했다.

다만 유감스럽게도 성과는 보이지 않아서 그 작은 손에 빛이 켜진 적은 아직 한 번도 없었다.

그래도 라비는 연습을 그만두지 않았다.

뭔가를 결심한 얼굴로 묵묵히 노력했다. 처음으로 보는 일면이라 나는 깜짝 놀랐다.

꼭 스킬을 배우고 싶은 거구나.

왜 그런 마음이 들었는지는 알 수 없으나, 라비가 바라는 이상 도와주고 싶었다.

하지만 너무 용쓰는 것도 좋지 않겠지.

오늘은 슬슬 자자고 라비를 부르려고 한 그때.

번쩍!

창밖이 돌연 하얗게 빛났다.

"어머, 더글러스 씨가 터뜨렸던 빛만큼 밝은 번개네요!"

루이의 아내가 그렇게 말했다. 직후.

—우르릉…… 쾅!!!!

"꺄아악!!"

집이 흔들릴 정도로 큰 천둥이 울렸고 부인과 아이들이 비명을 질렀다.

상당히 무시무시한 소리였다.

뭔가가 와르르 무너지는 듯한, 들어본 적도 없을 정도로 엄청난 폭음이었다.

겁먹고 달라붙는 라비를 끌어안았다.

아이들뿐만 아니라 어른들도 얼굴이 파래져 있었다.

"방금, 근처에 벼락이 떨어진 거 아닌가요……."

"그래, 아마도."

불안해 보이는 루이와 함께 일어나 창가로 다가가니―

"저건……!"

마을 서쪽에서 검붉은 연기가 피어오르고 있었다. 집에 벼락이 떨어져 불이 붙은 것이다.

"누군가의 집에 떨어졌구나……."

루이가 멍하니 중얼거렸다.

"집에 벼락이 떨어지다니, 피뢰침을 두지 않은 건가?"

"저희는 그런 걸 쓰지 않아요. 하지만 매년 봄이 시작될 때 낙뢰를 막는 축제를 벌이죠."

나는 복잡한 기분으로 입을 다물었다.

이 종족의 규율에 외부인이 참견해서는 안 된다.

기분을 전환하고, 벌어진 사건 쪽을 생각하기로 했다.

"뭔가 할 수 있을지도 몰라. 도와주러 갔다 올게."

"저도 같이 가겠습니다!"

"라비는 어쩔래?"

급히 묻자 라비는 허둥지둥 고개를 가로저었다.

불이 무서운가?

따라오리라고 생각했었기에 의외였다.

하지만 지금은 그걸 확인하고 있을 여유가 없었다.

"그럼 갔다 올게. 착하게 기다리고 있어줘."

"으, 응……. 아빠, 조심해……."

걱정스러운 표정으로 라비가 나를 올려다보았다.

라비의 양손이 내 코트를 붙잡고서 좀처럼 놓지 않았다.

괜찮다고 타이르듯 나는 쓰게 웃으며 고개를 끄덕였다.

"그래, 고마워."

라비의 머리를 헝클어뜨린 뒤, 나는 루이와 함께 빗속으로 뛰쳐나갔다.

"큰일이야! 불이 난 것 같아!"

"이봐, 다들 서둘러!"

이 집 저 집에서 우리와 마찬가지로 남자들이 모여들었다.

경계심 강한 엘프들은 나를 보고 흠칫한 표정을 지었다.

하지만 현장에 달려가는 것을 최우선으로 했다.

공기 중에 불쾌한 열기가 섞이기 시작했다. 몹시 매캐했다.

나는 달리며 허리에 달아뒀던 수건을 뽑아 입가에 감았다.

검은 하늘이 빨갛게 물들어갔다. 찰박찰박 물 튀는 소리가 울렸다.

마을 서쪽에 도달하자 눈을 의심하게 되는 광경이 펼쳐졌다.

"세상에……. 이럴 수가……."

둘로 쪼개진 거목. 그곳에서 마물처럼 꿈틀거리는 불길.

집이었던 것의 잔해가 지면 위에 수북하게 쌓여 있었다.

당장에라도 불길이 그쪽으로 번질 것 같았다.

"도, 도와줘!! 아내와 아이가 밑에 깔려 있어!!"

다른 사람에게 붙들린 젊은 엘프가 필사적인 형상으로 두 팔을
뻗고 있었다.

귀를 때리는 비통한 외침이었다.

우리보다 먼저 도착한 자들도 어떻게든 잔해를 치우려 하고 있기
는 했다.

하지만 활활 타는 불 때문에 구조가 쉽지 않았다.

"비가 내리는데 왜 불이 안 꺼지는 거야?!"

누군가가 절망이 배어나는 목소리로 외쳤다.

불길이 거셌다. 내리는 비만으로는 진화시키기 어려울 것이다.

"내가 불을 끄지. 잠깐 길을 비켜줘!"

그렇게 나서자 엘프들은 겁먹은 얼굴로 입을 다물었다.

서로 눈길을 주고받으며 어쩌면 좋을지 살피고 있었다. 하지만
일각을 다투는 상황이었다.

내가 저벅저벅 걸어가자 엘프들은 뿔뿔이 후퇴했다.

나는 곧장 물 마법을 영창했다.

《공백의 혼에게 사랑을 갈구하는 물의 성령이여, 은혜의 물을 내리소서— 물 마법 운디네!!》

최대 위력으로 쏜 물은 이글이글 타오르는 불을 덮듯 쏟아졌다.

역시 순식간에 꺼지지는 않았다.

그래도 조금씩 타는 범위가 좁아졌다.

"괴, 굉장해……."

"……히, 힘내!"

"그래! 힘내! 힘을 내줘!"

엘프 대부분은 불안한 얼굴로 멀리서 바라보고 있었지만, 루이를 비롯한 몇 명이 소리 높여 응원해 줬다.

나는 그 성원에 힘입어 작아지는 불꽃으로 다가갔다.

좋아, 조금만 더 하면 돼!

불은 마지막으로 저항하듯 한 번 확 커졌다가 마침내 진화되었다.

"어서 구조를!"

"아, 알겠어!"

내가 외치자 엘프들은 허둥지둥 잔해로 달려갔다. 이제 주춤거리는 자는 없었다.

"그쪽을 들고 있어줘!"

"하나 둘 하면 올린다! 하나, 둘!!"

비를 맞으며 다들 한마음으로 구조에 나섰다. 그러나 곧 새로운 문제가 발생했다.

"젠장! 이 거대한 나무가 무거워서 안 움직여!"

둘로 쪼개진 나무 한쪽이 끼어서 전혀 움직이지 않는 상태였다.

지렛대 원리를 이용해 애를 써도 들리지 않았다.

"사, 살려…… 줘……."

그 아래에서 희미한 목소리가 들렸다.

"젠장! 조금만 더 하면 되는데!"

"나한테 맡겨."

이번에는 근력 버프를 영창했다.

《넘치는 힘 솟아나라— 근력 증강 머슬 파워!!》

꿈틀꿈틀꿈틀!

근육이 부풀어 오르며 내 팔이 순식간에 거대해졌다.

"힉…… 괴, 괴괴괴괴물……!!"

엘프들이 내 모습을 본 순간, 비명을 지르며 주저앉았다.

이 모습을 두 번째로 보는 루이마저 새파란 얼굴로 굳어있었다.

"흠!!"

불끈불끈 팽창한 팔이라면 거목쯤은 한 손으로 들 수 있다.

"자, 내가 받치고 있는 사이에 어서 움직여!"

"아…… 아아아……."

이런. 완전히 겁을 먹어서 움직여 주지 않았다.

"부탁할게. 빨리 구해주자."

"아, 네, 넵! 다들 구조하자!"

© 2018 Fuzichoco

부풀어 커진 팔로는 세세한 작업이 쉽지 않다.

구하려다가 짓눌러 버릴 수도 있기에 그 작업은 엘프들에게 부탁했다.

그 후 곧장 엄마와 아이가 구출되었다.

모친은 팔과 등을 다쳤지만 아이는 엄마가 감싸 안고 있었기에 찰과상으로 그친 듯했다. 약사 곁으로 옮겨지는 엄마와 아이를 바라보고 있으니—.

"아이의 엄마도 목숨에 지장은 없다고 해요."

루이가 내 곁으로 와서 알려주었다.

나는 정리 작업에 방해가 되지 않을 만한 곳에 거목을 옮기고 고개를 끄덕였다.

두 사람이 무사해서 다행이다. 안도하며 어깨에서 힘을 뺐다.

스킬을 해제하자 엘프들이 미안해하는 얼굴로 내 곁에 모였다.

"정말로 고맙습니다. 당신 덕분에 살았어요."

"당신이 없었다면 모로의 부인과 아이는 분명 살아나지 못했을 거야."

"맞아. 그리고 불쾌한 태도를 보여서 미안해."

"이렇게 사과할게."

다들 일제히 머리를 푹 숙였다.

나는 곤란해져서 허둥거리며 고개를 들어 달라고 부탁했다.

빗속에서 작업을 계속하는 것은 위험하다.

정리는 이튿날 아침 이후에 하기로 하고 그날은 철수하게 되었다.

그리고 다음 날 아침. 눈을 뜨자 뇌우는 완전히 지나가고 하늘은 활짝 개어 있었다.

이런 날씨라면 문제없이 작업할 수 있을 것이다. 나는 안도하며 나갈 준비를 했다.

거실에 달아 뒀던 각자의 해먹을 모두 정리하자 루이의 부인이 큰 그릇에 아침을 담아 가져왔다.

어제 저녁때처럼 또 다 같이 둥글게 모여 앉아 식사를 시작했다.

올리브유로 볶은 봄채소를 쫀득쫀득한 얇은 빵에 끼워 먹는 것이 엘프들의 전형적인 아침 식사인 듯했다.

그리고 달달하게 간을 한 호박 수프와 고구마 과일 샐러드가 나왔다.

무슨 요리든 역시 맛있었다. 라비는 과일 샐러드가 매우 마음에 든 것 같았다.

마을을 떠나기 전에 만드는 법을 배우고 싶다.

"정리를 돕고 나서 출발할 생각인데, 내가 참가하면 민폐일까?"

아침 식사 자리에서 루이에게 그렇게 묻자 그는 황급히 고개를 앞으로 뺐다.

"그럴 리가요! 다들 기뻐할 거예요! 더글러스 씨가 도와주시면 든든하죠!"

루이의 기세에 살짝 놀랐다. 하지만 고마운 말이었다.

다른 엘프들도 그렇게 여겨 준다면 좋겠다.

아무튼 루이와 함께 정리 현장에 얼굴을 내밀기로 했다.

"라비는 어쩔래? 오늘은 따라올래? 불은 이미 꺼졌어."

"으음…… 가, 가도 된다면……."

라비가 그렇게 대답하자 니키가 사발을 끌어안은 채 얼굴을 번쩍 들었다.

"라비가 간다면 나도 갈래! 아빠, 내가 정리하는 거 도와줄게!"

"하하하. 마음만 고맙게 받아 둘게."

"뭐야! 그 말투!"

"어린아이가 도와줄 수 있을 만한 상태가 아니야."

"뭐냐고, 진짜! 어린애 취급하고!"

니키는 부루퉁해져서 고개를 팽 돌려 버렸다.

부자의 대화를 듣고 화재 현장을 떠올렸다. 걸어 다니기도 쉽지 않아서 어린아이가 도울 수 있을 만한 상황은 아니었다. 아이를 걱정하는 루이의 마음은 이해가 갔다.

하지만 토라져 버린 니키의 기분도 모르는 바는 아니었다.

내게도 그런 어린 시절이 있었기 때문이다. 당연히 몇십 년 전의 이야기였지만 말이다.

하지만 신기하게도 어린 시절의 기억은 선명하게 남아 있는 것이 많았다.

아침 식사가 끝나고 각자 움직이기 시작해도 니키는 여전히 토라져 있었다.

똑같은 자리에 앉은 채 고집스럽게 움직이지 않았다.

아무래도 신경 쓰였다. 하지만 나는 이럴 때 괜찮은 말을 건네지 못했다.

루이는 쓴웃음을 지으며 내게 어깨를 으쓱해 보였다.

"저렇게 되면 뭘 해도 소용없어요. 저 고집은 대체 누굴 닮았는지……. 가만두면 알아서 기분을 풀 테니 걱정하지 마세요. 상관하면 괜히 더 고집스러워지는 것 같아요."

"그렇군."

소년이어도 니키는 남자다. 자존심이 상한 오기가 있을 것이다.

그런 생각을 하고 있으니 라비가 내 옷을 쭉쭉 잡아당겼다.

"응? 왜?"

"나, 나도…… 역시 남을래……."

"음? 그래?"

어젯밤에 이어 또 라비가 개별 행동을 원했다.

뭐, 그렇겠지. 니키도 집에 남는 모양이고.

혼자 어른들 옆에 있는 것보다 애들끼리 같이 있는 게 더 즐거울지도 모른다.

이곳은 안전하니 라비를 맡겨둘 수 있다. 나는 루이의 부인에게 라비를 부탁하고 집을 나섰다.

화재가 발생했던 현장으로 향하니 이미 엘프들이 정리 작업을 개시한 상태였다.

"다들 안녕."

루이가 인사했다. 그의 뒤에 선 나도 인사말 대신 고개를 숙였다.

그러자 작업 중이던 엘프들이 이쪽으로 우르르 모여들었다.

"머슬 씨! 어제는 고마워!!"

"정식으로 감사 인사를 하고 싶어!"

"아, 아니. 그건 진짜 신경 쓰지 마. 그리고 내 이름은 머슬이 아니라—."

"우리 모두 머슬 씨에게 진심으로 감사하고 있어."

또 어제처럼 다 같이 머리를 숙이려고 해서 급히 막기로 했다.

"그보다 정리 작업을 도와줘도 될까?"

"그야 물론이지!!"

"머슬 씨, 당신 정말 좋은 사람이구나?!"

"아니, 나는 머슬 씨가 아니라—."

"좋았어~! 머슬 씨가 와 줬으니 다들 기합 넣고 힘내자!!"

맙소사. 완전히 머슬 씨라는 호칭이 정착되어 버렸다.

그로부터 한 시간. 엘프들과 함께 작업을 이어가고 있지만……

"좋아, 다들 간다! 하나, 둘!"

""""머슬 파워!""""

여기저기서 그런 구호가 들려왔다.

엘프들 중에 버프 스킬을 가진 자는 없다.

아무래도 「으라차차」 같은 의미로 「머슬 파워」라고 외치고 있는 듯했다.

왜, 왜 이렇게 된 거지. 내가 당황하자 루이가 가르쳐 줬다.

"더글러스 씨를 흉내 내면 평소보다 더 힘이 솟아나는 것 같다는 모양이에요. 다들 더글러스 씨를 동경하고 있는 거죠."

"동경이라고?!"

"저희 엘프는 연약한 종족이니까요. 더글러스 씨의 강인함이 참을 수 없이 부러운 거예요. 남자 중의 남자라는 느낌이잖아요. 불끈불끈한 근육, 존재감 있는 키, 꾹 다물린 입. 멋져요."

"……!"

너무 충격적이라 말문이 막혔다. 이런 말을 들은 것은 처음이었다. 기쁘기는커녕 쑥스러워서 견딜 수가 없었다.

나는 머리를 벅벅 긁고 작업으로 돌아갔다.

여차여차하여 정오가 조금 지났을 때.

대충 정리가 끝났을 무렵, 엘프 여성들이 요리가 든 커다란 접시를 들고 나타났다.

"다들 수고가 많으세요! 점심을 만들어 왔으니 많이들 드세요."

남자들이 일제히 환호성을 질렀다.

다들 필사적으로 작업했으니 배가 고플 것이다.

나도 맛있는 냄새를 맡자마자 배에서 꼬르륵 소리가 났다.

바싹 마른 흙 위에 다 같이 둥글게 앉았다.

여성들은 그릇을 나눠 주거나 술을 따라주며 부지런히 수발을 들어 주었다.

내 곁에도 젊고 아름다운 엘프가 술병을 들고서 몇 번 왔다. 감사 인사를 하고 술을 받았다.

세 번째에 마침내 같은 여성이 오고 있음을 깨달았다. 우연인가 싶었지만 네 번째도 역시 그녀였다. 내 수발 역할을 맡았을지도 모른다.

"번번이 미안. 고마워."

여러 번 신세 진 것에 감사를 전하자 엘프의 뺨이 발그레하게 물들었다.

"폐가 되었나요?"

불안하게 물어와서 허둥지둥 고개를 흔들었다.

"아니, 그렇지는 않아."

"그런가요……!"

안도한 듯 엘프가 미소 지었다.

맑고 투명한 피부와 분홍빛 뺨. 코와 입이 작고, 파란 눈은 동그랗다. 부드러운 분위기를 지닌 둥근 얼굴의 여성이었다.

엘프 중에서도 특히 얼굴이 아름답고 반듯하여 도자기 인형을 감상하고 있는 듯한 기분이 들었다.

"여기 있으면서 술을 따라 드려도 될까요?"

"어? 하, 하지만……."

미안하기도 했다.

그리고 솔직히 이렇게 젊은 여성을 상대하는 것은 긴장되었다.

"내 상대만 하게 하는 건 미안하잖아."

최대한 신경 써서 전했다.

하지만 어째선지 엘프는 굉장히 슬퍼 보이는 표정을 지었다.

이런. 근데 뭘 잘못한 거지?

상처 줬음은 눈치챘지만 이유를 알 수 없었다.

난감해져서 주위를 둘러보니—.

"하하하! 뭐야, 로즈. 머슬 씨에게 한눈에 반했어?"

우리가 그러고 있는 걸 알아차린 다른 엘프들이 바람을 잡기 시작했다.

아무래도 내게 술을 따라 준 엘프의 이름이 로즈인 것 같았다.

"이, 이봐. 이 아가씨에게 실례잖아."

나는 흠칫 놀라 말렸다.

장난임은 알지만, 아가씨의 기분을 생각하면 그저 장난이라며 넘길 수 없는 일이었다.

"음? 머슬 씨. 당신 엄청나게 강하면서 그쪽으로는 둔하구나?"

"어?"

"로즈의 새빨간 얼굴을 봐 줘. 그러고도 부정하면 오히려 불쌍한 거야."

다들 즐겁게 놀려 댔다.

나는 영문을 모른 채 로즈라고 불린 여성을 돌아보았다.

"정말, 다들 너무 놀리지 마세요."

새빨개져서 그렇게 중얼거린 로즈가 내게 고개를 돌렸다.

그 얼굴에 떠오른 수줍은 미소를 어떻게 받아들이면 좋을까.

나는 안절부절못하며 자신의 머리를 짚었다.

Enjoy new life
with my daughter

하아……. 난감하다.

취기가 돌기 시작하자 엘프 남자들의 말은 심화되었다.

"로즈를 아내로 삼아줘!"

"이 마을에서 가정을 꾸리면 돼. 머슬 씨라면 대환영이야!"

그렇게 떠들어 댔다.

나는 열심히 그들을 나무랐으나 효과는 거의 없었다.

이것 참. 다들 술이 들어갔으니 말이지.

이대로 로즈에게 계속 폐를 끼칠 수는 없다.

달아날 수밖에 없겠어.

"미안하지만 나는 슬슬……."

만류하는 목소리가 곳곳에서 나왔다.

미안하다고 고개를 숙이며 자리에서 빠져나왔다.

루이를 보니 상당히 떨어진 곳에서 아직 즐겁게 마시고 있었다.

나는 먼저 돌아가자.

그렇게 생각하고 걷기 시작했을 때, 뒤에서 후다닥 발소리가 들려왔다.

"기다려주세요!"

부르는 소리에 돌아보았다. 내 곁으로 달려온 사람은 바로 로즈였다.

"이렇게 빠져나오면 괜히 더 오해를 받을 거야."

곤혹스러워하며 그렇게 전하자 로즈는 숨을 고르면서 고개를 가로저었다.

허리까지 오는 긴 금발이 사르르 흔들렸다.

"오해, 가 아니에요."

"어?"

"저는! 당신을 처음 본 순간, 사랑에 빠져버렸어요!"

"뭐뭐뭐, 뭐라고?!"

너무 충격을 받아서 숨이 멎을 뻔했다. 설마, 말도 안 되잖아.

내가, 아저씨인 내가! 이런 말을 듣다니.

너무 당황해서 땀이 왈칵 솟았다. 기쁘다고 생각할 여유도 없었다.

"부디 저도 데려가 주시면 안 될까요? 당신과 둘이서 여행하고 싶어요. 그리고 언젠가 당신의 아내가……."

응? 둘이서?

"나는 딸과 여행하고 있으니 셋이야."

"예?"

어안이 벙벙한 얼굴로 로즈가 눈을 끔뻑였다.

"딸, 이요?"

"그래."

"아. 그, 그렇군요."

난처한 듯 그녀가 이리저리 눈을 굴렸다.

나잇값도 못 하고 혼란스러워했던 조금 전의 자신이 부끄러웠다.

"그, 뭐냐, 뭔가 미안……."

"아, 아뇨! 제가 잘못한 거예요!"

어제도 오늘도 나는 라비를 데리고 나오지 않았으니 독신이라고 생각했을 것이다.

라비와 내가 부녀지간인 것은 발자크에 도착할 때까지다.

하지만 그것을 그녀에게 말해 주는 것은 좀 아니라는 생각이 들었다.

다만 나 같은 녀석에게 한순간이라도 호감을 느껴준 것은 정말로 고마웠다.

나는 형편없이 웃으며 머리를 숙이고 나서 그녀의 곁을 떠났다.

루이의 집에 돌아오자 라비가 곧장 달려왔다.

"다, 다녀오셨어요……!"

라비가 웃는 얼굴로 맞아 주니 마음이 훈훈하게 따뜻해졌다.

어린아이의 웃는 얼굴은 치유제다.

나는 라비의 머리를 쓰다듬은 뒤, 루이는 돌아오려면 좀 더 걸릴 것 같다고 루이의 아내에게 전했다.

부인은 쓰게 웃으며 「그이는 술자리를 정말로 좋아해요. 곤란한 사람이죠?」 하고 말했다.

라비는 니키와 둘이서 종일 스킬 습득을 위해 연습한 것 같았다. 할아버지와 할머니의 모습은 보이지 않았다. 어딘가로 외출한 거겠지.

"내가 선생님이 돼서 특훈시켜 줬어!"

"라비 양, 굉장히 열심히 했어요."

"하지만 아직 못 해……."

니키와 루이의 아내가 말하자 라비가 부끄러운 듯 웃었다.

나와 눈이 마주치니 눈을 접으며 입꼬리를 올렸다.

뭐지? 왠지 위화감이 들었다. 라비는 언제나 기쁠 때 웃었다.

하지만 방금 그 웃음의 정체는?

자신이 한심하다고 느끼고 그것을 부끄럽게 여길 때, 라비는 시무룩하게 어깨를 떨구는 타입이었다.

"……."

뭔가 무리하고 있는 것 같았다.

그리고 그것을 눈치채지 못하게 웃고 있는 듯했다.

그렇게 생각을 고치고 라비를 다시 보니 기분 탓인지 평소보다 볼이 빨갰다.

설마. 나는 황급히 감정 스킬을 라비에게 썼다.

《전지전능한 신, 지식의 책의 페이지를 넘겨 나에게 뛰어난 지혜를 주소서— 져지.》

─────────────

이름: 미설정

성별: 여자

종족: 인간

직업: *****

상태: 피로·감기

레벨: 1 (NEXT 10)

HP: 658

MP: 919

"라비! 감기에 걸렸잖아! 심지어 피로까지 딸려 있어······!!"

"뭐?! 무진장 기운찼었는데?!"

니키가 믿을 수 없다는 듯 나를 돌아보았다.

루이의 아내는 내 말을 듣고 허둥지둥 라비의 이마에 손을 얹었다.

"어머, 정말이네! 바로 눈치채시다니 역시 아빠네요! 아무튼 당장 눕히기로 해요."

루이의 아내와 니키도 허둥거리기 시작했다. 라비는 겸연쩍은 듯 입술을 삐죽 내밀고 고개를 숙여버렸다.

"니키, 넌 약사님을 불러오렴!"

"알겠어!"

다들 후다닥 움직였다. 나는 라비를 안아 침상으로 옮겼다.

아아, 세상에. 몸이 엄청나게 뜨겁잖아.

머리를 쓰다듬었을 때 알아챘어야 했다.

라비를 해먹에 눕히고 따뜻한 모포로 둘러쌌다.

루이의 아내가 얼음물이 든 나무통과 수건을 가져와 줬기에 수건을 짜 라비의 이마에 올렸다.

"미, 미안해요……."

작은 손으로 모포 끄트머리를 꼭 잡은 라비가 미안해하는 얼굴로 사과했다.

"신경 쓰지 않아도 돼. 아무튼 푹 쉬어."

"하지만…… 나 폐만 끼치고 있어……. 드래곤 때부터 줄곧……."

예상외의 말을 듣고 눈을 크게 떴다.

왜 여기서 갑자기 드래곤 이야기가 나오는 걸까. 아니, 갑작스러운 일은 아닌가?

"드래곤?"

되도록 신중하게 최대한 상냥한 목소리로 물어보았다.

라비는 눈을 내리뜨고 고개를 끄덕였다.

"내가 같이 있고 싶다고 해서…… 아빠는 어디든 같이 데려가 주게 됐지만…… 그 탓에 수염 난 아저씨한테 혼났어……."

"라비……."

"난 아무것도 못 하는 짐이니까…… 같이 있더라도 폐가 되지 않게…… 마법을 배우고 싶었는데……. 그 탓에 또 폐를 끼치고 말았어……. 정말로 죄송해요……."

"……읏."

말이 나오지 않았다. 그저 가슴에 강렬한 마음이 북받쳐서 나는 라비를 끌어안았다.

불이 났던 밤에 따라오지 않았던 이유도 이것이리라. 오늘 정리 작업도 그랬다.

루이와 니키의 대화로 「어린아이가 할 수 있는 일은 없다」는 말을 듣자마자 라비는 집에 남겠다고 했다.

그 결과, 필사적으로 스킬 연습을 계속하여 피로가 쌓여서 컨디션이 무너지고 말았다.

그때는 「니키와 함께 놀고 싶어졌나 보다」 하고 생각했지만, 그것도 내 착각이었구나.

무엇보다 소중히 여기고 싶은데 좀처럼 잘 안 되었다.

참 어렵다고 절실히 느꼈다.

아마 극단적으로 행동한 것이 좋지 않았던 거겠지.

서로 혼자서만 생각하고 있는 것도 잘못됐다.

"라비, 널 짐이라고 생각 안 해."

라비가 고개를 가로저었다.

그렇겠지. 아무리 내가 아니라고 해도 라비 자신이 스스로를 용서할 수 없을 것이다.

"라비, 그럼 이러는 건 어떨까? 앞으로는 위험한 상황이 됐을 때, 따로 행동하는 것도 염두에 둘게. 하지만 난 혼자서는 결론을 내리지 않을 거야. 라비도 그렇게 해줘. 둘이서 이야기를 나누고 어떤 방법을 택하는 게 가장 좋을지 생각하자."

라비는 고민하듯 물기 어린 눈을 굴린 후, 「응……」 하고 작은 목소리로 대답했다.

"하지만 되도록 빨리 짐짝이 아니게 될게……."

"짐짝은 아니지만, 아무튼 라비의 마음은 알겠어. 하지만 무리하지 말자. 너무 걱정 끼치지 마."

"네……. 죄송해요……."

나는 쓰게 웃고 라비의 이마에서 떨어져 버린 수건을 주웠다.

그것을 얼음물에 담가 다시 한번 식혔다.

흘러내린 모포도 확실하게 다시 덮어 줬다.

잠시 후, 약사가 도착했다.

역시 피로 때문에 열이 난 모양이었다.

달여 준 약을 먹기 위해 우선은 뭔가 음식을 먹여야 했다.

"라비, 먹고 싶은 거 있어? 가능한 한 준비해 줄 테니까 말해봐."

"아빠가 만든 수프……. 콩이 들어간 거……."

"처음 만난 날에 먹은 거?"

"응……."

"알겠어. 금방 만들어 올 테니까 기다려."

부엌을 빌려 콩과 건육으로 즉시 수프를 만들었다.

허브는 니키가 뒤쪽 공동 밭에서 따 왔다.

"더글러스 씨, 괜찮으시다면 사과도 가져가 주세요."

루이의 아내는 그렇게 말하고서 토끼 형태로 사과를 깎아 주었다.

"오오!"

이걸 보면 라비가 기뻐해 줄지도 모른다.

"내게도 깎는 법을 가르쳐 주면 안 될까. 이렇게 부탁할게."

고개를 숙이자 루이의 아내는 그렇게 격식 차리지 않아도 된다며 키득키득 웃었다.

"더글러스 씨는 정말로 좋은 아빠네요. 딸이 아프다는 것도 금방 눈치채셨고, 부지런히 간병까지 하시고. 아빠와 엄마의 역할을 혼자 다 하는 건 쉽지 않은 일이에요."

"아니. 난 아직 멀었어. 계속 실수만 해서 반성의 연속이야."

"저희도 그래요. 아이를 키우는 건 어렵죠. 하지만 무엇보다 보람이 있는 일이에요."

"그렇지, 확실히 그래."

그런 대화를 나누며 토끼 만드는 법을 배웠다.

하지만 역시 잘 만들어지지는 않았다.

한쪽 귀가 짧고 엉성해져 버렸다.

으음. 이거 연습이 필요하겠어.

내 유감스러운 토끼는 뒤쪽에 놓고 예쁜 토끼들을 앞으로 보냈다.

조리를 끝내고 라비 곁으로 돌아갔다.

꾸벅꾸벅 졸고 있던 라비는 눈을 뜨더니 「맛있는 냄새……」 하고 속삭이며 생글생글 웃었다.

뺨이 새빨개서 그런지 평소보다 어려 보였다.

해먹 위에서 라비를 안아 일으켜 빽빽하게 깔린 쿠션 위에 앉혔다.

힘이 들어가지 않는지 나른한 모습이었다.

직접 먹게 하는 건 위험하겠네.

나는 숟가락으로 수프를 떠 후우~ 후우~ 식힌 다음, 라비의 입가로 가져갔다.

작게 벌린 입에 수프를 넣었다.

"뜨겁지는 않아?"

"응, 정말 맛있어……."

"그래? 다행이야"

별로 식욕은 없어 보였지만 열심히 전부 먹어 줬다.

"사과도 있어."

그렇게 말하고 토끼들을 보여 주자 연약했던 얼굴에 환한 웃음이 떠올랐다.

"토끼다……."

"먹을래?"

고개를 끄덕였다. 내가 예쁜 토끼를 집으려고 하니.

"……그거 말고 뒤쪽 토끼가 좋아."

놀랍게도 라비는 엉성한 토끼를 희망했다.

내가 깎았음을 눈치챘을 것이다.

정말로 상냥한 아이다.

라비가 괜히 신경 쓰게 만들지 않기 위해서도 역시 사과 토끼 만

© 2018 Fuzichoco

들기를 더 연습하자.

나는 마음속으로 그렇게 결의했다.

루이 가족의 호의로 하룻밤을 더 묵고 이튿날 아침.

깨어난 라비는 완전히 건강해져 있었다.

"머리가 아프거나 목이 아프지는 않아?"

"응, 괜찮아. 아빠, 있지……."

"음?"

라비는 원피스 자락을 잡고 머뭇머뭇 얼굴을 들었다.

"으음…… 간병해 줘서 고마워요……. ……굉장히 기뻤어……."

내가 웃으며 고개를 끄덕이자 라비도 생긋 미소 지었다.

무리해서 웃는 얼굴은 아니었다.

감정이 그대로 겉에 드러난 듯한 수줍은 미소를 보니 행복한 기분이 들었다.

평소와 똑같은 라비였다.

약 먹고 푹 잔 것이 효과가 있었구나.

혹시 몰라서 감정 스킬로 확인했다. 피로와 감기 상태 이상은 제대로 사라져 있어서 안심했다.

"아빠, 출발할 거야?"

옷을 다 갈아입은 후. 라비의 리본을 묶어 주고 있으니 질문을 받았다.

"라비는 여행 떠날 수 있겠어?"

"응."

라비가 이쪽을 돌아보고 고개를 끄덕였다. 정면을 주지 않으면 정리한 머리카락이 흐트러져버린다. 나는 쓴웃음을 짓고 라비의 작은 머리를 되돌렸다.

"라비가 건강하다면 오늘 출발하자."

화재 현장 정리는 끝났다. 라비도 회복했고 비는 그쳤다.

며칠간 신세 진 엘프 마을 플로리아.

엘프들이 받아들여 줘서 기뻤고, 지내기 편한 마을이었다.

하지만 여행을 떠날 때가 왔다.

짐을 다 챙겼을 때, 할아버지가 다시 한번 라비의 스킬 적성을 봐 주기로 했다.

저번에는 졸고 있었으니 말이지. 심지어 본인은 감정했다는 것조차 기억하지 못했다.

"그럼 봅시다."

생글생글 웃으며 주름진 손을 라비의 머리 위로 들었다.

할아버지의 오른손이 팟 빛났다.

"허허, 옳거니, 그렇군요. 안심하세요. 스킬 적성은 분명히 있는 것 같아요."

스킬 적성은 있다.

그 말을 들은 순간, 라비의 표정이 밝아졌다.

"다만 굉~장히 깊은 곳에 잠들어 있는 듯합니다. 각성하려면 계기가 필요할 거예요. 하지만 괜찮아요. 이 아이가 진정 마음으로 원한다면 언젠가 분명 호응하여 각성할 겁니다."

"그런가."

"스킬 잠재 능력은 5120."

"5120?! 라비, 굉장하잖아!"

할아버지의 말에 깜짝 놀랐다. 잠재 능력 5120은 상당히 높은 수치였다.

스킬을 쓸 수 있는 인간의 잠재 능력은 평균 3000. 참고로 스킬 적성이 없으면 잠재 능력은 0이 된다. 이 능력이 높을수록 복잡한 스킬을 습득하기 쉽다.

그리고 스킬 레벨에 필요한 경험치도 높이 들어간다.

잠재 능력은 타고난 재능과 같다. 그 수치는 태어난 순간부터 고정되어서 변하지 않는다.

"5120은 굉장한 거야……?"

내 말에 라비가 고개를 갸웃했다. 할아버지는 아무것도 모르는 라비를 향해 자상하게 웃었다.

"예. 상당히 높아요. 분명 각성하면 좋은 스킬 사용자가 될 겁니다."

"아빠는 어느 정도야……?"

"나는—."

그래. 여기서 내 수치를 가르쳐 주면 라비도 자신감을 가지게 되지 않을까?

"나는 딱 900이야."

"예?!"

지금까지 옆에서 조용히 이야기를 듣던 루이가 얼빠진 소리를 냈다.

"말도 안 돼요! 900이면 초보적인 생활 마법을 몇 개 쓸 수 있는 정도라고요. 더글러스 씨처럼 대단한 스킬 사용자가 900이라니 믿을 수가 없어요."

"아, 아니. 그렇게 말해도 사실이야."

"허허. 어디 봅시다."

할아버지가 웃으며 손을 내밀었다.

내 잠재 능력도 측정할 생각인 거겠지.

허리를 굽혀 머리를 앞으로 내밀었다.

알아들을 수 없을 만큼 작은 목소리로 할아버지가 중얼중얼 주문을 외웠다. 머리 위가 살짝 따뜻해졌다.

"—호오. 이건. 루이, 이분의 말이 맞아요. 잠재 능력은 900이라고 나왔어요."

"그, 그럼 어떻게 그런 대단한 스킬을 쓸 수 있었던 거죠?! 매우 강력한 물 마법을 쓰시고 본 적도 없는 수준의 버프를 거셨다고요!"

루이가 격렬하게 말을 쏟아냈다. 할아버지는 미소 지은 채 아무 말도 하지 않았다. 그리고 내 쪽으로 시선을 돌렸다.

"상상도 못 할 노력을 해오셨군요."

차분하고 상냥한 어조로 그렇게 말했다.

나는 눈을 크게 뜨고서 할아버지를 마주 보았다.

자연스럽게 마음속에 떠오른 것은 단련 삼매경이었던 젊은 시절의 기억이었다.

딱히 대단한 이야기는 아니었다. 재능이 뛰어나지 않았기에 천재들보다 몇십 배는 노력했다. 그저 그뿐이었다.

"당신이 살아온 날들에 경의를 표합니다."

"영감님……."

하지만 상당히 긴 세월이 지난 지금, 이런 말을 들으니 가슴이 찡했다.

한심한 이야기일지도 모르지만 눈시울이 뜨거워지고 말았다.

"더글러스 씨는 정말로 대단한 분이셨군요. 노력으로 재능을 능가하다니……."

루이가 압도된 것처럼 중얼거렸다.

"루이, 이분은 천재라고 불리는 자들보다 훨씬 존경할 만한 사람입니다."

할아버지가 너무 추켜세워서 곤란해졌다.

"아, 아무튼 라비. 너는 노력가고 재능도 있으니까 분명 굉장한 스킬 사용자가 될 수 있을 거야."

"정말? 아빠처럼 될 수 있어……?"

"……!"

아빠처럼 되고 싶다.

사랑하는 자녀를 둔 전 세계의 아빠들처럼 나도 이 말의 파괴력을 지금 통감했다.

◇◇◇

고맙게도 우리를 배웅하러 이번에도 많은 사람이 모여 주었다.

심지어 이별 선물로 엘프 비전의 향신료와 감기약까지 받았다.

배웅하는 사람들 중에는 로즈의 모습도 있었다. 이쪽에서 알아차린 직후, 눈이 마주쳤다.

서로 다른 사람들은 눈치채지 못할 만한 작은 미소를 짓고서 우리는 그것을 작별 인사로 삼았다.

"정말로 출발하는 거야?"

우리가 여행을 떠난다고 알게 된 순간부터 줄곧 불퉁해 있던 니키가 입을 열었다.

"그래. 신세 졌다."

"고, 고마워⋯⋯."

라비도 작은 목소리로 감사 인사를 전했다.

그러자 니키의 얼굴이 새빨개졌다. 쑥스러워하는 것과는 달랐다. 흘러넘칠 듯한 눈물을 참고 있는 것이었다.

"라비! 아저씨랑 같이 여기 남으면 되잖아! 내가 색시로 삼아 줄게!! 그러면 쭉 같이 살 수 있잖아?!"

눈물이 차오르는 눈을 팔로 벅벅 문지르며 니키가 그렇게 외쳤다.

"뭐……?!"

라비보다도 아마 내가 더 깜짝 놀랐다. 뒤집힌 듯한 목소리를 내고 말았다.

새, 새새새색시…….

확실히 니키는 라비를 예뻐하는 것 같았다.

하지만 설마 그게 연애 감정이었을 줄은 몰랐다.

지금까지 전혀 눈치채지 못했었던 나는 당황해서 루이 가족을 보았다.

다들 흐뭇한 얼굴로 지켜보고 있었다.

아무래도 연심을 눈치채지 못했던 사람은 나뿐이었던 모양이다.

라비는 대체 뭐라고 대답할까.

나는 뻣뻣하게 턱을 움직여 라비를 내려다보았다. 라비는 말없이 니키를 보고 있었다.

"어…… 으음. 나, 나는 라비를 좋아해! 그러니까 아내로 삼아 줄게!"

"나는 아빠가 좋아."

"엥?"

"어?"

니키와 나의 놀란 목소리가 동시에 울렸다. 라비는 나를 올려다보고 쑥스러운 듯 웃었다.

"하하하. 니키, 차이고 말았구나."

루이가 밝게 웃으며 아들의 어깨를 두드렸다.

니키는 아빠의 몸을 퍽퍽 때리고서 울음을 터뜨리며 그 다리에 매달렸다.

이거 굉장히 복잡한 기분이 드는데…….

라비의 말은 귀엽고 기뻤다.

하지만 니키의 마음도 이해가 갔다. 으음…….

내가 무뚝뚝한 얼굴로 굳어 있으니 루이가 「우리 아들은 신경 쓰지 마세요」 하고 말했다.

"남자아이는 실연하며 성장해 가는 거겠죠."

"그, 그렇군."

나도 무심코 먼 하늘을 올려다보고 싶어졌다.

"그건 그렇고 더글러스 씨. 실은 앞으로 피뢰침 설치에 관해 긍정적으로 검토해 나가기로 했답니다."

루이가 말했다. 다른 사람들도 그의 말에 고개를 끄덕였다.

"저희에게 그 기술은 없으니, 설치하기로 정해지면 인간의 도시에 의뢰하게 되겠죠. 당신 같은 선한 사람과 만날 확률은 희박하겠지만, 그래도 다가가보고 싶다는 생각이 들게 해주셨어요. 당신 덕분이에요."

"아니, 내가 무슨 대단한 일을 했다고……. 하지만 좋은 만남이 있기를 기도할게."

"더글러스 씨에게도 좋은 만남이 있기를! 부디 멋진 여행이 되길 바랍니다!"

"그래. 고마워."

우리가 걷기 시작하자 뒤에서 「하나, 둘」 하는 구호가 들려왔다.

"머슬 파워!!"

엘프들이 일제히 외쳤다. 깜짝 놀라서 돌아보니 다들 웃으며 손을 흔들고 있었다.

니키도 울면서 오른손을 붕붕 흔들고 있었다. 라비와 나도 웃으며 손을 흔들어 대답했다.

◇◇◇

엘프 마을을 출발한 날 오후, 우리는 남쪽으로 가는 승합 마차와 만났다.

다음 목적지는 밀턴이라고 했다.

우리도 라비의 목걸이를 팔기 위해 밀턴에 들르려던 참이었으니 운이 좋았다.

2인분 요금을 선불로 내고 짐칸의 비어있는 공간에 올라탔다. 선객은 셋.

서로 아는 사이인 듯한 상인풍 남자들과 10대로 보이는 소녀였다.

라비는 타 보고 싶어 했던 승합 마차를 타게 되어 무척 기쁜 듯했다.

반짝거리는 눈으로 흘러가는 풍경을 즐기고 있었다.

우리가 승차하고 조금 시간이 지나자 두 남자가 잡담을 시작했다.

"이봐, 그러고 보니 그거 알아? 용사 앨런 님 일행의 새로운 정보 말이야."

"오! 마침내 마왕을 토벌하러 발자크를 나섰나?!"

"아니. 아직 발자크에 있고 새로운 멤버를 모집 중이라나 봐."

"그게 뭐야. 상당히 오랫동안 발자크에 있었지?"

"그렇지. 뭔가 좀 불안해진단 말이야."

돌연 들려온 이야기에 심장이 두근거리며 크게 뛰었다.

아직 발자크에 있다고? 내가 발자크를 떠난 지도 한참 됐는데?

게다가 새로운 멤버를 모집 중이라니 어떻게 된 걸까?

파티 밸런스는 완벽할 터다.

남자들은 갑자기 상체를 앞으로 뺀 내게 의아한 시선을 보냈다.

"그 이야기를 자세히 알려 주면 안 될까?"

무심코 그렇게 묻자 남자들은 어리둥절한 얼굴로 서로를 마주 보았다.

"엥? 용사 이야기 말이야?"

"그래."

"뭐야. 당신도 용사의 팬이야?"

"아, 뭐, 그런 거지."

"그랬군. 하지만 미안하게 됐어. 아는 건 지금 한 얘기가 전부야."

소문 이야기를 꺼냈던 남자가 머쓱한 얼굴로 사과했다.

"아. 그, 그런가. 갑자기 얘기에 끼어들어서 미안하군."

나는 고개를 숙이고 고쳐 앉았다. 그렇구나. 앨런 일행은 그 도시에 아직 있는 건가…….

복잡한 기분으로 한숨을 쉬었다.

그런 우리를 태운 마차는 덜그럭덜그럭 소리를 내며 남쪽을 향해 나아갔다.

앨런 파티가 인원을 모집 중이라니. 대체 누가 파티에서 빠진 걸까?

아니면 다섯 번째 멤버를 찾고 있는 걸까?

현자 에드먼드는 내가 있을 때부터 파티 인원은 최소한이 좋다고 늘 말했었다. 수를 늘릴 것 같지는 않았다. 사이가 틀어져서 사람이 줄어든 게 아니면 좋겠는데…….

거기까지 생각했다가 내가 걱정해봤자 쓸데없는 참견임을 깨닫고 쓰게 웃었다.

"……아빠?"

"……!"

라비의 부름을 듣고 퍼뜩 정신이 들었다.

"미안. 좀 멍하니 있었어."

"괜찮아……?"

"그래, 걱정 끼쳐서 미안해. 문제없어."

"……정말?"

라비는 아직 걱정스러운 것 같았다. 그러고 보니 예전에도 이렇게 멍하니 있다가 라비가 신경 쓰게 했었지.

똑똑한 아이이니 내가 뭔가를 끌어안고 있음을 헤아리고 있을지도 모른다.

나는 우락부락한 손으로 라비의 머리를 툭툭 쓰다듬었다.

앨런 일행은 의식적으로 머릿속에서 지웠다. 그때.

"있지, 아저씨. 용사들의 정보에 얼마나 낼 거야?"

돌연 옆에서 말을 걸어왔다.

깜짝 놀라 얼굴을 드니 짐칸 구석에 앉은 소녀가 이쪽을 보고 있었다.

"뭐라고?"

"용사에 관해 알고 싶은 거잖아? 나, 얼마 전까지 발자크에서 바느질 일을 해서 자세히 알아. 금액에 따라 꽤 희소한 이야기까지 들려줄 수 있는데, 어떻게 할래?"

정보를 팔겠다는 건가?

"아저씨, 돈도 별로 없어 보이니까 싸게 쳐 줄게."

소녀가 웃자 왼쪽 뺨에 보조개가 생겼다.

그녀는 윤기 나는 긴 흑발을 오른쪽 어깨로 넘기며 값을 매기듯 나를 바라보았다.

아마 나이는 17~18. 유난히 어른스러운 고운 화장을 하고 있었다.

건실하지는 않겠다고 어렴풋이 헤아렸다.

"형씨. 상대하지 않는 게 좋아. 속기 싫으면 말이야."

아까 이야기했던 남자들이 어이없다는 얼굴로 대화에 끼어들었다.

"그 여자, 아까 내린 녀석에게는 밀턴의 주술사라면서 엉터리 상품을 팔아 재꼈으니까."

"잠깐! 트집 잡지 말아 줄래?"

"트집은 무슨. 어이, 마부. 당신도 이 녀석이 더러운 장사하는 걸 들었지?"

"네~ 뭐, 부정은 안 하겠습니다. 하지만 저까지 끌어들이지 말아 주세요. 전, 귀찮은 일은 사양입니다."

마부가 앞을 본 채 말했다.

"흥. 바보 같아."

소녀는 살가운 웃음을 지우고 우리를 노려보았다. 승합 마차 내의 분위기가 무거워졌다.

라비가 불안해하며 내 코트를 붙잡았다. 괜찮다고 말하듯 고개를 끄덕였다.

남자들과 소녀. 누구의 말이 옳은가.

그 자리에 없었던 내가 판단할 수는 없었다.

나는 충고해 준 남자들에게 우선 고맙다고 했다. 그리고 소녀 쪽으로 고개를 돌렸다.

"미안하다."

내가 사과하자 소녀는 의아한 표정을 지었다.

"뭐야? 착한 척하시려고?"

"아니, 그런 건 아니야. 지금은 밀턴의 주술사여도 예전에는 발자크에서 바느질 일을 했을 거라고 생각했을 뿐이야."

"이보세요, 속이 뻔히 보이거든요? 바느질 일을 하다가 주술사로 전직? 그런 얘기를 누가 믿어. 들통나 버린 이상, 주절주절 떠들

241

생각은 없어."

소녀는 짜증스럽게 중얼거리더니 털썩 소리를 내며 다시 앉았다. 더는 이쪽을 보려고도 하지 않았다. 그 이후로 소녀는 한마디도 하지 않았다.

◇ ◇ ◇

승합 마차는 크고 작은 마을을 들르며 며칠 후 밀턴에 도착했다.

도착한 것은 늦은 점심때였다. 밀턴은 애딩턴보다 더 큰 대도시였다.

매우 도회적인 분위기였고 주요 길은 전부 돌이 깔려 있었다.

하지만 이상하게도 조용했고, 인적도 적었다. 마치 도시가 통째로 잠든 듯한 분위기였다.

보통 한낮에는 떠들썩할 텐데.

고개를 갸웃하며 어쨌든 여관을 찾았다.

도시의 고지대에는 이 도시의 상징으로서 영화로움을 자랑하는 환락가 메이시가 있다.

루르드 강 오른쪽은 16구라고 불리는 고급 주택가였다. 강 왼편의 북쪽은 구시가로 현재는 시민들이 살고 있었다. 남쪽에는 슬럼과 묘지, 감옥탑 등이 있다고 한다.

구시가의 번화가에서 여관을 잡은 후, 그대로 라비와 함께 16구로 향했다.

세오 영감님이 가르쳐 준 모리스 남작을 찾아가기 위해서였다.

『살짝 아는 친구가 밀턴에 사는데, 주술과 관련된 물건을 모으는 수집가라네. 모리스 남작이라면 얼마든지 돈을 내고 사겠지. 찾아가 보게.』

세오 영감님의 말을 떠올리며 가르쳐 준 주소를 찾아갔다.

하지만 유감스럽게도 모리스 남작은 저택에 없었다.

대응해 준 집사의 말에 의하면 짧은 여행을 떠나서 닷새 후에 돌아온다고 했다.

으음~ 닷새라……. 이동만 해도 날짜는 꽤 걸린다.

게다가 애딩턴과 플로리아에서 며칠간 머물렀었고.

이곳에서 또 닷새간 발이 묶이게 되었다. 그걸 라비는 어떻게 생각할까?

나는 익숙하지만, 여행을 계속하는 생활은 부담도 크다. 정착할 수 있는 도시에 얼른 도착하고 싶지 않을까? 모리스 남작의 저택에서 돌아가는 길에 라비의 의견을 물어보았다.

"어어…… 닷새 기다려도 돼."

"그래? 라비가 괜찮다면 기다리자. 모리스 남작 말고 사연 있는 장식품을 매입해 주는 사람은 더 모르니까."

"……꼭 목걸이를 팔고 싶은 게 아니라…… 아빠와 함께하는 여행, 즐거우니까……. 시간이 오래 걸려도 좋아……."

"라비……."

그렇게 생각해 줬던 건가. 즐겁다는 말을 들으니 역시 기뻤다.

나는 쑥스러움과 기쁨을 느끼며 라비의 말을 가슴에 새겼다.

◇ ◇ ◇

나와 라비는 16구에서 여관으로 돌아가기 위해 루르드 강에 걸린 다리를 건넜다.

다리를 건너면 번화가가 시작된다.

하지만 번화가에 와도 여전히 조용했다. 닫혀 있는 가게가 압도적으로 많았다.

간판을 자세히 보니 술집이 유독 많았기에 조용할 만하다고 납득했다.

환락가 메이시뿐만 아니라 이 주변도 치안이 좋지 않아 보였다.

닷새간, 밤에 라비를 데리고 돌아다니지 않는 편이 좋겠다.

그렇게 생각하며 걷고 있으니—.

"시끄러워! 말대답하지 마!"

갑작스러운 호통에 깜짝 놀라 돌아보았다.

길 가던 사람들도 역시 발을 멈추고서 소리가 난 쪽을 신경 쓰고 있었다.

방금 막 지나친 길에 어두운 골목이 있었다.

사람들은 아무래도 그 안을 쳐다보고 있는 듯했다.

"등신 주제에 건방지다고!"

이번에는 호통 뒤에 퍽 하고 둔탁한 소리가 울렸다. 사람의 몸을 때리거나 발로 찬 소리였다. 순간적으로 달려가려다가 퍼뜩 정신을 차렸다. 나는 지금 라비를 데리고 있다.

하지만 망설이는 동안에도 사람이 사람을 두들겨 패는 불쾌한 소리가 계속 울렸다.

다른 통행인도 걱정스러운 표정을 짓고 있지만 도와주러 가는 사람은 없었다.

"라비, 걱정되니까 모습을 보고 올게."

"응. 도와줘……"

"그래. 저기 가게 뒤편에 숨어 있어."

라비가 고개를 끄덕거렸다. 나는 라비가 숨는 것을 확인하고서 혼자 골목 안에 들어갔다.

시큼한 냄새가 진동하는 어둠 속에 젊은 남자가 몇 명 있었다.

화려하고 고급스러워 보이는 옷을 입고 있지만 품위는 별로 없었다. 방탕한 부잣집 자식들일 것이다. 그들이 낄낄거리며 몸집 큰 청년을 에워싸고 있었다.

지면에 쓰러져 몸을 말고 있어도 커다란 체구가 눈에 띄었다.

청년은 양손으로 머리를 감싸고 있었다. 그 대신 배와 등이 무방비했다.

그곳을 몇 번이나 가차 없이 걷어차이고 있었다.

"자, 냉큼 그 여자를 데려오겠다고 해."

"쿨럭…… 안 돼……. 그럴 순 없어. 장미 공주님을 지키는 것이 내 일이니까……"

"시끄럽다고!!"

—퍽!

"윽……. 아, 아파……."

구타의 원인은 알 수 없으나 너무 일방적이었다.

나는 걷어차이고 있는 청년 앞에 황급히 끼어들었다.

"이봐, 그쯤 하는 게 어때."

돌연 난입한 나에게 짜증 어린 시선이 쏟아졌다.

"엉? 아저씬 뭐야."

중심에 있던 장발 남자가 난데없이 내 멱살을 잡았다.

"외부인은 빠져 있어. 아니면 당신도 이렇게 되고 싶어?"

"물론 나는 외부인이야. 하지만 이 이상 계속하면 단순히 다치는 걸로 끝나지 않게 돼."

"아아, 그러셔. 이딴 대형 폐기물, 죽든 말든 뭔 상관이야!"

주먹이 치켜 올라갔다.

—탁.

그것을 손바닥으로 막았다.

장발남이 짜증 난다는 듯 얼굴을 일그러뜨렸다.

"너 이 자식……."

나는 남자가 주먹을 빼기 전에 그 손목을 잡았다.

"미안하지만 물러나주지 않을래."

"뭐……? 우, 웃기지 마……! 너도 저 쓰레기도 죽여 버릴 거야!"

침을 튀기며 아우성친 남자가 주먹을 빼려고 힘을 줬다.

하지만 유감스럽게도 꿈쩍도 하지 않았다. 나와 남자는 힘이 너무 차이 났다.

머슬 파워를 쓸 필요도 없었다.

"⋯⋯제, 젠장⋯⋯. 이 괴력은 뭐야⋯⋯!"

남자의 표정에 점차 초조한 빛이 떠오르기 시작했다.

주변 동료들도 모습이 이상함을 눈치챈 것 같았다.

"⋯⋯어, 어이. 카를로스⋯⋯?"

"왜 그래? 그딴 녀석, 얼른 패버려."

"시끄러워!"

카를로스라고 불린 장발남이 호통쳤다.

동료들은 어깨를 움찔하고서 순식간에 조용해졌다.

"다시 한번 부탁하지. 이대로 물러나."

카를로스의 이마에서 땀이 한 방울 흘러내렸다.

아직도 카를로스는 주먹을 빼려고 필사적으로 팔을 당기고 있었다.

하지만 본인도 이미 알고 있을 터다. 힘의 차이는 역시 분명했다.

"칫. 좋아. 하지만 두고 봐. 반드시 죽여 버릴 테니까!"

내가 손을 놓자 팔을 뒤로 빼려고 애쓰던 카를로스는 제대로 몸을 가누지 못하고 휘청거렸다.

황급히 부축하려고 한 동료를 때리며 카를로스가 뒷걸음질 쳤다.

떠나기 직전. 카를로스는 증오로 불타는 자신의 두 눈을 손가락 두 개로 가리키고 내 쪽으로 돌렸다. 이 눈을 잊지 말라는 메시지일 것이다.

나는 곤란하게 됐다고 생각하며 머리를 긁적였다.

21화 아저씨, 바람직한 아빠의 자세를 고민하다

남자들이 완전히 떠났다. 그 모습을 지켜보고서 나는 지면에 주저앉아 있는 청년을 돌아보았다. 청년은 움찔하더니 커다란 몸을 움츠렸다.

"괜찮아?"

"아, 으, 응. 괘, 괜찮아. 아야……!"

아무래도 오른발을 다친 듯했다. 쪼그려 앉아 살펴보니 검붉게 변해 붓기 시작한 상태였다.

"……부러졌군."

나는 완전 회복 스킬을 써서 청년의 발을 고쳐줬다.

"어라?! 안 아파……?"

"스킬을 써서 고쳤으니까. 하지만 통증은 사라졌어도 한동안은 발에 힘이 제대로 안 들어갈 거야."

신기한 일이지만 스킬로 회복해도 다쳤다는 감각은 한동안 계속 남는다. 아마 뇌가 착각해서 그럴 것이다. 특히 골절처럼 크게 다쳤을 경우, 다 나았다고 뇌가 이해하기까지 시간이 걸린다.

"시험 삼아 한번 걸어 봐."

"응. ……앗?!"

역시 내가 말한 대로 무릎이 풀썩 꺾이며 청년은 그 자리에 주저 앉았다.

"지팡이를 준비하는 편이 좋겠어. 일단 집까지 바래다줄게. 도와 줄 테니까 사양 말고 잡아."

"고마워. 당신, 좋은 사람이네."

청년은 소박하게 웃으며 고개를 꾸벅 숙였다.

그런고로 청년을 집까지 바래다주게 됐지만—.

"……."

이런. 곤란하게 됐다.

그의 지시를 따라 길을 나아가 도착한 곳은 예상외의 장소였다.

『환락가 메이시』.

그 지구의 남문을 올려다보고 입을 쩍 벌렸다.

아직 해도 높이 뜬 시각. 문 앞에서 지키고 있는 남자들은 한가 롭게 잡담을 나누고 있었다.

구역 입구에 거창한 문이 있는 것에도 당황했지만, 무엇보다 나 는 아이를 데리고 있었다.

"내가 일하는 창관은 문을 지나 조금만 더 가면 나와."

"창관?!"

"난 창관의 허드레꾼이니까."

"그랬구나."

하지만 어쩔까. 라비를 데리고 창관에 가기는 역시 좀 그렇다.

청년을 도와주고 싶은 마음은 물론 있다. 그러나 보호자라는 입장이 나를 망설이게 했다.

"……미안한데 여기까지만 데려다줘도 될까?"

버리는 것 같아서 내키지 않았다.

하지만 밝은 시간대라고는 해도 라비를 환락가에 데려갈 수는 없었다.

"으, 응. 덕분에 살았어. 고마워."

청년은 두꺼운 눈썹을 내려 미소 짓더니 지팡이를 짚고 내게서 떨어졌다. 비틀거리는 모습이 위태로웠다.

"아빠……?"

라비가 당황한 표정으로 나를 올려다보았다.

왜 끝까지 도와주지 않느냐고 말하고 싶을 것이다.

날 책망하고 있는 것은 아니었다. 다만 순수한 눈으로 올려다보니 죄책감이 점점 심해졌다.

"안 바래다줘……?"

"으……. 으음……."

청년은 우리를 향해 인사하고 절뚝절뚝 걷기 시작했다. 하지만—.

"아……!"

라비가 손으로 입을 가리고서 외쳤다. 몇 걸음도 채 못 가서 균형을 잃은 청년이 넘어졌기 때문이다. 역시 내버려 둘 수 없었다. 나는 서둘러 달려가 청년을 부축했다.

청년을 도와주며 문지기들 쪽을 보았다.

그들은 잡담에 열중하여 우리는 신경도 쓰지 않고 있었다.

"아빠……. 있지…… 바래다줬으면 좋겠어……."

"그러네."

라비 혼자 여기서 기다리게 하기도 좀 그랬다.

내 옆에 꼭 붙어 있으라고 라비에게 일러두고서 창관까지 청년을 바래다주기로 했다.

청년이 일하는 창관은 외양이 상당히 훌륭했다.

마치 귀족의 저택 같았다. 부지도 넓었고 건물 뒤편에는 안뜰이 있었다.

새하얀 시트 여러 장이 바람에 펄럭였다.

일하는 여성들은 아직 쉬고 있는지 보이지 않았다.

건전한 오후의 분위기였다.

내가 가지고 있던 이미지와 너무나도 동떨어진 모습이었다.

낮 시간대의 창관은 이렇게 조용하구나.

이런 곳과는 별로 상관없는 생활을 해 왔지만, 창관은 이러할 것이라는 이미지를 멋대로 가지고 있었음을 인정하지 않을 수 없었다. 괜히 과도하게 경계한 것이 부끄러웠다.

하지만 라비가 이 공간에 있는 것은 역시 도저히 받아들이기 힘들었다.

되도록 빨리 메이시에서 나가자.

뜰 너머에 창부와 허드레꾼들이 생활하는 건물이 있었다. 청년은 그쪽에 데려다줬다.

그대로 곧장 돌아갈 생각이었으나, 사정을 들은 마담에게 붙잡히고 말았다.

"그 양아치들을 혼자서 쫓아낸 거야?!"

"때리지도 않았는데. 겁먹고 도망쳤어."

청년이 기쁜 얼굴로 마담에게 설명했다.

"굉장하잖아!"

"으, 응. 굉장했어. 그, 그리고 이 사람 친절해."

"그렇구나. ─있지, 상담을 좀 하고 싶은데, 당신 우리 가게에서 경호원으로 일하지 않을래?"

"경호원?"

느닷없이 제안받고 나도 모르게 되묻고 말았다.

"그 양아치들의 리더가 우리 가게에서 제일 잘나가는 아이에게 빠져서 최근 이것저것 못된 짓을 하거든."

마담이 뺨에 손을 대더니 「하아」 하고 한숨을 쉬었다.

아까 봤던 양아치들의 모습이 뇌리를 스쳤다.

과연. 그렇게 된 거였나.

"뭐야, 뭐야? 경호원 찾았어?"

어느새 마담 뒤에 젊은 여성들이 모여있었다. 단숨에 분위기가 떠들썩해졌다.

뭔가 꽃향기 같은 달콤한 냄새가 훅 풍겼다.

창부들과 라비가 얼굴을 맞대는 것은 별로 좋지 않을 것 같은데…….

그렇게 생각하고 당황했지만—.

"와아…… 좋은 냄새……."

내 뒤에서 살짝 얼굴을 내민 라비가 기뻐하며 중얼거렸다.

역시 여자아이라 이런 향기를 좋아하는 것 같았다.

괜히 허둥지둥 라비를 데리고 돌아가면 여성들에게 실례다.

『부모』로서 올바른 행동은 무엇일지 나는 정답을 알 수 없었다.

"어머. 애 딸린 경호원이야?"

"와~ 귀여운 여자애잖아. 잡아먹어 버리고 싶어!"

돌연 주목받아 깜짝 놀랐을 것이다.

라비는 황급히 내 뒤에 숨어버렸다. 쓰게 웃으며 그 머리를 쓰다듬었다.

여성들은 가게에 나갈 준비를 하기 전인지 화장 등은 하고 있지 않았다.

다만 얇고 하늘하늘한 잠옷 차림이라 흠칫했다.

나는 아저씨다. 새삼 뭘 느끼는 바도 없다.

그리고 여성들은 얇은 옷차림을 전혀 신경 쓰지 않았다.

다만 라비가 그녀들의 복장을 보고 어떻게 생각할지, 그것만이 걱정이었다.

"이 사람이 양아치들을 쫓아내 줬다나봐."

"혼자서 그 녀석들을?! 대단해~!!"

여성들이 나와 라비를 에워쌌다.

"아저씨, 착하게 생겼으면서 믿음직하구나!!"

"다행이다! 이제 안심하고 일할 수 있어! 뭐, 그딴 양아치 따위를 겁냈던 건 아니지만!"

"맞아! 그딴 녀석들, 고간을 뻥 차서 쫓아내 버릴 거야!"

고운 목소리가 와글댔다.

그뿐만이 아니라 여기저기서 뻗어 나온 손이 근육을 더듬기도 하고, 팔짱을 끼기도 하고, 뭔가 일이 커졌다. 라비도 마구 쓰다듬는 손길에 굳어 있었다.

"아저씨, 언제부터 경호해 줄 거야?"

"아니……. 미안하지만 난 여행 중인 몸이야. 애도 데리고 있고."

"뭐~?! 거절하는 거야?!"

여성들이 일제히 붙잡아서 곤란했다.

마지막으로 마담도 다시금 내게 부탁했다.

"닷새 동안만이라도 안 될까? 닷새만 지나면 그 녀석들도 나쁜 짓을 못 하게 돼."

왜 닷새를 고집하는 걸까?

신경 쓰였지만, 일을 받을 생각도 없으면서 자세히 질문하기도 꺼려졌다.

"돈은 섭섭지 않게 챙겨 줄게. 우리 가게에는 아이들이 낳은 자식도 많이 있어서 딸도 함께 놀게 할 수 있어."

곤란한 상황임은 이해한다. 나 혼자였다면 틀림없이 도왔을 거다. 하지만 지금은 혼자가 아니었다.

나는 라비의 안전을 지키는 보호자다. 라비를 힐끔 본 후, 고개를 가로저었다.

"정말로 미안. 역시 맡을 수 없어."

내가 고개를 숙이고 사죄하니—.

"아냐, 우리야말로 무리한 부탁을 해서 미안해. 그렇게 마음 쓰지 않아도 돼! 뭐, 양아치쯤은 지금까지도 어떻게든 해왔으니까 괜찮아!"

마담은 밝게 말하며 웃어 주었다.

하지만 정말 이걸로 괜찮은 걸까?

창관에서 돌아가는 길, 라비가 순수한 말로 내 망설임을 부추겼다.

"아빠…… 아까 그 사람들, 안 도와주는 거야……?"

"으, 음."

"……."

아까처럼 라비가 나를 빤히 바라보았다.

당황스러워 보이는 시선이었다. 어째서 도와주지 않느냐고 라비의 눈이 물어보고 있었다.

여관에 돌아가면 라비와 이야기하자. 그렇게 생각하며 나는 작게 한숨을 쉬었다.

22화 아저씨와 소녀, 사랑을 산다는 것
~활력 쑥쑥 스태미나 볶음~

창관에서 돌아가는 길. 라비는 평소보다 말수가 적었다.

몇 번 라비를 살펴봤지만 시야에 들어오는 것은 작고 동그란 머리뿐이었다.

말을 걸어도 눈이 마주치지 않았다. 라비는 자기 발치를 바라본 채 터벅터벅 걷고 있었다.

"라, 라비. 과자 가게에라도 들렀다 갈까?"

"……."

라비가 땅을 바라본 채 고개를 가로저었다.

"여긴 큰 도시니까 분명 여러 과자가 진열되어 있을 거야."

"……필요 없어."

"그, 그래?"

"……."

"……."

물질로 낚는 얕은 작전이 먹힐 리도 없었다.

그것도 모를 만큼 이때의 나는 당황한 상태였다.

아무튼 라비가 이렇게 마음을 닫아 버린 것은 처음이었다.

내게 화가 난 것은 명백했다.

창관 사람들을 도와주지 않은 것이 원인이리라.

매정한 짓을 했다는 자각은 있었다. 환멸을 느꼈을지도 모른다.

물론 여관에 돌아가면 이유를 이야기할 생각이었다.

하지만 자신이 내린 판단을 스스로도 떳떳하지 못하게 여기고 있으면서.

나는 무슨 낯짝으로 변명을 늘어놓으려는 걸까.

"하아……."

입에서 무거운 한숨이 흘러나왔다. 어떻게 기분을 풀어줘야 할지 모르겠다. 그렇게 느끼며 돌아보았다.

해가 지기 시작하여 빨갛게 물든 길 한복판에 라비는 우두커니 서 있었다.

새빨간 얼굴. 앙다문 입술.

작은 두 손으로 원피스 자락을 움켜쥐고 있었다.

"……! 라비, 왜 그래?"

깜짝 놀라서 다가갔다. 눈물을 참고 있다는 것을 알고 한쪽 무릎을 꿇었다.

"왜? 무슨 일이야?"

이유를 듣고 싶은 것은 아니었다. 내가 어떻게 하길 원하는지 말해줬으면 했다.

다정한 목소리로 물어보며 머리를 쓰다듬었다. 하지만 그것은 역효과를 부른 듯했다.

라비는 둑이 터진 것처럼 눈물을 뚝뚝 흘렸다.

아무 말 없이, 그 대신 싫다고 떼를 쓰듯 고개를 흔들며 발을 굴렀다.

마치 폭발할 것 같은 감정을 눈물로 바꾸듯 울고 있었다.

그 모습을 보고 통감했다.

야무져도 이 아이는 아직 어린아이다.

"우, 울지 말고. 지, 진정해. 응?"

"우으……."

진정할 사람은 나였다. 너무 안절부절못하고 있었다.

본격적으로 울음을 터뜨려버린 라비는 매달리듯 내게 안겼다.

목에 둘린 작은 손. 코트에 스며드는 눈물. 따뜻한 아이의 온기. 억누른 울음소리.

나는 몹시 혼란스러워하며 라비를 안아들고 필사적으로 다독였다.

결국 라비를 안은 채 여관까지 돌아왔다.

여관 1층은 이른 저녁을 먹는 손님들로 북적거렸다.

배가 부르면 라비도 진정되지 않을까?

그렇게 생각했으나 먹기 싫다는 말을 듣고 말았다.

어쩔 수 없이 찰싹 붙어있는 라비를 안은 채 방으로 향했다.

침대 위에 라비를 앉히고 눈물과 콧물로 엉망이 된 얼굴을 닦았다.

라비는 퉁퉁 부은 눈으로 나를 올려다보았다.

울고 나니 조금 진정이 됐는지 이제 거친 감정은 보이지 않았다.

나는 옆 침대에 앉아 라비를 마주 보았다.

"이야기해도 될까?"

"응……."

허락해 줘서 안도했다.

하지만 어디서부터 무슨 이야기를 하면 좋을까.

내가 왜 도움 요청을 거절했는지 라비에게 대체 어떻게 설명하면 좋을까.

"아…… 그게…… 그러니까."

생각이 정리되지 않아서 무의미하고 어정쩡한 목소리가 나왔다.

창관에 라비를 접근시키는 것은 저항감이 들었다.

하지만 솔직하게 말해도 될까?

창관이라는 장소가 존재하는 의미와 창부라는 직업.

어린아이에게 그 이야기를 들려주는 것은 창관에 데려가는 것과 다름없지 않나?

욕망 가득한 어른의 세계. 그곳에는 아이에게 보여주고 싶지 않은 더러운 것들이 그득하다.

가능하다면 라비에게는 아름다운 것들만을 보여 주고 싶었다.

어른의 세계 따위 몰라도 되지 않나.

감정을 조절하지 못하고 울어 버릴 만큼 라비는 어리다.

그렇다면 창관의 존재는 대충 얼버무리고 다른 이유를 만들어서 왜 도와주지 않았는지 설명해야 할까?

……아니. 적당히 둘러대는 거짓말 또한 어른의 더러운 부분이다.

"······."

아무리 생각해도 정답을 알 수 없었다.

어른으로서, 보호자로서 어떻게 행동하는 것이 옳을까?

나와 라비는 피가 섞이지 않았으니 어느 정도는 포기해야 하는 걸까?

아니, 안 된다. 그걸 변명 삼고 싶지는 않았다.

『피가 섞이지 않았다』

그것은 나와 라비 사이의 유대를 짓밟는 말이니까.

"······아빠. ······도와주고 싶지 않은 사람들이 있는 거야······?"

돌연 라비의 작은 목소리가 정적을 깼다.

사고의 미로에 빠져 있던 나는 얼굴을 번쩍 들었다.

또 울 것 같은 얼굴이 되어 버린 라비가 나를 바라보고 있었다.

"아, 아니······. 그런 건 아니야."

"그럼 왜 안 도와준 거야······?"

"······."

물어보는 올곧은 눈동자.

그 순진함 앞에서 얼버무리는 것은 통용되지 않는다. 그렇게 확실하게 이해했다.

그렇다면 내가 할 수 있는 일은 하나다. 나는 결심하고 입을 열었다.

"오늘 우리가 갔던 곳은 『창관』이라고 불리는 곳이야. 들어 본 적 있어?"

라비가 고개를 가로저었다. 역시 몰랐나.

"창관이란 곳은 말이지. 아…… 뭐랄까, 그, 남자의 욕망이 돈에 의해…… 아니, 이게 아니라. 이런 말을 하고 싶은 게 아니라……."

"……?"

나는 크게 숨을 들이쉬고 내쉬었다. 다시 말하자.

"라비. 좋아하는 사람이 생기고 그 사람과 연인 사이가 됐다고 하자. 애정이 있으면 서로를 만지고 싶어져. 끌어안으면 안심이 되고 행복한 기분이 들기도 해."

"나도 아빠가 꼭 끌어안아 주면 기뻐……."

으, 응?! 그것과는 좀 다르지만, 뭐, 좋아.

"그래서. 사랑하는 사람끼리 서로를 보듬어 줄 수 있는 게 가장 행복한 형태야. 하지만 그런 사람과 만나지 못하기도 해. 그건 무척 외롭지. 그 외로움을 달래기 위해 돈을 내고 여성에게 사랑받는 곳이 창관이라는 장소야."

"돈을 내고 사랑받는 곳……."

라비는 내 말을 되뇌고서 조용히 생각에 잠겼다.

"아빠, 돈으로 사랑받는 건 잘못된 일이야?"

"아니. 그 사람이 느끼는 외로움과 슬픔이 얼마나 괴로운지는 그 사람만 알아. 그러니까 잘못된 일이라고 단정 지어선 안 돼."

"……외로움이 슬프다는 건 나도 알아……. 아빠와 만나기 전에는…… 나도 외로웠으니까……."

"라비……."

"아……! 하지만 지금은 외롭지 않아."

당황해서 그렇게 덧붙인 라비가 방긋 웃었다. 나도 미소로 대답하며 라비의 머리를 쓰다듬었다.

"다만 돈으로 사랑을 사는 건 역시 슬픈 일이라고 나는 생각해. 그래서 그런 곳에 라비를 접근시키기 싫다고 생각해버렸어."

"그래서 안 도와주고 거절한 거야……?"

"그래."

라비는 당황하여 눈썹을 모았다. 열심히 생각해 주었다.

어린아이니까 어른이 이끌어줘야 한다. 그렇게 생각하고 멋대로 결론을 내려버린 내가 또 틀렸음을 새삼 이해했다.

서로 상담하자고 말했으면서. 난 뭘 하고 있는 거야…….

"라비, 여러 가지로 미안."

"나도 미안……. 아빠는 날 생각해 줬는데 조금도 알지 못했어……. 하, 하지만……. 나는 모두를 도와주는 아빠가 좋아……."

"……!"

"그러니까…… 곤란한 사람, 도와줬으면 좋겠어……."

"그런가……."

결단하도록 만드는 라비의 말에 마음이 가벼워졌다.

라비를 지키고 싶다는 마음은 지금도 물론 변함없다.

하지만 라비에게 부끄럽지 않은 어른이고 싶었다.

곤경에 처한 사람을 외면하고 라비만이 존재하는 작은 세계에 갇히는 것.

그것을 이 아이 자신이 원하지 않고 있었다.

바깥 세계에도 좀 더 눈을 돌리자.

소중한 사람이 다치지 않게 지키려면 더욱 큰 그릇이 필요하다.

"라비. 내일 둘이서 다시 한번 창관을 방문할까?"

라비의 표정이 환하게 밝아졌다.

"응⋯⋯!"

그 얼굴을 보니 일목요연했다. 이것이 옳은 선택이다. 그때―.

꼬르르르륵.

"음?"

"아⋯⋯!"

라비가 쑥스러워하며 배를 부여잡았다.

아무래도 라비의 배에서 소리가 난 듯했다.

"저녁을 아직 안 먹었지. 1층으로 내려가서 뭔가 만들어주면 안
되냐고 물어보자."

저녁식사 시간은 한참 전에 지났지만 빵과 수프 정도라면 줄지도
모른다.

라비를 데리고 식당에 내려갔다. 주인장은 마침 테이블을 닦고
있었다.

이 여관의 주인장은 등이 굽기 시작한 올림머리 할머니였다.

"아아. 우리는 식사 시간이 지나면 알아서 챙겨 먹어야 해. 재료
는 저기 찬장 안에 있어. 고기는 저쪽에. 사용한 건 나중에 자진
신고하고. 숙박료에 덧붙일 거니까."

척척 내리는 지시에 압도되었다.

주인장은 양동이에 행주를 휙 던져 넣고서 식당을 나갔다.

여관 중에는 부엌과 도구를 손님에게 빌려주는 곳도 있다.

하지만 역시 식자재를 자진 신고로 쓰게 해 주는 여관은 처음이었다.

카운터를 넘어 부엌으로 들어갔다. 알려줬던 찬장을 들여다보니―.

"동글 당근과 괴물 부추. 쓰름새의 알. 그리고 동양 마늘도 있네."

이번에는 고기가 든 상자를 열었다.

얼음덩어리와 함께 쩌렁돼지의 자투리 고기가 들어 있었다.

머릿속에 떠오른 것은 활력이 솟아나는 고기 요리. 스태미나 볶음이었다.

볼륨 만점이니 라비의 배도 채워 줄 것이다.

그렇게 정해졌으면 바로 준비에 착수다.

소매를 걷어붙이고 확실하게 손을 씻었다.

고기는 작업대 위에 꺼내 상온에서 해동했다. 그사이에 채소를 씻고 썰 생각이었다.

"나도 도울게……."

"오, 그래? 그럼 라비, 당근과 부추를 씻어 줄래?"

"응."

나는 그동안 마늘을 잘게 썰었다. 다음은 라비가 씻어 준 채소를 썰었다.

껍질을 벗긴 당근은 채썰기로. 부추는 약 3센티미터 길이로 썰었다.

자투리 고기에는 소금과 후추로 밑간을 하고 술을 가볍게 뿌려서 고기의 잡내를 잡았다.

"자, 볶자."

달군 프라이팬에 기름을 두르고 썰어 둔 마늘을 넣어 볶자 맛있는 냄새가 부엌에 감돌았다. 더더욱 배가 고파졌다.

마늘은 센 불로 볶으면 금방 타 버린다. 기름에 향이 뱄을 때 일단 작은 접시로 빼냈다. 그리고 노래진 기름에 자투리 고기를 넣었다. 치익, 좋은 소리가 났다.

얇은 고기지만 돼지는 확실하게 익히지 않으면 위험하다.

분홍색 부분이 보이지 않게 되면 당근을 넣는다. 부추는 마지막에 잽싸게 볶는다.

기름에 마늘 향이 뱄기에 간은 심플하게 소금만 뿌렸다.

볶음은 시간과의 승부다.

채소의 아삭한 식감을 확실하게 남겨서 그릇에 담으면 완성이다.

"라비, 다 됐어."

"와아……! 나, 앞접시랑 포크 가져갈게."

"그래, 부탁해."

쟁반 위에 스태미나 볶음을 담은 접시와 빵이 든 바구니, 그리고 수프 그릇을 올렸다.

그걸 들고 식당 테이블로 향했다. 그 뒤를 라비가 따라왔다.

"좋아, 먹자."

"응."

둘이서 손을 모으고 요리 앞에서 머리를 숙였다. 우선은 스태미나 볶음부터. 고기와 채소를 균형 있게 포크로 퍼 올렸다. 크게 벌린 입에 그걸 넣으니—.

"음."

맨 먼저 부추 향이 났다. 입안에 흘러넘치는 육즙. 식욕을 돋우는 마늘의 매운맛.

아삭아삭한 당근의 식감이 악센트가 되었다.

짭조름하여 빵이 우걱우걱 사라졌다.

"아빠, 정말 맛있어……!"

볼이 빵빵해진 라비가 행복하게 말했다. 나는 기뻐져서 고개를 끄덕였다.

"많이 먹어. 수프도 더 있어."

"응."

생글생글 웃은 라비가 양손으로 수프 그릇을 들었다.

"수프도 맛있어……."

하으하으 숨을 토하며 그릇을 내려놓은 라비가 손으로 뺨을 감쌌다.

정말로 맛있게 먹어줬다. 내 눈꼬리도 자연스럽게 내려갔다.

따뜻한 식탁을 라비와 둘러앉는 기쁨.

그것을 새삼 느끼고 있으니 갑자기 계단 쪽이 시끄러워졌다.

"이봐, 뭘 만든 거야?"

"엄청 맛있는 냄새가 위층 복도까지 나."

그렇게 말하며 여관 손님들이 식당에 우르르 들어왔다. 단숨에

© 2018 Fuzichoco

떠들썩해졌다. 그들은 코를 킁킁거리며 우리의 접시를 들여다보았다. 당장에라도 침을 흘릴 듯한 표정이었다.

"혹시 괜찮으면 너희도 먹을래?"

"그래도 돼?!"

"앗싸~!!"

다시 한번 부엌에 가서 여관 손님들 몫의 스태미나 볶음을 만들었다.

간하는 방식은 똑같이. 다만 인원수가 많기에 양배추를 넣어서 양을 늘렸다.

"좋아. 다 됐어."

카운터에 늘어서서 부엌을 들여다보던 여관 손님들이 환호성을 질렀다.

큰 접시에 담은 스태미나 볶음을 테이블에 쿵, 놓았다.

포크를 나눠 주자 여관 손님들이 일제히 요리를 먹기 시작했다.

"맛있어! 고기에 간이 잘 뱄네!"

"채소의 식감도 최고야!"

"아아, 이렇게 맛있는 채소 볶음은 처음 먹어 봐."

아무리 맛있어도 칭찬이 너무 과했다. 나는 난처한 기분을 느끼며 머리를 짚었다.

"당신, 전문 요리사야?"

여관 손님 중에서 가장 나이 많은 남자가 내게 물었다.

"설마. 독신남이 어쩔 수 없이 배운 아마추어 요리야."

"뭐야, 남자 혼자 딸을 키우고 있던 거였어? 캬~! 눈물 나는 얘기잖아!"

"어이, 누가 술 좀 가져와!"

"내가 방에 가서 가져올게!"

"나도!!"

몇 명이 2층으로 우당탕 올라갔다. 그들은 싸구려 술병을 들고 금방 돌아왔다.

"자, 마시자~!"

"맛있는 안주에 값싼 술! 좋은데!"

어느새 연회가 대판 벌어져 있었다.

나는 쓰게 웃으며 라비를 보았다. 라비는 수줍어하면서도 즐거워 보였다.

라비가 행복해 보이는 것이 제일이다.

그날 밤은 늦게까지 식당 내에 웃음소리가 끊이지 않았다.

이튿날. 나는 약속한 대로 라비를 데리고서 환락가 메이시로 향했다.

남문 부근에서는 잠이 덜 깬 남자들이 많이 보였다.

창관에 묵은 손님들이 돌아가는 시간일 것이다. 머리가 뻗친 사람. 셔츠에 주름이 진 사람. 숙취에 시달리는지 관자놀이를 누르고 있는 사람.

어쩐지 퇴폐적인 분위기가 상쾌한 아침 기운을 쫓아냈다.

저런 어른의 모습을 보고 라비는 어떻게 느낄까?

나는 조금 긴장하며 라비에게 시선을 보냈다. 하지만 라비는 전혀 다른 것을 보고 있었다.

꼭대기를 향해 떠오르는 태양.

커다란 눈을 햇빛 때문에 가늘게 뜨고서 밝아지는 하늘을 올려다보고 있었다.

"아빠, 날씨 좋다……."

"아아. 그러게. 오늘은 분명 따뜻할 거야."

"응……."

라비가 생긋 웃었다. 그것만으로도 구원받은 기분이 들었다.

내가 취사선택하여 내밀 필요 따위 없었던 것이다.

라비는 자신의 눈으로 아름다운 것을 찾을 수 있는 아이였다.

"아빠……."

"응? 왜?"

"으음…… 도착할 때까지 영창 연습해도 돼……?"

"오오, 그렇지. 그럼 문제를 낼게."

라비의 스킬 능력은 아직 각성하지 않았다.

하지만 언젠가 찾아올 그때를 대비해 영창 연습만큼은 계속하고 있었다.

밋밋한 연습이지만 반드시 도움이 된다.

전투 중에 초조해지면 주문이 나오지 않게 되기도 하는데 완전히 머릿속에 박혀 있으면 그런 사고가 줄어든다.

"근육 강화 주문은?"

"어어…… 넘치는 힘 솟아나라— 근력 증강 머슬 파워!"

"좋아, 잘했어. 정답이야."

"와아~!"

"그럼 다음은—."

그렇게 대화를 주고받으며 창관 앞에 도착했을 때—.

"잠깐만요!! 작작 좀 하세요!!"

곤혹스럽게 외치는 소리가 들려왔다. 창관 마담의 목소리였다.

무심코 라비와 얼굴을 마주 보았다.

"아빠……!"

"그래."

라비를 뒤에 보호한 채 창관의 앞문으로 갔다.

그곳에는 이미 사람들이 모여 있었다. 창관 입구에 마담과 치장한 창부들, 그리고 여관 손님으로 보이는 남성이 몇 명.

맞은편에는 양아치 같은 차림새의 젊은 남자들이 있었다.

골목에서 창관의 청년을 폭행했던 남자들이라는 것을 바로 알아차렸다.

"손님들께도 민폐잖아요!"

"시끄러워! 할망구는 입 닥치고 있어. 우리는 장미 공주님한테 볼일이 있다고."

"애초에 손님은 개뿔. 우리 형님을 홀대하고 이딴 시답잖은 녀석들을 상대한 거야?!"

"힉……!"

담배를 문 남자가 호통치자 신사 손님이 털썩 주저앉았다.

양아치들은 히죽히죽 웃으며 그 모습을 바라보았다.

무리의 중심에 어제 나에게 두고 보라고 했던 장발 남자가 있었다.

분명 이름이 카를로스라고 했던가.

"후후. 참 시끄럽네요. 낑낑 깽깽 아우성치는 소리에서는 남자의 색기가 전혀 느껴지지 않아요."

"뭐……?!"

긴 드레스 자락을 끌며 미녀 한 명이 앞으로 나왔다.

볼륨감 있게 묶인 흑발에는 장미 머리핀이 꽂혀 있었다. 아마 그녀가『장미 공주』이리라.

이런 아수라장에서도 전혀 동요하지 않은 모습이었다.

빨갛고 도톰한 입술을 활처럼 휘며 천천히 남자들을 둘러보았다.

"그저 짖는 것은 개도 할 수 있어요."

"어이, 장미 공주. 내 친구를 아주 바보 취급하는데. 아무리 네가 미인이라도 너무 건방지게 굴면 따끔한 맛을 볼 거야."

"어머. 제가 바보 취급하고 있는 건 친구뿐만이 아닌데요."

"엉?"

"강아지들의 보스처럼 구는 당신도 멍청한 남자라고 생각해요. 그나마 좀 매력적으로 유혹해줬다면 홀대한 보람이 있었을 텐데. 강아지 따위 상종하고 싶지 않네요."

"뭐라고?! 다시 한번 말해봐!"

카를로스가 장미 공주의 멱살을 난폭하게 잡았다. 잡아당겨진 앞섶이 벌어지며 하얀 가슴골이 드러났다. 그래도 장미 공주는 동요하지 않고 카를로스를 노려보았다.

"젠장!! 이 망할 년이!!"

카를로스는 일순 압도된 후, 자포자기하여 주먹을 치켜들었다.

장미 공주는 맞아 줄 생각인지 입을 앙다물었다. 하지만 그런 모습을 두고 볼 수는 없었다.

"이봐, 그만둬."

뒤에서 제지하며 즉각 두 사람 사이에 끼어들었다.

"엉?!"

나를 시야에 담은 순간, 카를로스의 얼굴에서 핏기가 싹 가셨다.

"너, 너는 어제 그……!"

"형님!! 위험해요!! 이 녀석에게 붙잡혔던 팔이 아직도 아프다고 했잖아요!!"

"시, 시끄러워!! 나도 알아!!"

남자들이 자기들끼리 다투기 시작했다.

듣고 보니 카를로스는 손목에 붕대를 감고 있었다.

그렇게 세게 잡지 않았던 것 같은데. 닭 뼈처럼 가늘었던 카를로스의 팔이 생각났다.

"하지만 역시 두 번이나 그냥 보내 줘야 할지 고민되는군."

내가 그렇게 말하며 한 발자국 내딛자—

"히이이익……! 두, 두고 봐!!"

"으아아악! 가, 같이 가요! 형니이이임!!"

어제와 달리 의미심장한 포즈도 취하지 않고서 카를로스 패거리는 쌩하니 도망쳐 버렸다.

"아빠, 모두를 지켜줘서 고마워……."

내 뒤에 숨어 있던 라비가 얼굴을 빼꼼 내밀었다.

나는 라비에게 고개를 끄덕여 대답하고 가볍게 머리를 쓰다듬었다.

"다, 당신! 대단하잖아! 정말로 고마워!!"

마담이 멍하니 중얼거렸다. 그 말을 기점으로 여성들이 차례차례 소리를 냈다.

"무, 무서웠어……."

"역시 오늘은 위험했지."

"장미 공주님, 다치진 않으셨어요?!"

겁먹고 서로를 부둥켜안고 있던 여자들이 걱정스럽게 장미 공주에게 물었다.

장미 공주는 다부지게 미소 짓고서 괜찮다며 고개를 끄덕였다.

그것뿐인데도 여자들 사이에 퍼져 있던 두려움이 누그러진 것 같았다.

그 모습만 봐도 이곳 여자들이 장미 공주를 흠모하고 있음을 알 수 있었다.

"오빠, 고마워."

"아니, 신경 쓰지 마."

"그럴 순 없지. 어떤 답례가 좋아? 뭐든 해 줄게."

장미 공주가 고개를 살짝 기울이고서 나를 올려다보았다.

뒤이어 마담과 여자들도 내 곁으로 달려왔다.

"아저씨, 정말 고마워!"

"테드 말이 맞았어! 아니, 그 이상이야!!"

"그 녀석들, 당신이 나타났을 뿐인데 겁먹고 도망쳤잖아!"

또 어제처럼 둘러싸이고 말았다.

아찔해질 만큼 달콤한 꽃향기가 났다.

내 옆에서 라비도 몸을 움츠리고 있었다.

우선은 어제 보였던 태도를 사과해야 했다. 하지만 그때.

"장미 공주님!! 지금 도와드릴게요!!"

크게 외치는 소리가 뒤뜰에서 울렸다.

살짝 갈라진 특징적인 목소리. 이 목소리를 어디선가 들은 것 같은데……．

그렇게 생각하며 고개를 들자 거대한 창을 껴안은 소녀가 멧돼지 같은 기세로 달려왔다.

"양아치들아아아아, 해치워주마아아아아!!"

드레스 자락이 흐트러지든 말든 신경 쓰지 않았다.

기가 세 보이는 고양이 눈. 어깨 옆으로 늘어뜨린 흑발. 화려한 화장.

음? 이 소녀는—.

"어라?! 그 녀석들 어디 갔어?!"

의아해하며 주변을 두리번거리던 소녀는 마지막으로 내 앞에서 시선을 멈췄다.

"어? 아~!! 당신은 그때 그 위선자!"

나를 손가락질하며 그렇게 크게 외쳤다.

나도 그녀를 분명하게 떠올렸다.

이 아가씨는 이 도시에 오는 도중에 승합 마차에서 만난 소녀였다.

나를 가리킨 채 입을 벌리고 있는 소녀를 다시금 바라보았다.

가슴 부근이 크게 파인 드레스와 관능적인 인상을 주는 홍색.

엄청난 기세로 달려온 탓에 머리가 흐트러지긴 했지만 마차에서 봤을 때보다 더 어른스러워 보였다. 아무래도 이 소녀 또한 창부인 듯했다.

"베로니카, 이 사람과 아는 사이였니?"

같은 마차를 탔던 소녀를 마담이 베로니카라고 불렀다.

마담이 질문하자 베로니카는 안절부절못하기 시작했다.

"따, 딱히! 아는 사이라고 할 정도는 아니야."

머쓱한 듯 그녀의 시선이 방황했다.

"너희, 잠깐 이리 와 봐!"

"어이쿠."

"앗……."

베로니카는 나와 라비의 팔을 쭉쭉 잡아당겨 조금 떨어진 곳으로 데려갔다.

"마차에서 있었던 일, 주절주절 떠들면 가만 안 둘 거니까 그리 알아!"

"우연히 같은 마차를 탔었다는 걸 알리기 싫은 건가?"

"틀렸어! 그쪽이 아니라! 내가 속이려고 했던 거 말이야! 아무튼 절대 말하지 마!"

소곤거리며 필사적으로 요구했다.

아무래도 그때 일을 창관 사람들에게 정말로 알리고 싶지 않은 듯했다.

내가 기세에 압도되어 있자 베로니카는 의미심장하게 한쪽 눈썹을 치켜세웠다.

"알고 있어. 나도 공짜로 요구하는 건 아니야. 입막음료 정도는 제대로 지불할 테니까. 응?"

베로니카가 입가를 비틀어 미소 지었다.

조금 전까지의 화난 표정과는 달랐다. 조금 닳고 찌든 듯한 웃음이었다.

그러면서 베로니카는 내 팔에 가슴을 눌렀다.

곤란하다고 생각하며 부드럽게 거리를 뒀다. 베로니카는 의외라는 얼굴로 나를 올려다보았다.

"내 가슴에 동요하지 않는 남자는 처음 봤어."

정말로 곤란한 소녀였다. 나는 가벼운 두통을 느끼며 한숨을 쉬었다.

"설교할 생각은 없지만 미인계는 어린애가 쓸 게 못 돼."

"뭐?! 무슨 소릴 하는 거야?! 내가 어딜 봐서 어린애야! 이렇게 잘 자랐는데!! 눈이 썩은 거 아니야?"

그렇게 말하며 자신의 가슴을 양손으로 주물렀다.

"야, 야, 야!"

나는 허둥지둥 라비의 두 눈을 가렸다.

그런 우리를 멀찍이서 보던 창관 손님들이 「오오오……」 하는 소리를 냈다.

베로니카가 찌릿 노려보자 남자들은 움찔하고서 얼굴을 돌렸다.

남자란 슬픈 생물이다. 나는 복잡한 기분으로 관자놀이를 꾹 눌렀다.

"이야기를 되돌리겠는데, 마차에서 있었던 일은 말 안 할게. 하지만 돈은 필요 없어."

"뭐? 왜?"

"약속하는데 돈을 받을 순 없으니까."

어리둥절한 얼굴이 된 베로니카가 눈을 깜박였다.

그러다 청금석 빛깔의 눈동자가 짜증스럽게 흔들리기 시작했다.

"필요 없다고 하지 말고 받으란 말이야! 돈이 얽히지 않은 약속은 너무 가벼워. 그런 건 전혀 믿을 수 없어."

"그렇게 말해도 말이지."

"뭐야. 또 위선? 아저씨, 지금 날 바보 취급하는 거야?"

베로니카가 사납게 대들었다. 멱살이라도 잡을 것처럼 험악했다.

나는 황급히 양손을 들어 진정하라고 타일렀다.

"돈이 얽히면 약속이 아니라 계약이 되잖아. 어쨌든 안심해. 한 번 한 약속은 확실하게 지켜."

"그 말을 못 믿겠다는 거야. 좋잖아, 계약! 계약도 돈도 결코 배신하지 않으니까!"

베로니카는 자신만만하게 말했지만 과연 어떨까.

내가 이제껏 본 바에 의하면 돈으로 약속하는 자 중에는 그 이상의 돈을 받자마자 술술 이야기해 버리는 자도 많았다.

"안 받겠다고 한다면, 자, 여기."

베로니카가 품에서 천 주머니를 꺼냈다. 그리고 동전 몇 닢을 꺼내 쑥 내밀었다. 내가 손을 내밀지 않자 참다못했는지 혀를 찼다.

"고집쟁이 아저씨 같으니라고!"

그렇게 외치고서 동전을 바닥에 패대기쳐 버렸다.

"얘! 베로니카!! 무슨 짓이니!!"

이야기 내용은 들리지 않아도 행동은 보였을 것이다.

돈을 내던진 베로니카를 마담이 꾸짖었다.

베로니카는 짜증 난다는 얼굴로 주위를 둘러보았다.

마치 여기 있는 모두를 적이라고 생각하는 듯한 얼굴이었다.

"베로니카, 어린애 같은 짓을 하는구나."

상황을 바꾼 것은 장미 공주의 경쾌한 웃음소리였다.

맑게 웃으며 장미 공주가 한 발자국 앞으로 내디딘 순간, 베로니카의 얼굴이 확 빨개졌다.

"아…… 장미 공주님……."

부끄러운 짓을 저질러 버렸다. 그렇게 생각하고 있다는 것이 베로니카의 흔들리는 눈동자에서 전해졌다.

마담에게 혼났을 때와는 크게 다른 반응이었다.

아마 베로니카에게 장미 공주는 특별한 상대일 것이다.

나는 그런 생각을 하며 바닥에 흩어진 동전을 주워 모았다.

"넣어둬. 약속은 지킬 테니까."

베로니카는 나를 노려본 후, 콧방귀를 뀌고서 동전을 움켜잡았다.

그대로 만류하는 마담의 말도 듣지 않은 채 창을 껴안고 창관 뒤편으로 달려가 버렸다.

◇ ◇ ◇

베로니카가 떠난 후―.

창관 손님들을 보내고 창부들도 가게 뒤편 건물로 돌아갔다.

그녀들은 그 건물에서 집단생활을 하고 있다고 했다.

이제 쉬고 해가 기울 무렵에 일어난다고 마담이 가르쳐 줬다.

나와 라비는 숙소 1층에 있는 응접실로 안내받았다.

호위 역할에 관해 다시 이야기하기 위해서였다.

"근데 정말 부탁해도 돼? 폐를 끼치는 건 아닐지⋯⋯."

"아냐, 그런 생각이 들게 된 것도 내 탓이겠지. 미안해."

"당신이 고개 숙일 필요는 없어. 후후. 당신, 보기 드문 타입의 남자네."

마담은 입가에 손을 대고서 스스럼없이 웃었다.

굳어 있던 표정이 풀리며 안도의 색이 엿보였다.

마담이 얼마나 긴장하고 있었는지.

그것이 전해져서 뭐라 말할 수 없는 기분이 들었다.

역시 도와주러 오길 잘했다.

나는 마음속으로 라비에게 감사하며 다시 한번 마담에게 머리를 숙였다.

그리고 발을 다친 청년, 테드가 설명해 줄 사람으로 불려 나왔다.

우선 마담과 테드에게 지금까지의 상황을 들었다.

이야기는 단순했다. 어떤 부잣집의 망나니 아들이 넘버원 창부, 장미 공주에게 빠졌다.

장미 공주를 자신만의 것으로 삼고 싶었던 망나니 아들은 장미 공주를 연일 찾아왔다.

「돈을 원하지? 얼마든지 줄게. 그러니까 내 것이 돼.」

망나니 아들은 그렇게 말했지만, 장미 공주보다도 마담이 먼저 수긍하지 않았다.

망나니 아들은 그렇게 손에 넣은 창부에게 심한 행동을 하는 것으로 유명한 남자였기 때문이다.

병원에 보내진 자도 몇 명 있었다. 그런 곳에 보낼 수 있을 리가 없었다.

그렇게 말하며 퇴짜를 놓자마자 괴롭힘이 시작됐다고 한다.

망나니 아들은 다른 창부나 창관의 손님들을 괴롭혀 장미 공주와 마담의 마음을 꺾으려고 했다.

그녀들은 그런 괴롭힘에 굴복하지 않았으나 그 탓에 사태는 점점 악화된 모양이었다.

최근 며칠간은 거의 매일 괴롭힘당하고 있는 듯했다.

테드를 향한 폭행, 언어폭력, 쓰레기나 날달걀을 맞은 자도 있다고 했다.

최악의 행동에 화가 펄펄 끓었다. 하지만 냉정함을 잃어서는 안된다.

나는 후우, 숨을 내쉬어 자신을 진정시켰다.

"지금까지 어떤 때 그 녀석들이 습격해 왔는지. 그걸 알 수 있을까? 그에 따라 호위 방법을 생각하고 싶어."

"아, 알겠어. 어어, 으음……."

나는 테드에게 천천히 말해줘도 된다고 전하고서 마담이 끓인 차를 마셨다.

신기한 향기가 훅 끼쳤다. 홍차와는 전혀 달랐다. 이국의 정서가 물씬 풍기는 상쾌한 맛이 났다. 맛있었다. 라비도 두 손으로 잔을 들고 맛있게 꼴깍꼴깍 마셨다.

마담이 말하길, 아득히 먼 동쪽 대륙의 차인 듯했다. 그런 대화를 나누고 있으니—.

"머릿속, 정리됐어."

"그럼 이야기해 주겠어?"

테드가 고개를 끄덕였다.

"가장 위험한 건 일하기 전에 호객할 때야. 저녁 무렵인데. 여러 번 괴롭힘당했다고 다들 그랬어."

"그래, 맞아. 그래서 남자들에게 순찰을 시켰지만, 그 결과, 테드가 다쳐서 돌아온 거야."

마담이 테드의 이야기에 덧붙였다.

"그렇군. 호객하는 장소는 정해져 있나?"

"응, 정해져 있어. 하지만 같은 시간대에 여러 사람이 여러 장소에 나가."

뿔뿔이 흩어지면 나 혼자서는 호위하기 어렵다.

"호객을 그만둘 수는 없어?"

이번에는 마담에게 물었다. 마담은 눈썹을 내리며 고개를 가로저었다.

"유감스럽게도 그럴 순 없어. 호객하러 나가는 건 들어온 지 얼마 안 된 신입들인데. 그렇게 손님을 찾지 못하면 그날 수입이 제로가 되어 버리기도 해."

"그런가."

그렇다면 손님을 찾을 수 있지만 위험하지 않은 방법을 찾아야 했다.

애초에 내가 지킬 수 있는 것은 고작 나흘.

설령 양아치들을 쫓아내더라도 비슷한 족속이 또 나타날 가능성은 충분히 있다.

가능하다면 내가 없어진 후에도 창부들이 안전하게 지낼 수 있는 환경을 조성하고 싶었다.

"손님에게 어필할 수 있으면 되는 건가?"

"그렇지. 그리고 대화도 하고 싶어. 능수능란한 말로 끌어들이는 게 중요하니까."

나는 팔짱을 끼고 한동안 생각했다.

창부들이 안전하게 손님을 찾을 방법은 없을까.

그때. 문득 뇌리에 어떤 아이디어가 떠올랐다.

맞아. 그 방법을 흉내 내면 될지도 모른다.

"보루."

"어? 뭐야?"

"보루를 지키는 병사를 참고하면 어떨까."

"뭐?! 병사라니, 굉장히 엉뚱한 아이디어네."

마담이 믿을 수 없다는 듯 눈을 크게 떴다.

"그렇지. 하지만 잠깐 들어 줘."

나는 번뜩 떠오른 생각을 설명하기 시작했다.

"보루에 선 병사를 떠올려 봐. 높은 곳에 서면 주위를 구석구석 둘러볼 수 있어. 그렇게 이쪽에서 손님을 찾는 거야. 게다가 높은 곳에 있는 여성들은 손님의 눈길도 끌겠지."

"높은 곳이라니 어딜 말하는 거야?"

"창관의 창문으로 얼굴을 내미는 거야."

"호오, 확실히 재밌네! 정말 터무니없는 방법을 생각해 내는구나. 하지만 거리가 너무 멀면 유혹할 방법이 없지 않을까. 상대를 만질 수도 없어."

"꼭 만져야 유혹할 수 있는 건 아니잖아?"

마담은 퍼뜩 놀라 눈을 크게 떴다.

그 얼굴에서 불안이 사라졌다. 대신 뭔가를 재미있어하는 듯한 미소가 떠올랐다.

"절벽에 핀 꽃을 갖고 싶게 하는 거구나."

상당히 세련된 표현이 나와서 내가 당황하고 말았다.

뭐, 하지만 그런 거였다.

"좋은데! 생뚱맞은 소리를 한다 싶었지만 역시 재미있어!"

"잘 될지는 모르겠지만 시도해 봐도 될까?"

"물론이지. 그리고 안심해줘. 우리 아이들이라면 반드시 성공시킬 거야!"

마담과 테드는 얼굴을 마주하고 고개를 끄덕였다.

"그건 그렇고 당신 역시 굉장한 사람이네! 이런 생각을 떠올리다니 과연 대단해."

상체를 앞으로 내민 마담이 흥분한 목소리로 말했다.

이건 무슨 일이 있어도 성공시켜야만 한다.

나는 다시금 마음을 다잡았다.

그런고로 창문에서 호객하는 방법을 시도해 보게 되었다.

나와 라비와 마담과 테드는 응접실을 나가 창관 쪽으로 향했다.

"아래에서 봤을 때 어떤 느낌인지 우선 시험해 보자."

"어떤 창문으로 내보이는 게 좋을까?"

마담이 물었다.

"가게 앞에서 들어오길 망설이는 손님이 많아?"

"아니, 그런 손님은 입구까지 오지도 못해."

"그럼 가게 정면에 난 창문은 적합하지 않겠군. 발을 멈추고 올려다봐 줄 손님이 많을 듯한, 여러 사람이 돌아다니는 길을 고르는 편이 좋아."

"그렇다면 바커스 골목과 붙어있는 동쪽 창문이 안성맞춤이야! 건너편에 술집도 있어서 모여 있는 남자들도 많거든."

"응. 다들 항상 호객하러 나가."

테드가 말했다. 그 후 즉시 넷이서 바커스 골목에 서 보았다.

거기서 창관을 올려다보니 쭉 늘어선 창문이 보였다.

"저 창문으로 얼굴을 내밀고 손을 흔들면 주목은 모을 수 있을 것 같네!"

"목소리가 들릴지도 확인해 보자."

라비와 테드가 위로 가서 목소리를 내게 되었다. 나와 마담이 기다리고 있으니 잠시 후 두 사람이 얼굴을 쏙 내밀었다. 역시 건물 2층이라 거리가 느껴지긴 했다.

"자, 둘 다 가장 좋아하는 말 있지?! 그걸 외쳐 봐!"

마담이 두 사람을 향해 손을 흔들었다.

라비와 테드는 얼굴을 마주 보며 우물쭈물했다.

"이런. 저 두 사람을 보낸 건 잘못된 인선이었네. —아, 이쪽을 골랐어도 그렇게 다르지 않았겠지만."

나를 힐끔 쳐다본 후, 마담이 그렇게 말했다.

솔직히 동감했다. 하지만 언제까지고 이러고 있을 수는 없었다.

나도 힘을 내서 라비의 본보기가 되어야 해.

"라, 라비! 이런 느낌으로 외치는 거야!"

목소리가 뒤집혀 버려서 창피했다. 하지만 라비에게 내 마음은 전해진 듯했다.

숨을 들이마신 라비가 큰 목소리로 외친 말은—.

"아~빠……!"

왼손으로 창틀을 잡고서 나를 향해 오른손을 열심히 흔들었다.

그 모습은 확실히 귀엽지만—.

"……아, 안 돼. 보고 있을 수가 없어! 라비! 그렇게 몸을 내밀지 마! 조심해!"

테드가 뒤에서 라비를 받쳐주었다. 하지만 아직 위태로웠다.

"마담, 라비를 회수해 올게!"

"하하! 과보호 아빠네."

유쾌하게 웃는 마담의 목소리를 뒤로하고서 나는 달려 나갔다.

◇◇◇

라비를 회수한 후에도 이것저것 시험해 본 결과.

"꽤 기합을 넣어 큰 목소리를 내지 않는 한, 주목을 모으긴 어렵 겠어."

"곤란하게 됐네. 왁왁 아우성치면 관능미가 없어져 버려."

장시간 소리 지르면 목소리도 갈라질 것이다.

"게다가 밤에는 지금보다 훨씬 떠들썩해."

"응. 술 취한 사람들이 다들 큰 목소리로 웃고 떠드니까."

마담과 테드의 말대로였다. 그저 소리 지르는 것만으로는 부족하다.

뭔가 다른 방법으로 주목을 모을 수 없을까.

"예를 들어 손수건을 흔드는 건 어때? 이렇게."

마담이 품에서 레이스 손수건을 꺼내 살랑살랑 흔들었다.

그것 자체는 우아하고 아름다웠다.

"하지만 우연히 손님이 위를 쳐다보지 않으면 의미가 없어."

"확실히 그러네."

애초에 2층까지 시선을 들도록 하기가 어려웠다.

으음~ 인상을 쓰고서 끙 소리를 냈을 때, 바람이 불었다.

"아!"

봄바람이 마담의 손끝에서 손수건을 뺏어 갔다. 공기 중을 둥실 둥실 날아간 손수건은 이윽고 지면에 떨어졌다. 허리를 숙여 손수 건을 주워서 마담에게 주려고 한 그 순간—

"……창문에서 아래로 떨어뜨리는 건 어떨까?"

번뜩 떠오른 생각을 나직이 말했다.

"위에서 뭔가가 떨어지면 사람은 자연스럽게 얼굴을 들어."

소리 내어 말함으로써 발상이 아이디어로 바뀌는 것을 느꼈다.

"좋은 생각이야!!"

마담이 내 어깨를 툭 두드렸다.

"떨어뜨리는 물건은 손수건—은 너무 가벼워서 안 되겠고. 뭔가 좀 더 무게가 있는 물건. 떨어진 걸 맞더라도 다치지 않는 물건이 좋아. 욕심부리자면 쓰레기를 뿌리고 있다고 여겨지고 싶지 않아."

"그렇다면 조건에 딱 맞는 게 있어! 꽃! 천으로 만든 조화로 꽃비를 내리는 거야!"

"꽃비, 내리게 할 수 있어?"

라비가 기뻐하며 눈을 반짝였다.

조화라면 뿌리고 나서 아침에 회수할 수도 있다.

"안 쓰는 천 있어?"

"그래, 물론이지. 헌 옷이 산더미처럼 쌓여 있어."

"그럼 당장 조화 만들기에 착수하자."

"잠깐만, 설마 조화까지 만들어 주려고? 남자인 당신이 바느질을?"

나는 어깨를 으쓱이고서 마담에게 고개를 끄덕였다. 독신 남자는 터진 옷 정도는 직접 수선한다.

다음 작업은 조화 만들기로 정해졌기에 나와 라비는 마담과 함께 다시 응접실로 돌아왔다.

지금부터 청소 일이 있다는 테드와는 창관 앞에서 헤어졌다.

지팡이를 짚고 문제없이 걸을 수 있는 듯해서 한시름 놓았다.

"자, 마음껏 써줘!"

낮은 테이블 위에 헌옷 더미가 풀썩 놓였다.

우선은 그중에서 꽃으로 보이는 색깔의 천을 선별해 나갔다.

"아빠, 이거 쓸 수 있어……?"

새빨간 천을 든 라비가 물었다.

"그건 장미꽃을 만들기 좋을 것 같네."

"장미 공주가 기뻐하겠어."

"그럼 나, 장미꽃 만들래……."

라비가 빨간 천을 껴안고 웃었다. 나도 미소 지으며 고개를 끄덕여 대답했다.

천 선별이 끝났으면 다음은 재단이다.

"둥글게 잘라서 잘 겹치면 꽃으로 보이려나."

중얼중얼 혼잣말하며 시도해 보았다.

"미안. 난 여자면서 재봉은 젬병이거든."

마담이 겸연쩍은 얼굴로 그렇게 말했다.

"「여자면서」라고 생각하지 않아도 돼. 잘하는 사람이 하면 되는 거지."

"당신이란 사람은. 정말 한없이 좋은 사람이구나."

살짝 뺨을 붉힌 마담이 고개를 돌렸다.

창부들의 엄마뻘 나이인 그녀도 그런 행동을 하자 소녀처럼 보였다.

"아! 그래. 뜰에서 꽃을 하나 따올게. 잠깐만 기다려."

쑥스러움을 감추듯 말하고서 마담은 빠르게 방을 나갔다.

몇 분 후 돌아온 그녀의 손에 있던 것은…….

"자. 이게 참고가 되면 좋겠는데."

내밀어진 것은 모란꽃이었다.

"오오, 훌륭한 꽃이야."

"예뻐……!"

라비가 기뻐하며 코를 대고 킁킁 냄새를 맡았다.

나는 마담에게 부탁해 꽃이 시들지 않도록 꽃병에 꽂아 달라고 했다.

"자, 그럼."

모란을 관찰하며 조화 만들기를 재개했다.

"그렇군. 자를 때는 크기를 미세하게 조정해서 위로 갈수록 작아지도록 하는 게 좋은가……."

아까보다 입체적인 모양이 되어서 훨씬 꽃다워졌다.

"그리고 주름을 늘리는 편이 좋겠어. 라비, 천을 구겨 줄래?"

"응······!"

라비는 눈을 빛내고서 천을 쥐어 나갔다. 마음껏 천을 구길 수 있어서 즐거운 듯했다.

라비가 주름을 만들어 준 천을 겹친 다음에는 같은 색깔의 실을 사용해 간단히 꿰맸다.

"좋아, 이 정도면 될까?"

시험 삼아 만들어 본 조화를 마담에게 보여 줬다.

"꽃으로 보여!"

"귀여워······!"

두 사람에게서 허락이 떨어졌다.

나도 만족스러운 완성도였기에 이대로 계속 만들어 나가기로 했다.

그로부터 몇 시간. 마담은 우리에게 작업을 맡기고서 나갔고 나와 라비는 묵묵히 작업을 계속했다.

라비에게는 힘들면 언제든 쉬어도 좋다고 했지만 끝까지 힘내 주었다.

그리고 마침내 마지막 하나가 완성됐다.

"다 됐다~!"

라비가 기뻐하며 만세를 했다. 색색의 꽃들을 보니 나도 성취감이 들었다.

"꽃, 잔뜩 만들었어······!"

"그러게."

"그리고 되게 예뻐……."

"맞아."

빨간색, 분홍색, 노란색, 하얀색, 하늘색, 주황색. 다양한 색이 섞여 있어서 무척 화사했다. 이거라면 하늘에서 내려와도 쓰레기라고 여기지 않을 것이다.

"있지, 아빠……."

"응?"

"하늘에서 꽃이 내린다면 발견한 사람은 행복한 기분이 들겠지……?"

마지막으로 만든 꽃을 소중하게 어루만지며 라비가 중얼거렸다.

"그렇겠지."

라비가 바라는 대로 됐으면 좋겠다. 그렇게 바라며 나는 꽃 더미를 보았다.

26화 아저씨, 유명인이 되어 있었다?

저녁 무렵. 여자들이 깨어나자 저택이 떠들썩해졌다.

"와~ 이거 뭐야. 귀여워!"

"조화야?! 진짜 같아~!"

낮은 테이블 위에 쌓인 꽃을 에워싸고 왁자지껄했다.

압도된 라비가 슬금슬금 뒷걸음질 쳤다.

하지만 살갑게 밝은 웃음을 지은 여자에게 「이리 온!」 하고 안기고 말았다.

"앗……."

굳은 채 넋이 나간 모습이었지만 싫지는 않은 듯했다.

흐뭇한 기분으로 지켜보다가 라비와 눈이 마주쳤다. 라비의 얼굴이 와락 일그러졌다.

"어라?! 미안, 미안. 아빠가 더 좋지?!"

당황한 여자에게서 라비를 받아 안았다.

라비는 내 목에 양손을 두르고 꼭 달라붙었다. 마치 겁먹은 새끼 고양이 같은 태도였다.

웃어버려서 미안하다고 생각하며 라비를 안았던 여자에게도 사과했다.

"낯가림이 심한 아이라서. 미안."

"괜찮아. 나야말로 깜짝 놀라게 한 것 같네. 미안해."

여자는 다정하게 웃고 라비에게 미소 지었다. 라비도 고개를 끄덕여 대답했다.

마침 그때, 장미 공주와 베로니카가 응접실에 들어왔다.

"좋아, 다 모였구나. 자, 애들아! 그만 떠들고. 그 꽃의 사용법을 설명할 테니까 조용히 하자!"

짝짝 손뼉을 친 마담이 소란을 잠재웠다.

그렇게 마담의 입으로 꽃을 뿌려 호객하는 아이디어가 전해졌다.

"와! 이 꽃을 창밖으로 던지는 거야?! 재밌겠다!"

"길가에 서서 말 거는 것보다 훨씬 로맨틱한데?"

아까보다 실내가 더 시끄러워졌다.

아무래도 다들 호의적으로 받아들여 준 것 같았다.

그녀들이 싫어하는 일은 시키고 싶지 않았다.

그렇게 생각했기에 반응을 보고 일단 안도했다.

"흐응~ 이건 당신 아이디어야?"

장미 공주가 입을 열자 순식간에 공간이 조용해졌다. 내 대답에 이목이 모였다.

"그래. 맞아."

어색하게 고개를 끄덕여 대답하자 장미 공주가 「후후」 하고 웃었다.

"무엇보다 안전한 게 좋네. 이 방법이라면 우리 아이들이 양아치에게 트집 잡힐 걱정도 없겠어."

"그럼 시도해 주겠어? 성공한다고 단언할 순 없지만."

"무슨 소릴 하는 거야. 우리가 확실하게 성공시켜 줄게."

마담과 마찬가지로 장미 공주도 자신만만한 얼굴로 그렇게 말해 주었다.

그리고 그날 밤. 창관 창문에서 다채로운 꽃이 날렸다.

따뜻한 봄의 밤바람을 받아 자유롭게 유영하는 꽃.

취객들은 돌연 날아온 꽃에 놀라 입을 쩍 벌렸다.

"이건 뭐야?! 대체 어디서?!"

"어이, 저길 봐!"

"창부들이 꽃을 뿌리고 있는 건가?!"

신기한 마음에 술집 안에서도 사람들이 모여들었다.

다들 일제히 상공을 올려다보았다. 그때, 머리 위에서 경쾌한 목소리가 울렸다.

"밑에서 꽃을 그저 바라보는 걸로 만족해?"

한마디도 놓치지 않겠다는 것처럼 취객들은 숨을 삼켰다. 주변이 쥐 죽은 듯 고요해졌다.

"여기까지 올라와. 그러면 마음에 든 꽃을 마음껏 예뻐할 수 있어."

그렇게 말하고 장미 공주가 미소 지었다. 창틀에 기대 우아하게 하계를 내려다보며.

"……!"

남자들이 마른침을 꼴깍 삼켰다.

장미 공주뿐만 아니라 아름다운 여자들이 창문으로 얼굴을 내밀고서 손을 흔들고 있었다.

아름다운 꽃이 흐드러지게 핀 듯한 광경은 남자들의 마음을 순식간에 사로잡은 듯했다.

"꽃을 든 손님에게는 극상의 서비스를 해줄게."

장미 공주의 말을 듣고 남자들의 표정이 바뀌었다.

"꽃! 꽃!!"

"좋아, 주웠다! 나, 난 잠깐 갔다 올게!"

"나도!"

남자들은 경쟁하듯 꽃을 주웠다.

그리고 그대로 허겁지겁 창관 입구로 달려갔다.

◇ ◇ ◇

그날, 나는 불침번을 서고 아침을 맞이했다.

라비는 응접실에 마련된 침상에서 지금도 자고 있었다.

"하아~! 설마 이렇게 손님이 쇄도할 줄은 몰랐어!"

"진짜! 이렇게 장사가 잘된 건 처음이야!"

마지막 손님을 보내고 창부들이 말했다.

"장미 공주님과 베로니카를 여기저기서 찾는 거야 늘 있던 일이지만, 우리 신입들까지 엄청 바빴잖아!"

"아저씨 덕분이야. 고마워! —아, 은인을 아저씨라고 부르면 안 되지. 이름이 뭐야?"

"아아. 그러고 보니 이름을 말 안 했군. 난 더글러스 포드다."

"뭐어어어어어?!"

돌연 창부들이 크게 외쳤다.

뭐, 뭐지? 대체 어떻게 된 거야?

영문을 알 수 없어서 고개를 갸우뚱한 나를 에워싼 여자들이 법석을 피웠다.

"당신이 바로 그 더글러스 포드?!"

"『애 딸린 최강 모험가』!!"

그 말을 듣고 정신이 번쩍 들었다.

비슷한 말을 애딩턴에서 들은 것 같은데…….

"근데 왜 그 말을 알고 있는 거야?"

"왜냐니, 아저씨가 유명인이니까 그렇지!"

"유, 유명인."

"마을 사람들이 누구 한 명 눈치채지 못했던 악인을 찾아내 고아원 아이들을 구했다며?!"

"그리고 마흑룡을 쓰러뜨렸다는 얘기도 들었어!"

흥분한 여자들이 내 양팔을 잡고 붕붕 흔들었다.

하지만 전혀 이해가 되지 않았다. 어째서 그런 이야기가 퍼졌지? 믿을 수 없는 말에 아연해졌다.

내 반응을 보고 창부들도 의아한 표정을 지었다.

"설마 아저씨, 아니, 더글러스 씨. 자기가 유명하다는 사실을 전혀 몰랐던 거야?!"

"그래."

"우와~ 여러 마을에 이름이 알려진 모험가면서 본인에게 자각이 없다니……."

"맞아! 좋은 거 갖다줄게."

그렇게 말하고 달려간 여자가 전단 몇 장을 들고 돌아왔다.

『밀턴 서민지구 호외』라고 적힌 종이에는 며칠 전 날짜가 적혀 있었다.

당당히 헤드라인에 실린 문자는—.

『애 딸린 최강 모험가!! 애딩턴에서 대활약!!』

『애 딸린 최강 모험가!! 이번에는 전설의 마흑룡을 퇴치!!』

발행처는 북새통 마법 인쇄 상회.

대도시에 여러 지부를 둔 인쇄 조직으로, 마법을 사용해 호외를 복사하는 기술이 뛰어나다고 들은 적이 있다.

발자크에도 지사가 있었지만 아무래도 밀턴에도 존재하는 모양이었다. 하지만 지금은 그보다도.

"이 내용……."

칼칼한 목으로 억지로 소리를 냈다.

믿을 수가 없었다. 하지만 아무래도 나에 관해 적혀 있는 듯했다.

"왜 이렇게 주목을 모으게 된 거야……."

내가 중얼거리자 호외를 가져온 창부가 쓰게 웃으며 고개를 기울였다.

"그야 그렇겠지. 도시의 명사 체포에 한몫 거들었을 뿐만 아니라 전설의 용을 퇴치해 버렸으니까. 일약 화제의 인물이야!"

"그리고 최강이면서 애가 딸려 있다는 게 또 좋단 말이지~!"

"그리고 또 길드에 속해 있지 않은 게 미스터리어스해!"

"하아……."

어깨를 떨구고 한숨을 쉬었다.

정말이지 터무니없는 일이 되어 버렸다.

창부들이 말한 대로 소문이 마구 퍼지고 있다면 성가신 일이다.

관심이 좀 사그라들 때까지 이름은 신중히 밝히는 게 좋을지도 모르겠다.

나는 진심으로 난감해져서 이마를 짚었다.

"굉장한 사람이라고 생각은 했었지만 매트록 고아원 문제를 해결한 사람이었을 줄이야!"

"우리 가게에도 당신 덕분에 자유로워진 아이가 여럿 있었어."

"……!"

아무렇지도 않게 나온 말에 흠칫했다.

복잡한 감정이 샘솟았다. 그것은 그날 느꼈던 안타까움이었다.

피해를 당하기 전에 모든 아이를 구하고 싶었다고 생각했던 것.

하지만 아무리 원해도 시간을 되돌릴 순 없어서 갑갑하게 느꼈던 것.

그때의 마음이 완전히 되살아나서 주먹을 움켜쥐었을 때—.

"남을 도왔다는 생각에 아주 흡족하고 기분 좋았지?"

밝고 떠들썩한 분위기를 일변시키는 싸늘한 목소리가 울렸다.

입을 다문 여자들이 목소리가 들린 곳을 돌아보았다.

그곳에는 우뚝 선 베로니카가 있었다.

베로니카는 사나운 눈초리로 나를 노려보고 있었다. 다른 곳에는 눈길도 주지 않았다. 오로지 나에게만 강렬한 시선이 쏟아졌다.

원래부터 성깔이 있는 소녀였다. 하지만 지금까지와는 전혀 달랐다.

그녀의 눈에 깃들어 있는 것은 증오였다.

"……."

그 눈을 보니 알 수 있었다. 베로니카는 매트록 고아원의 관계자다.

아니, 단순한 관계자가 아니라 아마도―.

"흥! 생색내는 선행으로 유명인 행세야? 진짜 최악의 위선자구나!"

"베로니카, 너 무슨 말을 하는 거야!"

"아무리 사정이 있어도 그건 말이 너무 심했어!! 이 사람 덕분에 넌 빚에서 해방됐잖아!!"

창부들이 응수했으나 아마도 베로니카에게는 전해지지 않았다.

그 눈길은 나에게만 향하고 있었다.

"난 당신한테 죽어도 고맙다고 안 해. 구해줬다고 생각하는 게 싫으니까!"

고맙다는 말을 듣고 싶은 것은 아니다.

구해줬다고는 추호도 생각하지 않았다.

그러나 베로니카가 바라는 것은 그런 부정의 말이 아닐 것이다.

하지만 그렇다면 대체 그녀에게 뭐라고 말해 주면 좋을까?

무엇 때문에 베로니카는 이토록 짜증을 내는 걸까?

그녀의 마음을 알 수 없기에 해야 할 말도 떠오르지 않았다.

나는 그저 멍하니 서서 떠나가는 베로니카의 뒷모습을 바라볼 수밖에 없었다.

◇◇◇

이튿날은 저녁부터 호위를 부탁받았다.

라비를 데리고 창관에 가자 테드가 말을 걸어왔다.

놀랍게도 장미 공주가 나를 기다리고 있다고 했다.

알려 준 장소에 가니 장미 공주는 안뜰에서 꽃을 바라보고 있었다. 화단에는 봄꽃이 흐드러지게 피어 있었다.

어젯밤 하늘하늘 날렸던 다채로운 꽃이 떠올랐다.

하지만 내 기분은 밝아지지 않았다. 베로니카가 계속 마음에 걸렸다.

내가 뭔가 해줄 수 있으리라고 자만하고 있지는 않지만 신경이 쓰였다.

"어제 있었던 일, 얘기 들었어. 그 아이에게 콱 물렸다며?"

장미 공주는 튤립을 손끝으로 어루만지며 쿡 웃었다.

"아빠, 물렸어……?"

라비가 걱정스러운 얼굴로 나를 올려다보았다.

"정말로 물린 건 아니야. 걱정하지 마."

나는 웃으며 고개를 젓고 장미 공주에게 몸을 돌렸다.

"미안해. 그건 어린아이의 화풀이 같은 거야. 그 아이는 내 친동생 같은 존재니까 잘 말해서 타일러 둘게."

"아니, 그건 괜찮지만……."

나는 장미 공주에게 묻지 않을 수 없었다.

309

"베로니카는 매트록 고아원에서 팔린 아이인가?"

"그걸 물어서 어쩌려고?"

"오만하게 들렸다면 미안해. 하지만 난 그걸 알아둬야 한다고 생각했어."

"당신이 거기까지 감당할 필요는 없잖아? 가는 곳마다 남의 인생에 참견하고, 알게 된 인간을 전부 구해 주려고? 그건 당신 말대로 오만한 생각이야. 사람은 신이 될 수 없어. 당신이 아무리 대단한 사람이어도 구할 수 있는 인간은 한정되어 있어."

장미 공주의 말이 맞았다. 나는 쓰게 웃으며 고개를 끄덕였다.

"그렇지. 평범한 아저씨가 뭐 얼마나 대단한 일을 할 수 있겠어. 하지만 나는 괴로워하고 있는 인간을 도저히 내버려둘 수가 없어."

아무것도 못 할지도 모른다. 아니, 아무것도 할 수 없을 때가 대부분이리라.

그래도 백 번에 한 번, 천 번에 한 번이라도 구할 가능성이 있다면 손을 내밀고 싶다.

쓸데없는 참견이다, 네가 무슨 신이라도 되는 줄 아느냐고 여겨지더라도 상관없다. 평판 따위 어찌 되든 좋다.

다른 사람을 위해 살고 싶어서 모험가가 되었다.

나는 그 신념을 굽히지 않고 관철하고 싶었다.

"베로니카가 괴로워하고 있다면 힘이 되고 싶다는 뜻만이라도 전하고 싶어."

"이렇게까지 말했는데 물러나지 않는다니, 당신 어지간히 착해 빠졌구나."

"그냥 고집스러운 거야."

내가 눈썹을 내리자 장미 공주도 표정을 풀었다.

"당신이 눈치챈 대로. 베로니카는 매트록 고아원에서 팔린 고아야."

역시 그랬나.

내가 말없이 고개를 끄덕이니 장미 공주가 이야기를 계속했다.

"지금으로부터 6년 전. 베로니카가 아홉 살이었을 때 이야기지."

"뭐……? 아홉 살이면 아직 정말 어린애잖아?!"

아마 라비와 비슷한 나이다.

믿을 수가 없어서, 아니, 믿고 싶지 않아서 무심코 큰 목소리를 내고 말았다.

그런 나를 보고서도 장미 공주는 동요하지 않았다.

"지금 마담은 제대로 된 사람이지만. 그 무렵 창관을 관리하던 여자는 어린아이도 태연하게 사들이는 쓰레기였어."

나는 곤혹스러워하며 라비를 보았다.

이 이상 라비에게 이야기를 들려줘도 괜찮은 걸까?

"라비. 저쪽에 가 있을래?"

라비에게 묻자 커다란 눈이 당황스레 나를 올려다보았다.

"나, 없는 편이 좋아……?"

내가 말문이 막혀 입을 다무니…….

"아이가 싫어하지 않는다면 있으라고 해. 그렇게 몸 사리지 않아도 돼. 아이는 세계를 알며 어른이 되어 가는 거니까. 부모는 아이가 도움을 청할 때 지켜 줄 수 있는 곳에서 지켜보고 있으면 돼."

"장미 공주, 너……."

"맞아, 나도 아이가 있어. 열다섯 때 낳아서 지금은 네 살이야. 이 시간에는 식당에서 다른 아이들과 저녁을 먹고 있겠지."

"그랬구나."

열다섯에 아이를 낳았다면 장미 공주도 아직 열아홉이라는 뜻이다.

베로니카의 보호자처럼 행동하고 있지만 그녀도 충분히 어렸다.

하지만 그런 느낌이 들지 않을 만큼 똑 부러졌다.

그리고 아이가 있는 엄마의 말이기 때문일까. 장미 공주의 조언은 내 마음에 스르르 스며들었다.

괜찮다고 단언해 주는 누군가의 말을 나는 줄곧 바라고 있었던 걸지도 모른다.

애초에 나는 새내기 아빠다.

혼자 끙끙대며 고민하기보다는 주위에 좀 더 의견을 물어봐야한다. 그런 당연한 것을 겨우 깨달았다.

이럼 안 되지. 신참이라면 더 유연한 생각을 가져야 한다.

"라비, 같이 얘기 들을래?"

"응……."

다시 확인하자 그런 대답이 돌아왔기에 나도 라비의 의견을 받아들이기로 했다.

"얘기를 도중에 끊어서 미안해. 계속 들려줄 수 있을까? 아홉 살에 팔린 베로니카는—"

"그날부터 일해야 했어. 다른 창부들처럼 말이야. 처음에는 몇 번이나 도망쳤고 그때마다 징계를 받았지. 그 아이의 지도 담당으로 뽑힌 게 나야. 얻어맞아서 파랗게 멍이 든 베로니카에게 말하곤 했어. 도망칠 곳은 없어. 여기서 살아가는 걸 받아들여."

장미 공주가 일단 말을 끊고 일어났다.

"—머지않아 베로니카의 표정이 바뀌었어. 베로니카는 자기 자신을 다시 사기 위해 작정하고 일하며 돈을 모으기 시작했어. 그 목표가 마음의 버팀목인 것처럼. 너무 돈에 깐깐하게 굴어서 손님과 동료들에게 수전노라고 험담을 듣기도 했지."

그렇게 6년이 지났다고 한다.

"그러던 어느 날, 돌연 헌병대에서 통지가 왔어. 『네가 팔린 건 위법이었다. 오늘부터 자유다』 우리는 잘됐다고 어깨를 두드리며 베로니카를 배웅했어. 하지만 불과 며칠 만에 그 아이는 돌아왔어. 이제 갚을 빚도 없는데. 왜일 것 같아?"

입안에 쓸쓸함이 울컥 올라오는 것을 느끼며 고개를 흔들었다.

"베로니카는 울 것 같은 얼굴로 웃으며 이렇게 말했어. 『이미 발 끝까지 더러워. 이런 몸으로 어딜 가면 돼……?』"

지나간 과거에 간섭할 수는 없다. 그것이 속절없이 분해서 나는 입술을 악물었다.

6년. 6년이나 늦었나…….

말을 잃은 채 우두커니 선 나를 장미 공주가 빤히 바라보았다.

"미안해. 역시 얘기하지 말아야 했어. 그 아이가 품은 문제를 타인이 어떻게 할 수는 없어. 그런데 이런 얘기를 하고. 이래서는 그저 당신에게 무거운 짐을 지웠을 뿐이야."

장미 공주는 내게 사과하며 슬픈 미소를 지었다.

괴로워하는 베로니카를 구할 수 없어서 그녀 자신도 아파하고 있을 것이다.

나는 장미 공주를 향해 고개를 숙였다.

"얘기해줘서 고마워. —베로니카는 지금 어디에 있지?"

"소용없다고 하는데도 손을 내밀겠다는 거야?"

"아니, 손을 내밀다니, 그런 거창한 일을 할 수 있으리라고는 생각 안 해. 그저 베로니카와 이야기하고 싶다고 느꼈을 뿐이야."

"그래?"

장미 공주의 표정이 조금 부드러워졌다.

"일하기 전의 이 시간에 그 아이는 항상 혼자서 석양을 봐."

"알겠어. 가볼게."

장미 공주에게 감사 인사를 하고 나는 라비와 함께 창관 뒤편으로 향했다.

◇ ◇ ◇

장미 공주가 가르쳐준 대로 베로니카는 벽에 등을 기대고서 노을 진 하늘을 바라보고 있었다.

멍하니. 마치 길을 잃은 어린아이 같은 표정으로.

"베로니카."

이름을 부르자마자 얼굴이 바뀌었다. 경계심을 드러내는 눈으로 노려보았다.

"흥. 무슨 용건이야? 어제 했던 폭언을 사과할 생각은 없어."

"그래. 그런 건 바라지 않아."

"그럼 뭐 하러 왔어? 난 당신 얼굴만 봐도 짜증이 나. 얼른 어딘 가로 가버려."

그렇게 말해도 내가 움직이지 않자 베로니카는 눈썹을 확 치켜세 웠다.

"그렇게 내 입으로 고맙다는 말을 듣고 싶어?! 절대로 말 안 한 다고 했잖아! 당신은 우리 피해자를 결국 구하지 못했으니까! 당신 뿐만이 아니야. 아이들이 희생되고 있는데 어른들은 누구 한 명 도와주러 오지 않았어!"

외친 베로니카의 목소리가 애처롭게 떨렸다.

책망하는 말의 이면에서 「그때 도와주길 바랐다」라는 마음이 엿 보였다.

가슴이 괴로워졌지만 그것을 정면으로 받아들였다. 이 아이의 고통을 남의 일이라며 내버리고 싶지 않았다. 나는 조용히 머리를 숙였다.

"미안해."

베로니카에게서 돌아온 것은 당황한 듯한 침묵이었다.

"……하. 무, 무슨 생각이야?"

"네 말대로 6년 전, 우리 어른들은 너를 구하지 못했어. 너뿐만이 아니야. 희생된 많은 아이가 있었겠지. 그 아이들을 우리는 구해내지 못했어."

"왜 당신이 머리를 숙여. 당신이 사과할 필요 따위 어디에도 없잖아!"

억지로 쥐어짠 듯한 목소리로 베로니카가 물었다.

나는 주먹을 꽉 움켜쥐었다.

어린아이가 상처 입은 사건이 있었다. 그 자리에 있었다면 구할 수 있었을지도 모른다. 그런 생각이 들 만큼 한없이 후회스러웠다.

6년 전, 애딩턴에 있었다면. 아이들을 지켜 냈다면.

그러고 싶었다. 하지만 그러지 못했다. 그래서 참을 수 없이 괴로웠다.

도와주지 못해서 미안해. 구해주지 못해서 미안해. 그 기분에 거짓은 일절 없었다.

내가 사과할 필요는 없다고 했지만 그런 문제가 아니었다.

"뭐야. 그런 사과……. 애초에 전부 새삼스럽다고! 완전히 더러워진 창부가 된 다음에 당신 같은 사람이 어슬렁어슬렁 나타나 봤자 내 인생은 이미 엉망이야!"

감정이 폭발한 것처럼 베로니카의 두 눈에서 눈물이 흘러넘쳤다.

"그렇지 않아. 아저씨인 나도 지금 제2의 인생을 즐기고 있어. 젊은 너라면 더 자유롭겠지. 그리고 세상은 넓어. 원한다면 어디로든 갈 수 있어. 되고 싶은 것도 될 수 있어. 자신의 가능성을 버리지 마."

"이번에는 설교를 늘어놓으시려고? 가능성이라니……."

베로니카가 입술을 떨며 중얼거렸다.

그것이 분노 때문인지 다른 감정 때문인지 나는 알 수 없었다.

하지만 6년 전부터 어른의 욕망에 희생되어 온 이 소녀는 지금도 계속 괴로워하고 있었다.

나는 그 괴로움을 불식시키기 위해 뭔가 해 주고 싶었다. 6년 전에 구하지 못했기에.

"내가 할 수 있는 일은 없나?"

"……그런 게 있을 리 없잖아. 당신은 생판 남이야. 우연히 이 도시를 찾아온 모험가. 우연히 애딩턴에서 고아원을 구했을 뿐. 내가 트집을 잡았다고 해서 사과할 필요는 없다고! ―아아, 젠장. 짜증 나서 눈물이 안 멈춰!"

거칠게 눈가를 벅벅 닦았다. 예쁜 화장이 번지며 눈 주위가 새까매져 버렸다. 화장이 지워졌기 때문인지, 울고 있기 때문인지, 어른스러운 표정이 사라졌다.

아직 열다섯 살. 어른의 얼굴을 강요받고 있어도 내가 보기에는 그녀도 어린아이였다. 그렇게 생각하니 자연스럽게 몸이 움직였다. 라비에게 하듯 베로니카의 머리를 헝클어뜨렸다.

"잠깐?! 뭐, 뭐 하는 거야?!"

깜짝 놀란 베로니카가 눈물에 젖은 얼굴을 들었다.

"울고 있어서 달래는 거야."

"언니, 울지 마……."

베로니카의 험악함에 겁먹고 숨어 있던 라비가 내 뒤에서 말했다.

"잠깐만!! 어린애 취급하지 마!! 꼬맹이도 시끄러워!"

"넌 어린애잖아."

"난 어른이야!!"

"콧물 흘리며 우는 어른은 좀처럼 없어."

"시, 시끄러워! 잠깐 코트 내놔……. 뭐냐고, 아저씨…… 이상해, 당신……. 보통은 그런 분풀이를 당하면 화내는데…… 바보 아니야……?"

내 코트를 잡아당겨 얼굴을 묻었다.

"으…… 흑…….."

흐느끼던 목소리가 점차 커졌다.

내게 안긴 채 베로니카는 소리 높여 울기 시작했다.

오래되고 지저분한 코트인데 괜찮을까 생각하며 나는 베로니카가 울음을 그칠 때까지 계속 곁에 있었다.

28화 아저씨, 최강 그 너머로

호위가 되고 사흘째 오후.

나와 라비가 창관에 얼굴을 내미니 일찍 일어난 사람들이 뜰에서 고구마를 굽고 있었다.

"더글러스 씨, 라비! 군고구마 먹을래?"

테드와 창부들이 웃으며 손짓했다.

라비를 보자 침을 꼴깍 삼키고 있기에 귀여워서 웃었다.

바로 동참하기로 했다.

"여기, 뜨거우니까 조심해."

"그래, 고마워. 라비, 잠깐만 기다려."

"응……!"

장갑을 낀 채 군고구마를 받았다.

양쪽 끄트머리를 잡고 힘을 줘 둘로 나누자 하얀 김이 피어올랐다.

그렇게 드러난 고구마의 속살은 색이 진해서 매우 맛있어 보였다.

"와아아……!"

라비가 감탄하여 외쳤다.

뜨겁지 않게 수건으로 아래쪽을 감싸 건네줬다.

"하으하으…… 맛있어……!"

"그래? 다행이네."

나도 남은 반절을 들었다. 오오. 확실히 매우 맛있다.

마치 과자처럼 달콤하고 부드러웠다.

그런 우리의 모습을 베로니카가 멀리서 바라보고 있었다.

같이 먹으면 좋을 텐데.

하지만 그렇게 말을 걸면 화낸다는 것은 알고 있었다.

그녀가 엉엉 운 날부터 오늘로 이틀째.

정신 차리고 보면 기둥이나 건물 뒤에 베로니카가 있었다.

눈이 마주치면 확연하게 당황해서 쏙 숨어버렸다.

하지만 또 금방 감시가 재개됐다.

뭔가 용건이라도 있느냐고 물어봤지만 「자뻑하지 마!」라며 쫓겨났다. 이상한 아가씨다.

덧붙여 베로니카와는 그때 이후로 과거에 관해 이야기하지 않았다.

베로니카가 눈물을 닦으며 내게 약속시켰기 때문이다. 이제 과거 이야기는 하지 않겠다고.

울어서 퉁퉁 부은 눈으로 나를 노려보는 그녀의 얼굴은 십 년 묵은 체증이 내려간 것처럼 후련해 보였다.

그랬으면 좋겠다고 나는 바랐다.

내가 호위로 일하는 것도 오늘로 마지막이다.

테드는 지팡이가 없어도 넘어지지 않고 걸을 수 있게 되었다.

꽃을 뿌리는 선전 방법은 잘 되고 있다.

손님은 재미있어했고, 다른 가게의 창부와 지배인도 엿보러 나오고 있었다.

마담은 기뻐하며 「온 도시의 화젯거리가 됐어! 이제 길목에 애들을 세우지 않아도 돼」라며 웃었다.

창부들의 하루하루가 조금이라도 안전해졌다면 나도 기쁘다.

"그런데 마담. 맨 처음 호위 역할을 의뢰했을 때, 닷새가 지나면 그 녀석들도 나쁜 짓을 못 하게 된다고 했었는데 그건 무슨 뜻이야?"

"아아. 그날부터 닷새 뒤, 즉 내일, 양아치들의 리더인 카를로스의 부친이 여행에서 돌아오거든. 모리스 남작이라고."

"모리스 남작?"

"응? 아는 사이야?"

"아니, 직접 만난 적은 없어."

모리스 남작. 애딩턴에서 세오 영감님이 소개해 준 남작의 이름이었다.

주술과 관련된 물건을 모으는 수집가.

라비의 팬던트를 팔려고 한 상대가 설마 카를로스의 부친이었을 줄이야.

"주술 관련 물건을 넘기고 싶었는데, 아들과 실랑이가 있었으니 어렵겠군."

"아니, 그렇진 않을 거야. 모리스 남작은, 뭐, 괴짜이긴 하지만, 속 좁은 사람은 아니야."

"그래?"

"모리스 남작은 망나니 아들에게 꽤 엄격해서 남작이 집에 있는 동안에는 카를로스도 얌전해. 못된 짓을 하는 건 늘 부모가 없을 때야."

"곤란한 녀석이네."

"하지만 이번에는 남작의 저택에 가서 확실하게 보고할 거야. 남작은 나 같은 사람의 이야기도 제대로 들어줘. 남작이 딱 말해주면 장미 공주에게 더 치근대지도 않겠지."

"그렇군."

"그래서 남작이 돌아올 때까지 이겨 내면 되는 거야."

"으음~."

하지만 과연 어떨까. 반대로 말하자면 양아치들에게 기회는 오늘밤에 없다는 뜻이다. 그리고 예상했던 사태가 벌어졌다.

◇ ◇ ◇

해 질 녘.

양아치의 리더인 카를로스가 동료들을 이끌고 창관을 습격했다.

마침 나와 라비는 빨래 담당 창부들을 도와 뜰에서 시트를 걷고 있었다.

나무 그늘에는 변함없이 베로니카의 모습도 있었다.

멋대로 부지 내에 들어온 카를로스는 근처에 있던 빨래 바구니를 걷어차 새하얀 시트를 지면에 흩어 놓았다.

흙투성이가 되어 더러워진 시트를 바라보며 카를로스가 입가를 히죽 일그러뜨렸다.

"여, 며칠 만이네. 장미 공주를 불러와."

밝은 빛깔의 장발을 매만지며 카를로스는 불쾌한 웃음을 짓고서 우리를 둘러보았다.

오늘은 여유롭게 웃고 있었다.

뒤에 있는 자들 덕분이리라.

양아치들 뒤에는 처음 보는 근육질 남자들이 열 명쯤 대기하고 있었다.

손에 든 무기와 이런 상황에 익숙한 듯한 분위기를 보고 단박에 용병임을 알았다.

"미안하지만 거절하지."

"거절하겠다고?! 아주 저만 잘난 줄 알지? 괴력남!"

괴력남. 아무래도 나를 말하는 듯했다.

"네가 우쭐댈 수 있는 것도 여기까지야! 이 녀석들은 일부러 발자크에서 불러온 역전의 용병들이라고. 그저 악력이 셀 뿐인 아저씨와는 수준이 달라!"

그렇군. 발자크의 용병인가.

밀턴에서 발자크까지 말을 타고 달리면 약 사흘.

요 며칠 얌전했던 것은 용병이 도착하길 기다렸기 때문이리라.

"더글러스 씨……."

마담과 창부들이 불안한 목소리를 냈다.

"물러나 있어. 라비, 다른 사람들 옆에 있어."

"으, 응......."

겁먹은 라비의 등을 밀었다. 곧장 창부들 사이에서 베로니카가 나와 라비의 손을 잡았다.

"확실하게 보고 있을게."

그렇게 말해 준 베로니카에게 고개를 끄덕여 대답했다. 자, 그럼......

"아무리 장미 공주가 좋아서 그런 거라도 넌 너무 과했어. 장미 공주를 좋아한다면 더더욱 괴롭히는 짓만 해선 안 되지."

"뭐, 뭐라고?!"

"이런 일을 계속해서 사랑하는 사람의 마음을 손에 넣을 수 있을 것 같아? 나도 사랑을 잘 알진 못해. 하지만 그래도 너의 행동은 빗나간 것 같아."

"시끄러워어어어어!!"

카를로스가 절규했다. 이마에는 힘줄이 튀어나와 있었다.

화를 돋우려 한 것은 아니지만 아픈 부분을 찌른 모양이다.

"어이, 너희들!! 냉큼 해치워버려! 돈 받은 만큼 제대로 일해!!"

"뭘 그렇게 열을 내는 건지, 원. 평범한 아저씨의 헛소리잖아."

"잔말 말고 움직여!"

카를로스가 호통쳤다. 용병들은 관절을 뚜둑뚜둑 꺾으며 앞으로 나왔다.

"이런 시시한 일로 거금을 받을 수 있다니 재수도 좋지."

"그건 그렇고 창부인가. 흥분되네. 일이 끝나면 놀고 돌아갈까? 물론 공짜로 말이야!"

"우리 열 명분 늘어난다고 딱히 차이는 없잖아? 맨날 하는 일이 그거니까!"

용병들이 비열하게 웃었다.

그에 편승하여 카를로스와 동료 양아치들도 낄낄댔다.

"이봐."

양아치들이 어깨를 움찔했다.

"그녀들의 일을 모욕하지 마."

주변 분위기가 쥐 죽은 듯 고요해졌다.

"뭐, 뭐야, 아저씨, 멋있는 척 허세 부리기는! 야, 너희도 그렇게 생각하지?!"

카를로스가 뺨을 실룩이며 용병들을 돌아보았다.

"흐응, 위압해 올 줄이야. 평범한 잔챙이는 아닌가 보네. ―이봐, 카를로스 씨. 저 아저씨는 때려죽여도 되는 거지?"

용병들의 리더인 반삭발 남자가 카를로스에게 확인했다.

"다, 당연하지! 하지만 그 아저씨만 죽여. 뭐, 여자들도 다치는 것 정도라면 문제없지만."

"그럼 마음껏 날뛸 수 있겠어!!"

용병들이 고함을 지르며 달려들었다.

바람 마법으로 튕길까?

스킬을 쓰려고 자세를 잡은 그때.

"으악?!"

둔탁한 신음을 뱉으며 용병들이 지면에 쓰러졌다.

"······!"

용병뿐만이 아니었다. 카를로스를 비롯한 양아치들도 고통스러워하는 소리를 내며 차례차례 쓰러졌다. 아직 나는 스킬을 쓰지도 않았는데 말이다.

"······."

말없이 얼굴을 든 나는 대각선상의 맞은편 지붕 위에서 시선을 멈췄다.

달을 등진 자그마한 실루엣이 천천히 일어났다. 호리호리한 체구의 젊은 남자였다. 소년이라고 해도 될 정도였다.

나는 즉시 몸을 긴장시켰다. 남자에게서 이상한 분위기를 느꼈기 때문이다.

이 남자는 지금까지 싸웠던 적과 뭔가 다르다.

"어라. 혹시 내 공격이 보였어?"

남자가 독특한 쉰 목소리를 냈다. 나는 말없이 남자의 움직임을 눈으로 좇았다.

"이상하네. 보통은 너무 빨라서 안 보일 텐데."

고개를 갸웃하며 남자는 지면에 착 내려섰다.

"영차."

지붕 위에서 내려왔는데도 태연했다.

남자는 즐겁게 포즈를 취하고 씩 웃었다. 장난치는 것처럼 보이지만 빈틈이 전혀 없었다.

그리고 남자의 눈초리. 저건 수라장을 헤쳐 온 자의 눈이었다.

역시 양아치나 용병들과는 명백하게 달랐다. 상당한 실력자임을 바로 알았다.

나는 창부들을 뒤로 보호하며 남자와 거리를 뒀다.

이런 감각은 힘을 되찾은 이후로 오랜만이었다.

"잔챙이 상대로 싸우는 장면은 별로 신이 안 나잖아? 아저씨가 압승하는 건 뻔히 보였고. 그래서 내가 빨리 끝내 준 거야. 고마워해, 아저씨."

몸에 딱 맞는 검은 옷과 검은 복면. 허리에 빙 두른 무기집. 그곳에 달린 다양한 크기의 암살 도구들.

이 녀석, 암살자인가? 그런데 암살자가 왜 여기에……?

"자, 그럼 바로 본론으로 들어갈까."

"으으…… 윽……."

암살자의 말과 용병의 신음이 함께 들렸다.

용병과 양아치들은 몹시 고통스러워하며 흙 위에서 몸을 뒤틀기 시작했다.

"아, 아파……."

"뭐야, 이거?!"

"윽…… 몸 안쪽이…… 타는 것 같아……!"

암살자는 얇은 눈썹을 꿈틀거렸다.

"시끄럽네. 그냥 죽이는 건 재미없어서 천천히 고통스러운 독살 쪽으로 했는데. 판단을 잘못했나 봐. 역시 죽여버릴까?"

눈과 입을 초승달 형태로 휘고서 암살자가 눈앞에 있던 용병의 배를 짓밟았다.

"으악⋯⋯!!"

"이봐, 그만둬."

역시 보고 있을 수 없었다. 창부들은 겁을 먹었고 울기 시작한 자도 있었다. 내가 말리자 암살자는 이상하다는 얼굴로 이쪽을 돌아보았다.

"왜 말려? 당신의 적이잖아."

"그런 문제가 아니야."

확실히 양아치도 용병도 나와 방금 전까지 대치하고 있었다.

하지만 나는 목숨을 가지고 노는 듯한 암살자의 태도에 혐오감을 느꼈다.

"하하하! 완전 허술해! 뭐, 아저씨는 어딜 가도 그런 느낌이었지. 애딩턴에서도 매트록을 끝장내지 않았었고. 아니, 처음부터 죽일 작정으로 싸우지 않았었어."

"⋯⋯."

"애초에 적을 죽일 수 있는 사람이었으면 맨 처음 강변에서 만난 헌터를 봐주지 않았겠지."

내 모든 행동을 지켜본 듯한 말투였다.

아니, 아마 『보고 있었을』 것이다.

상급 암살자라면 완벽하게 기척을 차단할 수 있다.

하지만 왜 이 남자가 내 동향을 감시했던 걸까?

그렇게 생각한 순간, 퍼뜩 깨달았다.

틀렸다. 날 감시한 게 아니다.

지금 암살자는 「맨 처음 강변에서 만난 헌터」라고 말했다.

그곳이 내 행동을 알게 된 시초라면 이 녀석의 목적은―.

나는 시선만을 라비에게 보냈다.

라비는 베로니카 옆에서 얼굴이 새파랗게 질려 있었다.

몸을 덜덜 떨고 있음을 이 거리에서도 알 수 있었다.

두려워하는 방식이 심상치 않았다.

"뭔가 눈치챘어? 뭐, 숨기는 건 아니니까 가르쳐줘도 상관없지만. 어디 한번 물어봐 봐. 정답이면 딩동~ 하고 말해 줄게."

"……."

"침묵?! 뭐야, 놀 줄 모르는 아저씨네! 뭐, 좋아. 냉큼 토끼 데리고 사라지겠어."

암살자가 라비 곁으로 가려고 했다.

"라비는 못 넘겨."

나는 정면에 서서 암살자 앞을 가로막았다.

"흐응~ 그럼 우선은 아저씨를 죽여야겠네!"

후방으로 높이 뛴 암살자에게서 무수한 단검이 쏟아졌다.

그와 동시에 독 마법 영창이 울렸다.

둘 다 지금의 나라면 피할 수 있다. 하지만―.

"……웃."

공격 대상은 내가 아니었다.

내 뒤에 있는 창부들과 전방에 엎어져 있는 양아치들.

그 양쪽에 암살자가 던진 독 단검이 날아갔다.

바람 마법, 그리고 해독 마법. 나는 즉각 두 스킬을 영창했다.

"큭……!"

"오?"

간발의 차이. 바람 마법으로 단검을 튕겨 내고, 해독 스킬로 양 아치들의 독을 정화했다.

이 이상 독 마법을 맞으면 저 녀석들의 몸이 버티지 못할 것은 자명했다.

"과연. 역시 쉽게 스킬 이중 사용이 가능하구나. 하지만 이제 한 계지!"

암살자는 단검을 비처럼 뿌리며 내게 깊이 파고들었다.

어떻게든 모든 공격을 회피하면서 두 스킬로 주위를 지켰다.

"하하하! 아저씨, 의외로 제법이잖아. 하지만 피하기만 해선 끝이 안 나!"

이 남자, 빠르다……!

다른 사람들을 지키면서는 싸울 수 없다. 그렇게 느낀 직후, 배에 강렬한 발차기가 들어왔다.

"커헉……!"

날아간 나는 가게 옆에 있던 양동이와 화분을 넘어뜨리고 벽에 격돌했다.

"더글러스 씨!!"

창부들이 황급히 달려오려는 것을 손으로 제지했다.

눈앞이 번쩍거렸다. 머리를 흔들고 눈을 몇 번 꾹 감았다 떴다.

아직 쓰러질 수는 없었다. 두 다리에 힘을 줘 일어났다.

"어떡할래? 당신이 지금 쓰고 있는 두 가지 스킬. 바람 마법과 해독 마법 중 하나를 그만두지 않으면 공격할 수 없어. 하지만 그러면 창부나 양아치 중에서 사망자가 나오겠지."

암살자가 히죽히죽 웃었다.

"난 사람이 다른 사람을 버리는 순간을 보는 게 정말 좋아. ― 자, 래빗한테도 보여 줘. 당신, 저 꼬맹이의 보호자 행세를 하고 있잖아. 어른 세계의 상식을 가르쳐 주는 거야."

"웃기지 마. 내가 보여 주고 싶은 건 그런 게 아니야."

"흐응~ 이래도 미적지근한 소리를 계속 나불댈 수 있을까?"

단검을 든 암살자가 라비를 향해 달려갔다.

"……! 라비!!"

"꼬맹이냐 창부냐 양아치냐. 자, 아저씨! 누굴 버릴래?!"

생각할 것도 없이 몸이 움직였다.

그 직후. 살을 에는 통증이 복부에 일었다.

"으…… 윽……."

"이런~ 몸을 던져 감싸다니, 그런 대답은 재미없는데."

코앞에서 마주한 암살자가 진심으로 재미없다는 듯 중얼거렸다.

나는 거친 호흡을 되풀이하며 암살자를 노려보았다.

강렬한 복부 통증. 시선을 내리자 보라색 액체가 덕지덕지 묻은 단검이 복부에 꽂혀 있었다.

젠장⋯⋯. 독까지 발랐다니 용의주도하네⋯⋯.

"아⋯⋯ 아아⋯⋯ 싫어⋯⋯. 아, 아빠⋯⋯ 안 돼⋯⋯!!"

떨리는 목소리로 울부짖는 라비를 돌아보았다.

아아, 다행이다. 너는 무사한 거지⋯⋯?

"아빠⋯⋯! 아빠⋯⋯!!"

그렇게 울지 마⋯⋯ 라비⋯⋯.

나는 너의 웃음을 지키고 싶어.

얼굴을 붉히며 수줍게 웃는 라비.

처음으로 손에 넣은 무엇보다 소중한 이가 상처 입지 않았으면 좋겠다.

이 아이의 웃음을 지켜 주고 싶다.

울린 채로 둘 수는 없다.

그걸 위해서라면 나는— 나는, 뭐든 할 수 있어!

"우오오오오오오!!"

넘쳐 나는 힘을 느끼며 크게 외쳤다.

지금은 아픔도 현기증도 느껴지지 않았다. 회복과 해독은 나중 이다.

나는 한 걸음, 한 걸음, 발을 내디뎠다.

"이봐이봐, 거짓말이지⋯⋯? 배에 단검이 꽂혀 있다고. 독도 돌고 있을 텐데?! 왜 그렇게 기운이 넘치는 거야!"

"내게는 지키고 싶은 게 있어."

그렇기에.

"이 아이를 위해 최대한으로 힘을 발휘해 주마."

내가 한 발자국 내디딤과 동시에 암살자가 황급히 거리를 벌렸다.

곧장 단검과 독 공격이 재개되었다.

나는 그것을 아까처럼 두 스킬로 회피했다.

그 틈을 타 암살자가 즉각 단검을 들었다.

"아저씨, 이걸로 끝이다!!"

암살자가 단검을 들고 파고들었다.

지금까지보다 몇 배는 더 빨랐다. 나는 그 공격을 정면으로 요격하기 위해 영창했다.

동시에 발동할 수 있는 스킬은 둘.

그 한계를 넘어, 이 남자를 막기 위해!

"아저씨! 당신의 심장을 파내주지!!"

높이 들린 단검 끝에서 번개가 번쩍였다.

《번개를 다루는 분노의 신, 울려라, 노호의 뇌명—.》

"뭐야……!"

가슴 안쪽에 한 번도 느껴 본 적 없는 열기가 깃들었다.

그 열기를 더듬더듬 잡아채듯 나는 계속했다.

세 번째 스킬을 발동시키기 위한 영창을!

《천둥 마법, 썬더!!》

꽝음이 울려 퍼지고 아득한 상공에서 암살자의 몸으로 벼락이 떨어졌다.

"으아아아아……!!"

공격받기 직전에 암살자의 얼굴에 떠오른 것은 경악한 표정이었다.

충격을 버티지 못하고 암살자의 몸이 날아갔다.

암살자는 마비된 몸을 움찔거리며 지면에 쓰러졌다.

아무래도 신음하는 게 고작인 듯했다.

승패는 완전히 갈렸다.

나는 고등 빛 마법 중 하나인 빛의 사슬을 발동시켰다.

"큭……!"

암살자의 양손을 구속했다. 이 사슬은 스킬 사용자가 해제할 때까지 풀리지 않는다. 이거라면 도망치는 것은 불가능하다.

"입도 막을까. 아니. 그럴 필요는 없겠어."

어깨를 들썩이는 암살자는 의식도 겨우 유지하고 있는 상태였다.

시험 삼아 스테이터스를 확인하니 MP가 다 떨어져 있었다.

"날 붙잡아서 어쩌려고? 죽여볼래?"

"넌 헌병대에 넘길 거다."

암살자가 웃었다.

"이야~ 그건 좀 곤란한데. 내 고용주한테 혼날 거야."

"널 고용한 사람은 누구지?"

"그건 래빗한테 물어보면 되잖아. 저 꼬맹이, 위험한 얘기를 잔뜩 숨기고 있어."

이 대화도 라비가 듣고 있었다. 나는 일단 이야기를 마무리하기로 했다.

사슬로 암살자를 포박한 채 우선 양아치와 용병들의 해독을 끝내기로 했다.

암살자는 스킬을 쓸 힘도 남아 있지 않을 터다.

양아치들에게서 단검을 뽑으려다가 나는 손끝이 저리다는 것을 알아차렸다.

"큭……."

슬슬 독이 본격적으로 퍼지기 시작했구나.

전투 중에는 신경 쓰이지 않았지만 역시 배에서 피도 많이 나는 듯했다.

하지만 양아치들의 체력은 아마 한계에 가깝다.

아직 움직일 수 있는 나보다도 그들을 우선해야 했다.

내가 양아치들의 치료를 시작하려고 했을 때…….

"그럼 할까."

이제 아무것도 할 수 없을 터인 암살자가 작게 뇌까렸다.

"아아, 아까워. 뭐, 하지만 내 실수니까."

혼잣말하는 듯한 목소리로 중얼중얼.

몸을 웅크린 암살자가 사슬에 묶인 팔을 자신의 발뒤꿈치로 가져갔다.

"어이, 뭐 하려는……."

─서걱.

그것은 살을 절단하는 소리였다.

"……!"

파란 빛으로 만들어진 사슬이 내 곁으로 휙 돌아왔다.

끝에 달린 절단된 손목과 함께.

말문이 막힌 내 발치에 툭 소리를 내며 암살자의 양손이 떨어졌다.

"꺄…… 꺄아아아악……!!"

여자들이 찢어지는 비명을 질렀다.

내가 시선을 들자 암살자는 손목에서 피가 뿜어져 나오는데도 도주하려 하고 있었다.

발뒤꿈치에는 피 묻은 날카로운 칼날이 있었다.

숨겨 뒀던 단검인가……!

나와 암살자의 눈이 마주쳤다.

비지땀이 맺힌 얼굴에는 흉악한 웃음이 떠올라 있었다.

"또 봐, 아저씨……. 양손의 몫은 빚으로 달아 둘게."

"기다려!"

큰일이다. 저 녀석을 놓치면 앞으로도 라비가 위험하다.

하지만 달려가려던 나는 눈앞이 아찔해져서 그 자리에 쓰러지고 말았다.

시야가 와락 일그러졌다. 의식은 거기서 끊겼다.

29화 아저씨와 소녀, 밀턴에 작별을

"아빠……."

거의 들리지 않을 만큼 가냘픈 쉰 목소리가 들렸다.

라비의 목소리였다. 눈을 떠야 해.

무거운 눈꺼풀을 들어 올리자 녹초가 된 우는 얼굴이 눈앞에 있었다.

생소한 방이었다. 이곳은 대체 어디지.

"……읏…… 콜록……."

라비의 이름을 부르려고 했지만 목이 칼칼해서 기침하고 말았다.

"아빠……! 물……."

침대 옆 선반으로 달려간 라비가 물 주전자를 양손으로 들었다.

서둘러 물을 따라 내게 내밀었다.

고맙게 받아 목을 축였다. 바싹 말라 있던 몸에 물이 스며드는 감각이 들었다.

"하아……. 라비, 고마워."

겨우 멀쩡한 목소리가 나왔다.

라비는 양손으로 거칠게 눈물을 닦고서 나를 향해 웃어 주었다.

그 기특한 모습을 보니 가슴이 미어졌다.

안심시켜 주고 싶어서 몸을 일으키려고 했지만 그 순간 옆구리 부근이 쑤시며 아팠다.

"……윽."

"움직이면 안 돼……. 의사 선생님이 꿰맨 상처가 벌어져……."

새파란 얼굴로 라비가 내 어깨를 눌렀다.

"의사?"

내가 쓰러진 뒤 무슨 일이 있었는지 라비가 더듬더듬 설명해 주었다.

누군가가 신고를 했는지 소란을 들었는지.

내가 쓰러진 직후, 헌병대가 달려왔다고 한다.

나는 그 자리에서 응급 처치를 받고 창관 안쪽 건물로 옮겨졌다.

의사에게 치료받고 그대로 하루 반을 잠들어 있었다고 한다.

양아치와 용병들도 목숨에 지장은 없다는 모양이다.

해독은 어떻게든 완료되어 있었다고 듣고 안도했다.

헌병대에 의해 당연히 암살자 추적도 이루어졌다.

찾아내지는 못했다고 듣고, 「뭐, 그렇겠지」 하고 생각했다.

양손을 다쳤다고는 하지만 쉽사리 잡힐 만한 남자는 아니었다.

"아빠의 상처, 심각해서…… 그걸 고칠 수 있을 만한 힐러는 이 도시에 없다고……."

"음."

찰과상 수준의 치료라면 몰라도 봉합이 필요한 상처는 그린대로 높은 스킬 레벨이 필요하다.

그만큼 스킬 레벨이 높으면 도시에서 의사로 일하기보다 모험가 파티와 동행하는 편이 훨씬 많이 벌 수 있다.

"아무것도 못 해서 미안해……."

"라비가 사과할 일은 아니야. 괜찮아. 금방 원래대로 돌아와."

라비가 걱정하지 않도록 아까보다 신중하게 몸을 일으켰다.

라비가 숨을 삼키며 말리려고 했지만 다시 한번 괜찮다고 했다.

자, 그럼……. 셔츠 자락을 걷어 보았다.

몸을 틀어 라비에게 등을 보이고서 옆구리에 감긴 붕대를 풀었다.

아직 다 아물지 않은 상처가 나타났다.

자신의 피는 많이 봐서 익숙했다. 나는 봉합된 상처 위에 손을 펼치고 회복 주문을 외웠다.

《생명을 지키는 상냥한 여신, 치유의 빛을— 완전 회복.》

상처가 아물며 통증도 사라졌다.

원래대로 돌아온 살 위에 봉합에 쓰인 실만이 남았다.

다만 배 주위가 땅기는 듯한 위화감은 아직 남아 있었다. 테드 때와 같은 증상이었다.

다쳤다는 감각은 한동안 이렇게 계속 남아 있을 것이다. 하지만 어쨌든 상처는 사라졌다.

나는 라비를 돌아보았다.

"자, 봐. 이제 문제없어."

완전히 상처가 사라진 배를 보고 라비가 조심조심 손을 뻗었다.

"만져도 돼……?"

"그래."

작은 손이 내 배에 닿았다. 따뜻한 아이의 체온이 전해졌다.

"안 아파……?"

내가 고개를 끄덕이자 안도했는지 라비가 또 울음을 터뜨리고 말았다.

"……흑…… 다행이야……. 다행이야……."

"아아, 라비. 울지 마, 울지 마."

라비가 울면 어떻게 해야 할지 모르겠다. 나는 안절부절못하며 침대 위로 라비를 안아 올렸다.

괜찮다고 타이르면서 등을 두드려 달랬다.

라비는 내게 달라붙어 엉엉 울었다.

이상하다. 달래고 있는데 역효과였다.

어쩌면 좋을까 곤란해하고 있자 복도 쪽에서 허둥거리는 발소리가 들려왔다.

"말소리가 들린다 싶더니 정신이 들었구나."

마담과 베로니카, 테드, 장미 공주가 실내로 뛰어 들어왔다.

다른 창부들도 문밖에서 얼굴을 쏙 내밀고 있었다.

"당장 의사를 불러올게."

"아아, 괜찮아. 상처는 이미 나았어."

회복 스킬로 치유했다고 설명하자 마담 일행은 진심으로 안도했다는 듯 숨을 토했다.

모두에게도 상당히 걱정을 끼친 모양이다.

내가 사과하니 섭섭한 소리 말라며 베로니카가 화냈다.

"그런데 더글러스 씨. 헌병대가 당신 얘기를 듣고 싶대. 그 새까만 젊은 남자에 관해서 말이야."

마담이 말하는 사람은 암살자였다.

"어떤 경위로 습격을 받았는지, 아는 사이인지, 뭐 하는 사람인지. 아무튼 뭐든 알고 있는 걸 듣고 싶은 것 같았어."

"그런가."

확실히 말해서 나도 그 남자에 관한 정보는 거의 없었다.

알고 있는 사실은 둘.

그 남자가 암살자라는 것. 남자의 목적이 라비였다는 것.

"……."

말없이 라비에게 시선을 보내자 내 품속에서 고개를 숙인 라비의 얼굴이 새파랬다.

암살자와 대치한 나를 볼 때처럼.

핏기가 완전히 가시고 식은땀마저 흘리고 있었다.

내 셔츠를 움켜쥔 손은 덜덜 떨렸다.

헌병대에 협력하면 라비도 확실히 호출 받게 될 것이다.

이 아이와 그 암살자에게 어떤 사정이 있는지는 모른다.

하지만 라비를 두렵게 하는 뭔가가 숨어 있다는 것만큼은 명백했다.

"미안. 상처는 아물었지만 오랜만에 몸을 움직인 탓에 진이 다 빠졌어. 헌병대는 내일 만나기로 할게."

말이 굉장히 빨라져 버렸다. 속마음이 들통나지 않아야 할 텐데. 거짓말을 못하는 편이라 조마조마했다.

마담은 딱히 개의치 않으며 「그래?」 하고 말했다.

"헌병대에는 그렇게 전해 둘게. 다만 창관 밖에서 감시 대원이 늘 대기하고 있으니까 생각 없이 돌아다니면 그대로 질문 세례를 받을 거야."

마담의 말이 마음에 걸렸다.

"대기?"

"또 그 남자가 나타날지도 모른다며 한동안은 창관을 경비해 준다는 것 같아. 거절했지만 말이지. 들어주질 않아."

"진짜, 그 녀석들 제멋대로야. 양아치들이 괴롭힌다고 호소했을 때는 꿈쩍도 안 했으면서!"

베로니카가 씩씩거리며 성을 냈다.

"후후. 밀턴의 헌병대장은 출세욕이 강한 남자니까. 큰 안건에만 달려드는 거지."

"뭐, 장미 공주님 말이 맞지만."

대단한 실력의 암살자. 아무렇지도 않게 대량 학살을 저지르려고 한 녀석이다. 그 남자를 잡으면 상당한 공적이 된다.

헌병대의 협력 요청에 강제력은 없다.

하지만 그런 상황이라면 거부는 거의 불가능하다고 할 수 있었다.

밖에 헌병대가 대기 중이라고 해서 나와 라비는 하룻밤 더 이 방을 빌리게 되었다.

"아아, 그리고 또 하나. 모리스 남작이 돌아와서 카를로스 건은 전부 남작의 귀에 들어갔어. 카를로스는 앞으로 모리스 남작의 모든 여행에 동행하게 됐어. 늘 아빠에게 감시받으면 나쁜 짓도 못 하겠지."

"그런가. 잘됐네."

"더글러스 씨가 모리스 남작을 만나고 싶어 한다는 얘기도 해 뒀어."

"그건…… 고마워."

감사한 이야기다. 하지만 모리스 남작과 만나지는 못할 것이다.

그날 밤. 단둘이 있게 되자 나는 라비에게 물었다.

"암살자 남자에 관해 헌병대에 말할 수 있겠어?"

"……읏."

라비의 어깨가 움찔 떨렸다. 망설이듯 눈동자가 흔들렸고 입술이 달싹였다.

하지만 아무런 말도 이루지 못했다.

"아……. 으……."

라비는 고통스럽게 목을 부여잡았고 겁을 집어먹은 눈으로 눈물을 흘렸다. 나는 황급히 라비를 끌어안았다.

"아니야. 얘기하라는 게 아니야. 싫은지 아닌지만 가르쳐 줘. 그거면 돼."

"……무서워……."

오열하는 중간에 기어드는 목소리로 그렇게 전했다.

그거면 됐다. 그 대답만으로 충분했다.

"알겠어. 그럼 도망치자."

나는 라비를 안은 채 벽에 걸린 우리 두 사람의 코트를 챙기러 갔다.

일단 라비를 내려 주고 코트를 입혔다. 내 것도 서둘러 입었다.

창관에 다니는 동안에도 여행 짐을 들고 다니길 잘했다.

방구석에 놓인 내 등짐과 라비의 오렌지색 가방을 들고 둘 다 어깨에 걸쳤다. 그리고서 다시 라비를 안아 들었다.

그대로 침대 옆 테이블에서 한 줄 적었다.

폐를 끼치는 것에 대한 사죄를.

그리고 만약 도주를 도와줬다고 의심받으면 이 편지를 보여 주라고도 적어 뒀다.

커튼 틈으로 창밖을 살폈다. 바깥은 컴컴했다.

마담이 말하길, 헌병대는 감시를 몇 명 남겨 뒀다고 했다.

하지만 어둠을 틈타 도망쳐 보이겠다.

신세 진 모두에게 고맙다고 말하지 못해서 미안했다.

그러나 헌병대를 피해 나간다는 것이 알려지면 창관 사람들에게도 폐를 끼치게 된다.

……좋아, 갈까.

의리 없는 짓을 해서 미안하다고 생각하며 방문을 열었다.

© 2018 Fuzichoco

어둡고 고요한 복도를 걸어가 현관에 도달했을 때.

어둠 속에 우뚝 선 실루엣이 보였다.

"진짜 이렇게 섭섭하게 굴 거야?!"

허리에 두 손을 얹고 어깨를 쭉 편 모습이 달빛을 받아 드러났다.

베로니카의 불퉁한 얼굴을 보고 나는 당황했다.

도망치려는 것을 눈치채고 있었을 줄은 몰랐다.

"애초에 헌병대가 밖에 있는데 어떻게 따돌릴 생각이었어? 자,
빨리 따라와."

"엇."

영문을 모른 채 베로니카에게 끌려갔다.

"우리가 확실히 도망치게 해 줄 테니까."

깜짝 놀라는 사이에 안뜰 구석에 있는 포장마차 앞까지 끌려갔다.

창관 사람들이 그곳에 모여 있었다.

"믿을 수 없다는 얼굴인데, 그런 거짓말로 우릴 속였다고 생각한
거야? 당신, 거짓말을 진짜 못한다는 걸 명심해 두는 편이 좋겠어."

"으, 음."

"이 포장마차는 매일 밤 우리 창관에 술과 식자재를 운반해 줘.
마부에게는 이미 얘기해 놨어. 도시 변두리까지 태워다줄 거야."

"하지만 그러면 모두를 끌어들이게 돼."

"이 정도는 하게 해줘. 안 그러면 우리가 개운치 않아. 당신이라
면 분명 잘 도망치겠지. 하지만 아이를 데리고 있어. 되도록 안전한
방법을 쓰는 편이 좋잖아?"

"그렇지."

나는 더 사양하지 않고 대신 머리를 깊이 숙였다.

"첫날, 도와줘서 고마워. 친절하게 대해줬던 거, 잊지 않을 거야. 라비도 건강해."

"더글러스 씨, 여러모로 신세 졌어. 당신 덕분에 우리 애들은 예전보다 훨씬 안전하게 일할 수 있게 됐어. 정말 아무리 감사해도 모자랄 정도야. 당신과 라비가 만들어 준 조화는 소중히 잘 쓸게."

"후후. 당신처럼 좋은 남자는 처음 봤어. 다음에 이 도시에 오면 듬뿍 답례하게 해줘. 물론 꼬마도 같이."

테드, 마담, 장미 공주에 이어 창부들도 차례차례 작별 인사를 건넸다.

그리고 마지막으로 베로니카가 고개를 숙이며 앞으로 나왔다.

"난 아직 어떻게 살아가면 좋을지 모르겠어. 하지만 제대로 생각하기로 했어. 자신의 과거를 더는 원망하지 않을 거야. 앞을 보고서 하고 싶은 일을 찾을 거야. 언젠가 당신들과 재회했을 때, 당당하게 오랜만이라고 말할 수 있도록."

힘내라는 의미를 담아 고개를 끄덕이자 베로니카가 웃었다.

처음으로 보여 준 그녀의 웃는 얼굴은 꽃처럼 빛나고 있었다.

"자, 슬슬 출발할 시간이야."

마담이 살짝 눈물을 글썽거리며 말했다.

나는 고개를 끄덕여 대답하고서 숨기 위해 준비된 나무 상자에 우선 라비를 넣었다.

"라비, 괜찮아? 조금만 참으면 돼."

"응⋯⋯."

라비는 나무 상자에서 얼굴을 내밀더니 모두에게 살며시 손을 흔들었다.

나는 그런 라비의 머리를 쓰다듬고 상자의 뚜껑을 닫았다.

다음은 내 차례다. 라비 옆에 있는 거대한 상자에 몸을 숨기자 테드가 뚜껑을 닫아 줬다.

이제 모두의 얼굴은 보이지 않았다. 하지만 그곳에 있다는 기척은 느껴졌다.

"큰 목소리로 떠들면 들키니까 작게 말하자."

마담이 그렇게 주의를 준 후.

"고마워요, 더글러스 씨⋯⋯!"

"라비, 또 만나자⋯⋯!"

"두 사람과 보낸 닷새간은 정말 즐거웠어⋯⋯!"

"부디 건강하길⋯⋯!"

재회를 바라는 작별의 말.

작은 목소리지만 마음 안쪽에 강하게 울렸다.

서로의 모든 것을 알기에는 짧은 시간이었다.

그래도 나는 이 도시에서 여러 가지를 배웠다.

사과 냄새가 나는 좁은 나무 상자 속에서 그런 생각을 했다.

그리하여 밝고 씩씩한 창부들이 지탱하는 환락의 도시 밀딘에서 우리는 여행을 떠났다.

30화

아저씨와 소녀, 빨래하기 좋은 날과 부녀의 행복

Enjoy new life
with my daughter

어느 맑은 날. 여행 도중인 우리는 작은 개울에 도착했다.

물살은 완만했고 물은 맑았다.

"라비, 날씨도 좋으니 빨래하고 갈까?"

옆에서 걷고 있는 라비에게 말하자 그녀의 표정이 환하게 반짝였다.

"빨래할래……!"

기뻐하는 라비를 보니 내 기분도 훈훈해졌다.

라비는 도와서 같이 일하는 것이 좋다고 했다.

여행을 처음 시작했을 때의 나는 물론 그런 사실을 몰라서 빨래도 노숙 준비도 혼자 했었다. 옆에서 묵묵히 내 행동을 눈으로 좇는 라비가 왠지 쓸쓸해 보인다는 것을 알아차린 것은 최근 일이다.

『같이 할래?』

시험 삼아 그렇게 말한 순간, 라비가 보여 줬던 환한 웃음.

나는 그것을 지금도 똑똑히 떠올릴 수 있다.

"자, 그럼, 우선 빨랫감을 모으자."

"응……!"

각자 가방에서 여행 중 더러워진 옷을 꺼냈다.

햇볕은 밝게 쏟아졌고 바람도 건조했다.

이런 날씨라면 금방 다 마를 것이다.

그런고로 입고 있는 것들도 속옷과 바지를 제외하고 빨아 버리기로 했다.

라비는 내가 사 준 원피스를 소중히 벗어서 민소매 내의와 팬티 차림이 되었다.

"좋아. 그럼 평소처럼 되도록 큰 바위를 모아 볼까. 라비는 틀이 만들어지면 거기에 빨랫감을 옮겨 줘."

"네⋯⋯!"

라비가 씩씩하게 대답했다. 어른스럽고 숫기 없는 라비도 나와 단둘이 있을 때는 조금씩 이런 표정을 보여 주게 되었다.

자, 그럼 둑으로 쓸 수 있을 만큼 큰 돌을 찾아야 한다.

그걸 개울에 원을 그리듯 늘어놓는다. 요컨대 빨래통을 대신하는 것이다.

물 높이를 넘는 바위로 빙 두르면 빨랫감이 떠내려가는 것을 방지할 수 있다.

"영차."

라비의 얼굴보다 큰 돌을 들어 올렸다.

라비는 내 옆에서 크게 입을 벌리고 눈을 동그랗게 떴다.

"아빠, 대단해⋯⋯! 힘세⋯⋯!"

"하하, 고마워."

이 정도 돌이라면 머슬 파워를 쓰지 않아도 쉽게 들 수 있다.

하지만 몸이 작은 라비의 눈에는 엄청난 행동으로 보였는지 「대단해……! 대단해……!」하고 감동한 목소리로 몇 번이고 말했다.

나는 심장 부근이 간지러워지는 것을 느끼며 돌을 부지런히 옮겼다.

틀이 만들어지면 빨래 시간이다.

나는 바지를 걷어붙이고 개울물로 발을 씻은 다음에 빨랫감을 밟기 시작했다.

라비는 이렇게 밟아서 빨래하는 것을 좋아했다.

작은 발로 영차영차 즐겁게 밟았다.

"아빠, 늘 하는 거 말해줘……!"

"아아, 구호 말이지? 그럼 간다. 하나 둘, 하나 둘."

"하나 둘! 하나 둘!"

둘이서 한목소리로 외치며 빨랫감을 밟아 나갔다.

물보라가 튈 때마다 라비가 웃었다.

나는 그때마다 온화한 행복으로 마음이 가득 차오르는 기쁨을 느꼈다.

"라비는 도와주는 게 왜 좋아?"

문득 그런 의문이 들어서 라비에게 물어보았다.

발을 내린 라비는 어리둥절한 표정으로 얼굴을 들었다.

그리고서 살짝 고개를 갸웃했다. 이건 라비가 생각할 때 자주 보이는 동작이었다.

"……으음, 도와주는 게 왜 좋냐면…… 아빠랑 여러 가지를 할 수 있으니까……. 아빠랑 함께하는 거, 정말 기뻐……."

그렇게 말하고 쑥스러운 듯 해맑게 웃었다.

"라, 라비……!"

나도 모르게 감격한 목소리를 내고 말았다.

잊지 못할 말이 또 하나 늘었다.

『아빠랑 함께하는 거, 정말 기뻐…….』

이런 말을 듣고 기뻐하지 않을 아빠는 없을 것이다.

아마도 나는 지금 기분 나쁠 정도로 실실거리고 있겠지.

아저씨니까 자중해야겠지만 어쩔 도리가 없었다.

라비와 만난 뒤로 내 표정은 매우 풍부해져 버렸으니까.

하지만 어쩔 수 없는 일이다. 눈앞에 있는 라비가 너무 귀여웠다.

이렇게 착하고 귀여운 아이는 전 세계를 뒤져 봐도 절대 찾을 수 없을 거야.

나는 딸바보 사고를 더욱 가속시키며 그런 생각을 했다.

■작가 후기

안녕하세요, 오노나타 마니마니입니다.

이번에 이렇게 『모험가 자격을 박탈당한 아저씨지만, 사랑하는 딸이 생겨서 느긋이 인생을 즐긴다』를 구매해 주셔서 감사합니다.

본작은 원래 웹사이트 『소설가가 되자』에서 공개했던 소설로, 이 런저런 이야기가 오간 끝에 GA노벨에서 출판하게 되었습니다.

인터넷 소설이 어떻게 서적화되는지 궁금하신 분이 혹시 계실지 도 모르니 대략적으로 적어 보겠습니다.

소설을 게재하다 보면 몇몇 출판사에서 책으로 만들지 않겠냐고 의사를 타진해 옵니다.

「모험가 자격」은 감사하게도 열다섯 군데에서 제안을 받았습니다.

그 이후로는 연락해 주신 분들과 계속 만났습니다.

소설 이야기도 하고 출판 조건에 관한 설명을 들으며 케이크를 먹거나, 케이크를 먹거나, 고기를 먹었습니다.

맹랑하게 마구 먹고 있지만, 그런 저도 초면인 사람과 만나는 것 에 꽤 긴장했습니다.

면담이 전부 끝나기까지 두 달이 걸렸고, 그때쯤 되자 가슴속에 뭔가 거무칙칙한 것이 자리 잡았을 정도였습니다.

만나 뵌 분들은 다들 아주 좋은 분들이셨기에 거기서 한 곳을 고르려니 또 위가 따끔거렸습니다.

그런데 본작을 담당해 주고 계신 M 님과 약속한 날, 간토 지방에는 폭설 경보가 발령되었습니다.

제가 사는 가마쿠라까지 M 님이 와 주시기로 했었기에 「날씨가 이러니 연기되려나?」 하고 생각하며 메일로 확인했습니다.

그러자 「전혀 문제없습니다! 가겠습니다!(요약)」라고 답장이 왔습니다.

「이 사람 대단하다. 폭설도 아랑곳하지 않는 건가」 하고 놀랐던 것이 기억납니다.

그 일의 충격이 제 안에 깊이 남아서 M 님에게 부탁하자는 결론에 이르렀습니다.

아. 페이지의 끝이 다가오고 있어요……! 급하게 마무리하게 되었지만 끝으로 감사 인사를 드리고 싶습니다. 일러스트를 담당해주신 후지 초코 님, 맡아 주셔서 감사합니다! 귀여운 라비와 포용력 넘치는 더글러스, 매일 바라보고 있습니다. 담당자 M 님, 여러 가지로 폐를 끼쳐서 죄송합니다. 감사 인사를 하려고 했는데 사죄가 되어 버렸습니다. 의욕은 있습니다. 행동이 따르지 않아서 죄송합니다……. 그리고 본작을 구매해 주신 여러분께 진심으로 감사드립니다!

2018년 7월 2일 겨울이 그리운 오노나타 마니마니

모험가 자격을 박탈당한 아저씨지만, 사랑하는 딸이 생겨서
느긋이 인생을 즐긴다

초판 1쇄 발행 2020년 2월 20일

지은이_ Manimani Ononata
일러스트_ Fuzichoco
옮긴이_ 송재희

발행인_ 신현호
편집장_ 김은주
편집진행_ 김기준 · 김승신 · 원현선 · 권세라
편집디자인_ 양우연
국제업무_ 정아라 · 전은지
관리 · 영업_ 김민원 · 조은걸 · 조인희

펴낸곳_ (주)디앤씨미디어
등록_ 2002년 4월 25일 제20-260호
주소_ 서울시 구로구 디지털로 26길 111 JnK디지털타워 503호
전화_ 02-333-2513(대표)
팩시밀리_ 02-333-2514
이메일_ lnovelpiya@naver.com
ㄴ노벨 공식 카페_ http://cafe.naver.com/lnovel11

BOKENSHA LICENSE WO HAKUDATSU SARETA OSSAN DAKEDO, MANAMUSUME GA DEKITA
NODE NONBIRI JINSEI WO OKASURU
Copyright © 2018 Manimani Ononata
Illustrations copyright © 2018 Fuzichoco
All rights reserved.
Original Japanese edition published in 2018 by SB Creative Corp.

This Korean edition is published by arrangement with SB Creative Corp., Tokyo
in care of Tuttle-Mori Agency, Inc., Tokyo.

ISBN 979-11-278-5442-3 04830
ISBN 979-11-278-5441-6 (세트)

값 9,800원